BESTSELLER

David Olivas (Albacete, 1996) es fotógrafo y escritor. Ha estudiado Dirección de Fotografía en la Escuela Superior de Cine y Audiovisuales de Cataluña (ESCAC) y ha realizado videoclips musicales tanto en España como en Estados Unidos. Ganador del programa de televisión *Top Photo*, ha trabajado como fotógrafo para *El País* y también ha acompañado a varios grupos musicales como Dorian, Love of Lesbian o Supersubmarina en sus giras. Entre sus últimos trabajos destaca el formar parte del equipo de fotografía de la mayor producción de Netflix en Europa este año. Con tan solo veinte años publicó *Serendipia*, un poemario ilustrado por sus fotografías que llegó a encabezar las listas de los libros más vendidos. Tras *La misma brújula* (2017) y *La luz que siempre te di* (2018), David Olivas dio un paso firme con *El vuelo de la mariposa*, su primera novela para adultos. La segunda, *El susurro del ángel*, está en plena preproducción de su adaptación al cine. En 2023 publicó *Te veo en el cielo*. *Hoy, mañana y siempre* es su cuarta novela con el sello.

Puedes seguir al autor en X e Instagram:
❎ @davidolivas
📷 @davidolivas

DAVID OLIVAS

Hoy, mañana y siempre

DEBOLS!LLO

Papel certificado por el Forest Stewardship Council®

MIXTO
Papel | Apoyando la
silvicultura responsable
FSC® C117695

Penguin
Random House
Grupo Editorial

Primera edición en Debolsillo: junio de 2025

© 2024, David Olivas
Autor representado por DOSPASSOS Agencia Literaria
© 2024, 2025, Penguin Random House Grupo Editorial, S. A. U.
Travessera de Gràcia, 47-49. 08021 Barcelona
Diseño de la cubierta: Penguin Random House Grupo Editorial
Imagen de la cubierta: © Ignasi Font

Printed in Spain – Impreso en España

ISBN: 978-84-663-7950-2
Depósito legal: B-6.350-2025

Compuesto en Mirakel Studio, S. L. U.
Impreso en Black Print CPI Ibérica
Sant Andreu de la Barca (Barcelona)

P 3 7 9 5 0 2

A aquellos que están en algún lugar,
pero siempre en nuestros corazones

Si no tardas mucho,
te espero toda la vida.

Oscar Wilde

*And all along I believed I would find you
Time has brought your heart to me
I have loved you for a thousand years
I'll love you for a thousand more.* *

Christina Perri, «A Thousand Years»

---

* Y todo el tiempo creí que te encontraría. / El tiempo me ha traído tu corazón. /
Te he amado por mil años. / Te amaré por mil más.

Agosto de 2008

Miro mi teléfono una última vez y no hay nada. Ya es demasiado tarde. Mis compañeros están eufóricos. Deseaban hacer este viaje desde hacía mucho tiempo. Un viaje de fin de curso que también, en parte, es una despedida. Una despedida por todo lo que hemos vivido juntos. Después de esto, cada uno emprenderá caminos por separado. La mayoría están avisando a sus padres de que ya vamos a subir al avión y yo, de nuevo, miro el teléfono solo para ver si me ha contestado. Es mi última oportunidad antes de que sea demasiado tarde. Él es la persona más especial que he conocido nunca y merece saberlo. Él es la clave de todo lo que siempre he buscado. Hemos pasado momentos inolvidables y tenido conversaciones que me han hecho entender muchas cosas. Pero sobre todo me ha regalado la llave para mi felicidad. Observo nuestra conversación esperando la respuesta que necesito leer para no cruzar esas puertas. Para no subirme al avión y poder dar media vuelta e ir hasta el único lugar donde quiero estar: en sus brazos. La azafata abre el control de la puerta de embarque y todos mis compañeros se agolpan para entrar los primeros, echo un vistazo a mi alrededor y me coloco el último tras una pareja. Vamos. Vamos. Por favor. Hazlo. La chica comienza a comprobar cada billete. «Adelante. Adelante. Buen

9

vuelo». Su sonrisa amable y la de su compañera hacen que poco a poco todos los pasajeros vayan entrando. Mis colegas saltan de camino al avión, están felices, pletóricos por los días que nos esperan. Mi rostro en cambio refleja preocupación y puede que algunos se pregunten el porqué. Siempre he sido el alma de la fiesta, pero este día es el final para nuestra historia. Suspiro cada vez más porque me voy acercando poco a poco al mostrador y entonces no habrá vuelta atrás. Miro una última vez mi teléfono y ni rastro de su mensaje. No está su nombre. Sus cuatro letras. Pienso que hay historias que, por más que quieras estirarlas, el nudo acaba rompiéndose y todo cae. Quizá mi lugar no está allí, junto a él. Y, por lo tanto, su destino tampoco es estar aquí, junto a mí. Hay personas que solamente pasan por nuestra vida durante un corto tiempo, aunque su huella es tan grande que se convierte en imborrable. Yo tengo claro que nunca lo olvidaré. No olvidaré aquel primer beso bajo las estrellas en el mirador delante de mi casa ni nuestras charlas bajo el faro. Recuerdo aquellos atardeceres en esas calas secretas que le he enseñado y los ojos se me llenan de lágrimas. Apago el teléfono antes de darle mi billete a la chica de la aerolínea y, mientras lo hago, cada momento compartido con él se me pasa por delante. Una historia de amor que nadie podrá creer nunca. Pero que sucedió y que, por más tiempo que pase, permanecerá en mi corazón.

Hoy,
MAÑANA
Y SIEMPRE.

PRIMERA PARTE

Cuando dos estrellas fugaces colisionan a la vez

GAEL
EL HOY

—¿Que te vas a ir un año entero?

Cayetana me miraba sin poder creerlo todavía. Pero era real. Esa mañana me habían llamado para darme la noticia: me habían concedido la plaza como profesor de Geografía e Historia en un instituto de Andalucía.

—Son nueve meses. Sabes que es lo que siempre he querido hacer, Caye. Es la oportunidad perfecta para que pueda dejar atrás el trabajo del banco con mi padre. Decirle hasta luego a las víboras de mis compañeras que solo me critican a las espaldas. No puedo decir que no...

—Sí, sí puedes, Gael. Pero no quieres.

Y ahí estaba ella. Cayetana Herráiz-Gervás. Hija de uno de los principales líderes políticos del país y actual redactora jefa de la revista *Vogue*. Ella era la perfección en persona. También su pelo dorado, con corte *long bob*, el cual era tendencia en Estados Unidos según comentaban los estilistas de su revista. Su rostro brillaba, como si fuera de porcelana, con esa mirada felina que tanto impactaba a la gente, también gracias a las cremas más caras del mercado. Y su cuerpo acostumbraba a ir envuelto en la ropa de Gucci o Hermès en tonos tierra que tanto le gustaba vestir.

—Joder, Cayetana. Cuando tú te fuiste a Nueva York a hacer el máster quién fue a despedirte al aeropuerto y después a recogerte cuando regresaste.

—¡No es lo mismo, Gael! —su tono era desafiante—. Teníamos veinte años, no puedes compararlo. Y, además, quedó claro que solamente ibas a buscar en la Comunidad de Madrid, no en...

—Almería.

—¡Almería! —dijo ella riéndose—. Estás fatal de la cabeza, si allí no hay absolutamente nada. Por favor, ven. —Cayetana me cogió de la mano y me condujo hasta el gran sofá que teníamos en el salón. Me dejé llevar, a regañadientes. Nos sentamos y me miró a los ojos. Supuse que estaría evaluando cómo ordenar sus pensamientos y tener esa conversación. A nuestro alrededor, el ático de lujo que compartíamos, y que nos había regalado su padre, esperaba en silencio, como yo, expectante. Alfombras color beis, paredes blancas y grises, muebles rectos y pulcros sin personalidad, libros dados la vuelta en las estanterías para que los colores de los lomos no contrastaran con el ambiente minimalista y aséptico. Así era nuestra casa y nuestra vida: bonita, pero absurdamente equilibrada, bajo control. Caye suspiró.

—Sabes perfectamente que soy la primera que te quiere ver feliz en tu trabajo. Estamos de acuerdo en que estar en el consejo del banco de tu padre no es tu puesto soñado. Lo entiendo. Pero... Joder, Gael. Teníamos unos planes ¿lo recuerdas?

En ese momento Cayetana me enseñó el anillo de compromiso. Fue en Menorca, en el yate del padre de Cayetana. Pudimos irnos una semana entera a la gran mansión que su familia tenía en primera línea de playa. Estuvimos solos y fueron unos días geniales. Su padre me había llamado días antes para que nos encontrásemos en una cafetería del centro de Madrid. Vino con su escolta, como siempre. Allí fue muy claro conmigo: la familia deseaba que diéramos el paso de comprometernos. Y fue algo que no me sorprendió. La familia Herráiz-Gervás tenía seis hijos, cuatro chicos y dos chicas. Cayetana era la favorita de todos. Su desparpajo, belleza y talento la colocó en las listas de mujeres más influyentes del país en el año 2005. Fue un año después cuando entró en la revista *Vogue* y en pocos meses la nombraron redactora jefa de la publicación de moda más importante del país. Y también era la única hija de la familia Herráiz-Gervás que todavía no se había comprometido. Después de una conversación distendida con su padre, accedí a pedirle matrimonio en las próximas semanas. Y él lo planeó todo. Hablaría con su hija para dejarle las llaves de la mansión de Menorca donde podríamos pasar una semana nosotros solos y allí tendría la oportunidad perfecta para hincar rodilla. Al salir de la cafetería llamé a mi padre. Necesitaba su consejo y noté como él ya había hablado antes con el padre de Cayetana. Las dos familias se llevaban bastante bien. Desde pequeños éramos vecinos en el barrio de La Moraleja. Mi padre era el actual presidente de Caja Madrid, lo que lo situaba en la misma élite del señor Mariano Herráiz. Fue así como las cenas entre mis padres y los suyos se volvieron algo habitual. Nosotros teníamos la misma edad y, mientras ellos se tomaban copas hasta las tantas de la madrugada, nos íbamos a la planta baja para ver alguna película en una pantalla gigante. Del roce surgió la amistad, y, de la amistad, algo más.

—Amor —dije con voz calmada intentando hacerme comprender—, me iré solamente unos meses. Sabes que lo necesito, desde hace tiempo siento que mi sitio no está en el banco. Y que todos los problemas y enfados que arrastro de allí los traigo a casa, y es cuando tú me notas raro. Me has visto muy mal muchos días. Apagado y sin ilusión por nada. Necesito esto para poder volver a ser el que era. ¿Lo entiendes, cielo?

Ella entonces me miró con los ojos llenos de lágrimas.

—Lo siento, Gael. Me estoy comportando como una egoísta, pero se me va a hacer muy difícil estar aquí —dijo ella contemplando nuestro ático en plena Castellana— absolutamente sola. Siento que no voy a poder.

—Te voy a llamar cada día, cielo. Te lo prometo. Nos vamos a escribir, nos vamos a contar y en menos de lo que crees voy a estar de vuelta. Quizá para optar a ser profesor en algún centro privado de Madrid. Pero necesito dar este paso. Tengo que darlo por los dos.

La realidad era que mi relación con Cayetana había sido siempre perfecta, lo teníamos todo: estabilidad económica, familias que nos apoyaban, buenos amigos...; pero, desde un tiempo atrás, las noches habían empezado a hacerse más largas, y los días, anodinos. No solo me costaba conciliar el sueño, sino que, en reuniones con amigos o familia, había veces que me sorprendía de pronto a mí mismo callado, mirando a ninguna parte, incapaz de escuchar las voces de los demás. Las conversaciones superfluas del día a día, las series de televisión, las fiestas, los problemas del banco..., todo eso se me resbalaba, era como si una película impermeable cubriera mi piel. No sentía nada. Y, cuando me di cuenta de eso, me dio tanto miedo que sufrí varios ataques de pánico, rompí a llorar y pasé noches y noches en vela. Cayetana lo sabía, no había secretos entre nosotros, y por eso me había apoyado en lo de buscar otro trabajo, renunciar al puesto en el banco de mi padre y labrarme un porvenir hecho a mi manera. Pero no todo el mundo lo entendía. Mis amigos me decían que no le diera demasiadas vueltas a las cosas, que era simplemente una mala racha.

¿Era la crisis de los treinta? En un foro leí el artículo de una psicóloga que decía que, en momentos así, ella siempre recomendaba a sus pacientes que fueran a sus recuerdos, que mirasen en su interior y pensaran en aquellas cosas que, en alguna ocasión, los hubieran llenado, pero que quizá ahora tenían olvidadas. En esa posible pasión que se quedó en el camino y que nunca volvimos a mirar de cerca. Me quedé embobado leyendo aquel artículo. Y fue entonces cuando lo recordé. Mi abuelo había sido profesor en Madrid y, desde que era bien pequeño, me enseñaba sus mapas, aquellos libros con cientos de destinos que me hacía marcar con mis dedos y que después me explicaba. Alemania. Reino Unido. Portugal. Y que más tarde yo fui coleccionando. Preparaba expediciones con una mochila y una linterna. Explorábamos zonas de cerca de casa y yo apuntaba lo que iba encontrando, recogía hojas, piedras y curioseaba todo lo que me rodeaba. Escribía y llenaba diarios con todos esos pequeños tesoros. Entonces entendí que aquel chaval de quince años se había perdido por el camino. Pero estaba dispuesto a volver a encontrarlo.

—¿Y si te acompañase? —me preguntó Cayetana—. También podría hablar con mi padre e intentar que te dieran un instituto de por aquí. Algo que esté más cerca.

Yo le sonreí.

—No puedes hacer eso, cielo. Quiero conseguir esto sin ayuda de nadie. Y tú, además, eres la redactora jefa de la revista de moda más importante de este país. Tienes aquí tu vida, tus reuniones, tu equipo. No podría hacerte eso. Yo estaré bien, les enseñaré a esos chavales el amor tan grande que siento por esos mapas —dije señalando el pasillo que iba a los dormitorios, donde estaban los mapas que me había regalado mi abuelo—. Quiero inculcarles que deben perseguir sus sueños y no conformarse, por más difícil que sea el camino. Pero sobre todo necesito sentir tu apoyo, sin ti no podré conseguirlo.

Ella asentía con la cabeza, en mi interior había una sensación extraña. Por una parte, necesitaba hacer esto cuanto antes, porque sentía que me estaba consumiendo en aquella torre de Nuevos Ministerios. Mi labor principal estos años atrás era de consejero que no aconsejaba. En las reuniones a las que me convocaban se debatía de diferentes aspectos de expansión del banco y cuando llegaba mi turno, después de haberme preparado un buen dosier, no dejaban que hablase. Lo comentaba con mi padre y él me decía que tenía que pelear por conseguir que mi voz fuese escuchada, que todos los demás llevaban más de veinte años a las espaldas. Pero en el fondo sabía que no era por eso, sino porque nadie estaba realmente interesado en escuchar lo que tenía que decir *el hijo de*. Ni mi propio padre, que nunca se leyó ninguno de los informes que tuve que preparar.

—¿Y cuándo se lo vas a decir a tu padre? —me preguntó Cayetana—, que te marchas en unos meses.

—Cuando encuentre el momento.

Cayetana entonces rompió a llorar. Y la busqué con mis brazos. Y nos emocionamos los dos porque era un momento difícil pero a la vez especial para mí.

—Justo hoy nos había llegado esto a casa.

Cayetana se levantó y fue hasta la isla de la cocina, un mastodonte de mármol blanco impoluto, donde cogió un sobre blanco. Se acercó hacia mí y me lo tendió. En la parte frontal aparecían nuestros nombres.

Cayetana Herráiz-Gervás
Gael Beltrán de Castro

—¿Qué es esto? —pregunté extrañado.

—Ábrelo. Ya verás.

Cuando abrí el sobre me encontré un papel que venía firmado por el arzobispo de la Comunidad de Madrid y donde se leía que nos concedían la catedral de la Almudena para nuestro compromiso el próximo 20 de agosto de 2008.

—No puede ser —dije yo nada más leerlo.

—Sí, cielo. Nos lo han aprobado: la catedral de la Almudena.

—El 20 de agosto del año que viene…, pero esto es una noticia increíble, mi amor. Tenemos que celebrarlo. Vamos, acompáñame, hay que descorchar una botella. ¡Vamos a brindar! —exclamé levantándome con ella.

Caye tenía los ojos brillantes. Se notaba que estaba triste, pero a la vez me conocía desde hacía tanto tiempo que sabía que aquello era algo que necesitaba sí o sí.

—¡Vamos a brindar, pero por todo, mi amor! ¡Porque vas a ser el mejor profesor, el más guapo, tío bueno y enrollado de ese instituto!

Y entonces la besé. La besé de una manera tan intensa que supe que era la mujer de mi vida. La mujer con la que quería formar una familia y con la que envejecer. La euforia nos llevó hasta el dormitorio, donde hicimos el amor como si fuéramos aquellos jóvenes que se pasaban las noches hablando por teléfono. En aquel momento me sentí casi pleno. Aun teniéndolo todo a mi alcance, no sabía cuál era la pieza que le faltaba a mi puzle. Y menos todavía dónde la iba a encontrar.

La mañana del 31 de agosto de 2007, mi alarma sonó temprano. Me levanté con cuidado de no hacer ruido porque Cayetana aún dormía. Entré en la ducha y sentí esos nervios que hacía mucho tiempo no tenía. Esa sensación por algo nuevo. Una nueva ciudad. Una nueva casa. Una nueva rutina. A mi padre no le sentó muy bien mi salida del banco. Pero tampoco me importó, le dije que necesitaba emprender un nuevo rumbo. Salí de la ducha desnudo y me sequé el pelo con una toalla frente al gran espejo redondo de nuestro cuarto de baño. Tenía el pelo algo largo, no mucho, pero sí lo suficiente como para que un mechón me cayese justo a la altura de los ojos. Cayetana siempre me decía que le recordaba a como lo llevaba Leonardo DiCaprio en *Titanic*. Yo simplemente me limitaba a reírme de aquella comparación. Me apliqué una crema hidratante por el cuerpo y me puse la ropa interior para después asomarme a la gran terraza de nuestra casa. Desde ahí se veía todo el paseo de la Castellana. Era un domingo de finales de agosto y la ciudad parecía un desierto. Una manta de calor tórrido caía del cielo. La mayoría de los madrileños estaban todavía de vacaciones aprovechando hasta el último día. Regué las palmeras plantadas en inmensos macetones entre sillones y butacas de mimbre y volví dentro. Tenía que terminar de preparar mi partida. El plan era el siguiente: mi hermano Bosco me acompañaría hasta Cabo de Gata. Allí había alquilado una casa para los próximos diez meses. Él se había ofrecido a echarme una mano con la mudanza para que no me sintiera solo. En agradecimiento, yo había comprado dos abonos para un festival que se estaba celebrando precisamente esos días en Almería, como broche perfecto para despedir el verano juntos. Pasé a mi vestidor y me puse una camisa, la única que le había pedido a Flora, nuestra asistenta, que me dejase apartada para irme. Fui a abrir el cajón de los cinturones cuando encontré algo. Era una cajita pequeña que venía envuelta. Y un papel pegado con un trocito de celo en uno de los laterales que ponía GAEL. Lo cogí extrañado pensando en si era algo que Cayetana me había preparado y abrí la nota que venía al dorso.

Querido Gael:

Solamente te quería desear un buen viaje y una feliz estancia en mi Andalucía querida.

En Almería viví unos pocos años junto a mis padres y fui tan feliz que todavía conservo recuerdos que me hacen sonreír ahora, tantos años después de que mis padres me dejaran. Mi niño, no te arrepientas de las cosas que haces, sino de las que siempre quisiste hacer, pero por miedo te has perdido.

Yo siempre te animaré a que vayas un paso más allá, mi Gael.

Abre esta caja cuando te sientas perdido.

Cuando necesites esa luz que te ilumine y te guíe.

Besos,

FLORA

Una lágrima me resbaló del rostro y cayó sobre la carta. Flora era de las mejores personas que conocía. Era la asistenta interna que teníamos en la casa de La Moraleja. Mis padres la contrataron cuando yo era pequeño y para mí fue como una segunda madre. Todo me gustaba hacerlo con ella. Cuando mis padres estaban de viaje de trabajo, ella me contaba los cuentos antes de irme a dormir y también algunas de las anécdotas de cuando era pequeña. Cuando ya todos mis hermanos y yo nos empezamos a hacer mayores, mis padres decidieron prescindir de ella, pero hablé con Cayetana para poder contratarla algunas horas a la semana en casa. Y así fue. Con ella también congenió a la perfección y desde el primer momento notó esa alma especial que desprendía Flora. Me sequé las lágrimas y guardé la caja en mi mochila para bajarla al coche. En el salón revisé que no me dejaba nada y le preparé el desayuno a Cayetana, que seguía durmiendo plácidamente; le dejé una nota y le di un beso en la frente. Antes de cerrar la puerta de mi casa eché un último vistazo. No imaginaba lo que cambiaría mi vida a partir de ese día. No sabía lo que me tenía preparado el destino. Sonreí a aquel ático donde tan feliz había sido, y también tan desdichado, y cerré con cuidado de no hacer ruido.

Bajé hasta el aparcamiento, fui con el Mercedes hasta el punto de encuentro donde había quedado con mi hermano y emprendimos el camino juntos, él con su Audi detrás de mí, por las circunvalaciones y autovías de Madrid. Con cada nuevo giro y desvío, el navegador me decía cómo avanzar, pero al mismo tiempo cómo alejarme de lo que había sido mi vida desde que tenía uso de razón. Mi hermano estaría conmigo en Almería solo lo imprescindible para acompañarme y ayudarme a adaptarme a la nueva casa; al día siguiente, o como mucho después de un par de días, volvería a la capital. El paisaje urbano de Madrid pronto pasó a ser el de la periferia, lleno de carreteras y parques industriales, fábricas y ciudades dormitorio, y luego finalmente la civilización desapareció y todo era campo, tierra con poca vegetación, campos sembrados, pueblos pequeños mirase donde mirase.

Decidimos parar a la altura de Albacete, estiramos las piernas, compramos un par de Coca-Colas y hablamos del plan de la noche. A Bosco le encantaban los festivales, las *raves* en las que podía dejar salir ese espíritu fiestero sin la mirada cercana de mis padres, en definitiva, salir de fiesta en general. Aproveché para agradecerle que me acompañara a instalarme.

—¿Qué tal se lo ha tomado Cayetana? —me preguntó.

—Bueno, ya sabes cómo es. Al principio mal, pero después fue escuchándome. Al menos todo lo relacionado con la boda hará que el tiempo pase más rápido. Haremos mil videollamadas con la *wedding planner* para ver opciones de fincas, cócteles, animadores, floristerías, fotógrafos… Está entusiasmada y sé que hasta agradecerá no tenerme cerca para poder gestionar mejor el tiempo. Es tan eficiente… Aunque en el fondo hay una parte de mí que se siente mal por no formar parte del proceso. ¿Sabes?

—Creo que este tiempo atrás has pensado mucho más en ella que en ti, hermanito. Que te desvivías por complacerla, por estar a su altura. Ojo, y no solo con ella, creo que esa ha sido tu actitud siempre con todo el mundo. Y eso es algo muy difícil, Gael. No podemos vivir por y para los demás. No pasa nada por que te marches unos cuantos meses en busca de esa felicidad que antes irradiabas. Sé que lo vas a conseguir, pero tienes que mirar por ti.

Le sonreí.

—Nunca me habías dicho cosas tan bonitas, hermano.

—Porque nunca te habías preocupado de querer escucharlas. Siempre he estado aquí. Además, Cayetana no está sola: tiene a sus amigas, con las que pasa el tiempo en el club de golf; le apasiona su trabajo; ayuda a su padre en la campaña, y es hasta embajadora de marcas… ¡Tiene una vida social tremenda! Tú siempre has sido de no conformarte; eras, de todos nosotros, el que más pájaros tenía en la cabeza y eso no era nada malo. Al contrario, te hacía soñar a lo grande.

—Lo sé, Bosco. Quiero intentar recuperar al Gael que fui hace tiempo, pero no sé por dónde empezar.

—Tengo que confesar que este tiempo atrás he estado algo preocupado por ti, hermano —dijo ahora mirándome.

—¿Por qué? —le pregunté viendo que su tono había cambiado.

—Sentía que había algo dentro de ti que no iba del todo bien, que no acababas de estar al cien por cien con el resto. En las comidas en La Moraleja, en casa de papá y mamá. Te notaba ausente en nuestras conversaciones en las que te decía que estaba ilusionándome por alguna chica. Tú y yo nos hemos contado todo desde que éramos pequeños. Y esperaba tener a ese Gael que me había acompañado toda la vida y no entendía muy bien por qué no podía encontrarlo.

—Bosco, yo…

Pasó su brazo alrededor de mí y me acercó todavía más a él.

—Siempre has sido el de los mapas. Si ahora mismo te sientes algo perdido, solamente tú sabrás cómo volver a encontrarte, hermanito. Y confío en que lo harás. Date algo de tiempo, ¿vale?

Yo asentí mirándolo con la piel de gallina por lo que me había dicho, ya que por un momento había vuelto a cada una de las conversaciones que me había nombrado. Aquellas comidas infinitas en casa de mis padres en las que mientras todos mis hermanos hablaban yo le daba vueltas al plato y también a la cabeza.

—¿Vamos? —dijo él abriendo de nuevo su coche mientras yo asentí y fui de vuelta al mío.

Unas horas después, me quité las gafas de sol al leer el cartel sobre azulejos y entre cactus que nos daba la bienvenida a Cabo de Gata. Habíamos llegado. A la izquierda, una bandada de flamencos sobrevolaba las salinas rosadas. Me fijé en el mar, al fondo, que tenía un azul como no había visto nunca. Las casas de pescadores que se encontraban de frente eran preciosas, y tras ellas una pequeña iglesia surgía en mitad de todo aquel paraíso. Bajé la ventanilla del coche mientras me acercaba a la dirección que marcaba el navegador. La brisa que se levantaba me daba en el rostro y volví a sentir una sensación que hacía mucho tiempo que no vivía: ilusión por descubrir un lugar desconocido. Y, desde ese momento, fui poco a poco comprendiendo lo que Flora me había dicho siempre cuando rememoraba su lugar de nacimiento, su tierra. Para ella este lugar era mágico. Se le notaba en los ojos, que brillaban cada vez que me contaba anécdotas de su infancia. De cómo recogía conchas en la playa de debajo del faro, de cuando en su colegio hacían excursiones al desierto para ver los platós de cine que habían construido para muchísimas películas *western*.

El GPS me dijo que mi destino estaba a la derecha. Giré la calle con el coche y entonces la vi. Era blanca y azul y quedaba a un paso del mar. Algunas casas cercanas tenían coches aparcados en la misma puerta, pero se notaba que otras ya estaban cerradas y con las persianas bajadas por el fin del verano. Lo que más me enamoró de las fotos de la vivienda que había alquilado cuando buscaba en portales de internet habían sido las vistas desde la terraza, junto a la piscina. Desde ahí se contemplarían atardeceres de infarto... En el momento en que lo vi, supe que quería estar aquí. Me imaginé leyendo la pila de libros que tenía acumulados en mi mesita de noche, también corrigiendo exámenes mientras me tomaba un té calentito y los días de frío encendiendo la chimenea junto a una manta y una buena botella de vino.

—¿Es aquí, tío? —preguntó Bosco—. Qué pasada, ¿no?

—Espérate a verla por dentro.

Bosco se quitó las gafas de sol frente a la casa. Me acerqué al buzón y seguí los pasos que me habían dado los de la agencia: levanta la tapa y debajo de unos folletos encontrarás las llaves. Y así fue. Las extendí en la palma de la mano y vi como las enlazaba un llavero de un indalo de Almería. Abrí la puerta y subimos los cinco escalones que conectaban con la casa. Fue allí cuando me quedé con la boca abierta. Descubrí junto a la puerta principal un jardín perfectamente cuidado. El agua de la piscina bordeaba con los suelos blancos de piedra que tenía la casa y un par de tumbonas descansaban al lado. Pensé en los baños nocturnos que con gusto podría concederme. Al fondo de todo el horizonte, entre las palmeras y buganvillas que rodeaban la casa, se encontraba el mar. Veía cómo las olas rompían en la orilla y supe que había elegido muy bien. Cogí la segunda llave y abrí la gran puerta de madera para acceder al interior de la casa. Era muy grande, de planta baja, con unas cristaleras que daban a toda la costa. La cocina era preciosa y además toqué con las manos la isla que había a mitad de camino. Era de mi mármol favorito, el blanco Macael.

—Vaya barbaridad —dijo Bosco entrando detrás de mí.

De la pared del salón colgaban fotografías de la bahía de Almería. Y en la del comedor, justo al lado de la mesa de cristal, descansaba un gran cuadro de tonos azules y naranjas. El dormitorio principal estaba pegado a la gran cristalera de la terraza y al momento supe por qué: desde esa habitación tenías las mejores vistas de todas. Y algo que me pareció increíble fue que la ducha estuviera abierta en la misma estancia; justo encima había un cristal que daba al pleno cielo de Almería. Bosco se tumbó en el sofá nada más llegar después de las cinco horas y media de viaje.

—¿A qué hora vamos para el festival? ¿Me da tiempo a echarme una cabezadita? ¡Que esto está lejos, eh!

—Descansa mientras coloco la ropa, anda.

Bosco se quedó dormidísimo. Abrí la maleta y fui sacando las camisas y los polos de Ralph Lauren que Flora me había preparado. Los pantalones de pinza que tanto me gustaban. Saqué mis zapatos y algunas zapatillas más cómodas, también me traje ropa deportiva para salir a correr y en una de las bolsas tenía mis gafas de bucear para investigar dónde era la mejor zona por aquí para sumergirme. Encontré el paquete de Flora al fondo de mi mochila, junto a algunas novelas, y lo guardé en uno de los cajones. Coloqué mi perfume y las cosas de aseo en el baño, junto al cepillo eléctrico, y aproveché para llamar a Cayetana y decirle que ya habíamos llegado.

—¿Qué tal la casa, mi príncipe?

—Mejor incluso que en las fotos, Caye, no te haces una idea. ¡Tienes que venir pronto! Ya te imagino alguna noche aquí conmigo.

Noté como si sonriese al otro lado del teléfono.

—En cuanto pueda quitarme trabajo de la revista, me escapo contigo algún fin de semana.

Yo sonreía de vuelta mientras terminaba de colocar algunas cosas en el cuarto. Salí a la terraza y el mar sonaba cerca.

—¿Lo oyes? Está tan cerca del mar que, como sople algo de viento, seguro que me llegan gotas y espuma saladas. Bueno, cariño, solo quería decirte que todo ha ido bien…; voy a ver si despierto a Bosco que nos iremos en breve para el festival. ¿Tú qué tal?

—Bien, preparando los dosieres de mañana. Es la vuelta a la rutina y la mayoría del equipo necesitará una motivación extra, así que les contaré a quién vamos a sacar en portada en el siguiente número para que se vengan arriba y se olviden rápido de la depresión posvacacional.

—¿A quién sacaréis?

—Vamos a hacer una entrevista a Penélope Cruz junto a una sesión de fotos en el Hotel Palace. Va a quedar muy bien.

—¡Qué pasada, cielo! Enhorabuena, eres la mejor.

—Gracias, amor. Te tengo que dejar, que se me va el día. Ve contándome todo, ¿vale? Te quiero mucho, cariño mío.

—Y yo a ti, cielo.

Colgué y cerré la tapa de mi teléfono. Tragué saliva al sentir a Cayetana tan lejos. Me cambié de ropa y me puse uno de mis polos junto a unos pantalones cortos de lino y unos zapatos castellanos. Agarré mis gafas de sol y me eché colonia. Llegué hasta el sofá y zarandeé a Bosco, que roncaba cada poco.

—¡Eh! —dije moviéndole el brazo—. Va, dormilón, venga.

Él abrió los ojos y suspiró.

—Estaba en la gloria.

—Ahora con una cerveza en la mano lo vas a estar todavía más.

Bosco salió de casa en dirección al coche. A mis veintiocho años, había salido bastante de fiesta. La mayoría eran las que organizábamos los vecinos de La Moraleja en algunas de nuestras casas cuando aprovechábamos que nuestros padres no estaban. Pero con quien más salía era con mi hermano, Bosco. Él y yo nos llevábamos un año solamente. Como yo era el pequeño de los cinco, con quien más relación tuve fue con él. Muchos veranos los pasábamos frente a la consola, siempre teníamos lo último y lo más nuevo. El Action Man que acababan de estrenar. El balón de futbol firmado por algunos de los jugadores del Real Madrid. La planta baja de mi casa parecía un almacén de juguetes, consolas y juegos para entretener a muchos niños. Por eso que él estuviera aquí conmigo, acompañándome en un paso tan importante para mí, me hacía especial ilusión.

Eran las ocho y media de la tarde cuando llegamos allí y los colores del atardecer inundaban el cielo. El festival se celebraba en una de las mejores localizaciones de todo Cabo de Gata. La playa de Mónsul nos daba la bienvenida; nada más ponernos las pulseras y permitirnos acceder al festival nos quedamos muy sorprendidos con el despliegue que había allí montado. Era un festival de música que se había hecho muy conocido en las pasadas ediciones. El broche perfecto para despedir el verano. Estábamos junto al mar y se notaba que la mayoría de los asistentes eran de Almería porque cuidaban sus rincones más que nadie. Muchos de ellos llevaban sus vasos colgados con una cuerda para que no se quedasen por el suelo, había papeleras cada pocos metros y, al levantar la vista, un escenario mediano estaba en mitad de la arena, rodeado de luces y barras en los laterales para poder pedir. Una hilera de bombillas brillaba en la bajada hasta la playa y muchos grupos de amigos saltaban de camino al escenario. Aquel no era como otros festivales, multitudinario y que deja tras de sí un reguero de desperdicios y basura, sino más bien una celebración íntima y paradisiaca que cuidaba el entorno natural y ayudaba al negocio local a alargar un poco más la temporada estival, tan importante para las familias autóctonas que vivían del turismo. Bosco me miraba y me sonreía al saber que yo estaba feliz. Feliz de verdad. Aquella era la mejor bienvenida que podía haber imaginado.

—¡¡Quieres algo, hermanito!? —exclamó él de camino a las barras.

—Birras, ¿no? —pregunté.

—Así me gusta. —Dos chicas pasaron por delante de él y Bosco siguió la estela de sus cuerpos—. Madre mía.

—Bosco, por favor —dije yo.

—Tú lo tienes prohibido, que te vas a casar —contestó él dándome una pequeña torta en la cara.

Las novias de Bosco siempre habían traído quebraderos de cabeza en casa. Él era muy fiestero y cada semana aparecía por casa con una chica diferente. Hasta que mi padre se hartó y le dijo que su casa no era un hotel, que si estaba bajo su techo era para estudiar y no para golfear. Que, si él quería vivir así, se podía marchar a un apartamento él solo, hasta que terminase la carrera de arquitecto. Pero que mi padre no lo iba a costear. Parece que aquello caló en Bosco y desde ese momento se centró mucho más en su carrera, lo que le permitió un año después fundar su estudio de arquitectura junto a un compañero de la universidad. Los dos brindamos con las cervezas en la mano. Al poco tiempo después de llegar al festival, subió Estopa al escenario. Los dos hermanos con sus éxitos hicieron que todos nos agolpáramos en las primeras filas y coreáramos como nunca sus canciones más famosas. Pero hubo una que hizo que todos saltásemos, la que decía aquella famosa estrofa de: «Tu perfume es el veneno, que contamina el aire que tu pelo corta, que me corta hasta el habla y el entendimiento». Todos los presentes nos pusimos a bailar. Unos con otros. Nos conociéramos o no. Y dábamos palmas mientras bebíamos. Y aquel momento se convirtió en el punto álgido del día, el sol se escondía despidiendo el verano y recibiendo los primeros días de septiembre. Eran las once de la noche y La Oreja de Van Gogh le cogió el testigo a Estopa, aunque yo hubiera preferido que ellos tocasen muchas más canciones. Entonces Amaia se puso a cantar y yo ya había perdido la cuenta de cuántas cervezas llevaba. Bosco consiguió un porro y lo encendió para que fuéramos pasándonoslo. Noté cómo todo me subía por momentos, el alcohol de todas las cervezas que me había bebido, el porro que iba muy cargado y que todavía no habíamos cenado nada. Tras un parón aprovechamos para levantarnos e ir en busca de algo para comer en alguno de los puestos que había de comida rápida. Devoré una hamburguesa en minutos y Bosco se puso las gafas de sol para hacerse el gracioso. Al momento aparecieron dos chicas y se abrazaron a él. Parecían muy simpáticas. Bosco me llamó para presentármelas, pero le dije que necesitaba descansar y salir del meollo de la gente. Las luces del escenario principal se encendieron para dar paso al último artista, momento en el que Bosco y las dos chicas salieron corriendo. Yo aún estaba algo mareado, así que me alejé del gentío en dirección a una pequeña colina de arena. Pensaba ver el concierto desde allí, sentado, cuando abrí mi teléfono para ver qué hora marcaba. Eran casi las dos de la madrugada. Tecleé intentando escribir a Cayetana y, de pronto, me choqué con algo o alguien.

—¡Hostias!

Mi cerveza salió volando y aterrizó directamente en él.

—Perdona, perdóname. Joooooooder.

Le había tirado el vaso por toda la camiseta a aquel chico. Me puse tan nervioso que no supe ni qué decir. Por cómo me miraba, se notaba que estaba enfadado.

—No te preocupes —contestó él limpiándose los brazos donde también le chorreaba cerveza.

—Hostias, me siento fatal. —Miré a mi alrededor para intentar buscar alguna solución—. Puedo… Puedo… —cerré los ojos intentando ordenar bien lo que quería decirle—. Puedo comprarte una camiseta —dije recordando que nada más entrar en la playa había visto un puesto de camisetas de los grupos que tocaban esa noche en el festival.

—Bueno, no te preocupes, pero mira por dónde vas, tío…

—Vente, de verdad —insistí empujándolo con suavidad—, me siento como el culo.

—No creo que lo hayas hecho a posta —me dijo él mientras se le pasaba un poco el cabreo.

Los dos echamos a andar en busca de aquella caseta donde vendían las camisetas.

—He bebido demasiado y no te he visto. Lo siento de verdad.

Caminábamos hacia la entrada del recinto donde recordaba haber visto aquel puesto de *merchandising* de los grupos que tocaban hoy aquí. El chico iba mirando por detrás como si buscara a alguien.

—¿Has venido solo? —le pregunté para no ir todo el tiempo en silencio.

—Estaba trabajando, acaba de terminar mi turno.

Y entonces me fijé en su camiseta. En esa que le había llenado de cerveza. En el lado derecho tenía el logo del festival y el año de celebración.

—¿Y qué tal, te ha gustado? —dije yo—. Es la primera vez que vengo y la verdad es que es una pasada. Aunque no soporto a La Oreja de Van Gogh.

—Bueno, la verdad es que servir cervezas no es mi pasión, pero pagaban bastante bien para ocho horas.

—Ya, perdona. La verdad es que no lo había pensado así. Discúlpame.

—Me has pedido perdón demasiadas veces en menos de dos minutos.

Joder. En ese momento la luz de uno de los puestos de comida le iluminó sus ojos y lo observé detenidamente. Eran azules, como el mar cuando habíamos llegado en coche a la costa. El chico tendría mi edad, o algo menos, pero estaba tan mareado por la bebida que tampoco podía fijarme mucho en analizar sus facciones.

—Ya, es verdad. Ya me callo.

Él se rio.

—No eres de aquí, ¿verdad? —preguntó.

—¿Por qué lo sabes?

—Bueno, no te lo tomes a mal, pero a quién se le ocurre venir a un festival en la playa con polo y unos zapatos de comunión —nada más terminar la frase se rio—, y sobre todo porque pronuncias todas las «eses».

Me detuve en seco en medio del camino que llevaba a la última caseta del festival.

—Perdona, pero ¿qué problema tienes con mis zapatos y mis «eses»?

—No. No. Ninguno. Pero quizá no es lo más apropiado para venir de festival, ¿no? Bueno, no sé. Cada uno que se ponga lo que quiera, yo hablaba de comodidad.

—Voy cómodo —respondí serio.

—Ahora la he cagado yo —dijo él—. No te lo tomes a mal, me refería a que, con la camisa, el calor, la arena. No sé. Te sienta bien, de todas formas.

Lo miré. Aquel tío era un sobrado, le pagaría la camiseta y nos perderíamos de vista.

—Es aquí —dije yo señalando el puesto que estaba pegado a la salida.

Nos acercamos juntos y una señora que estaba sentada en una silla leyendo una revista nos miró por encima de las gafas.

—¿Cuál quieres? —le pregunté.

Aquel tío observaba las camisetas que estaban pegadas en la pared de aquel puesto. Era más alto que yo y mucho más fuerte. Haberle tirado toda la cerveza por encima hacía que sus pectorales se marcasen mucho más. Eran, cómo decirlo, muy grandes, tanto que hasta me resultaban feos.

—Aquella —dijo señalando a una de La Oreja de Van Gogh.

—¿La de «Apareces tú»? —preguntó la mujer agarrando un gancho para escoger la que él quería.

—Sí. Es mi canción favorita.

No podía ser verdad.

—¿En serio? —pregunté—. ¿Teniendo las de Estopa?

Él me miró sin saber muy bien qué decirme.

—Somos tan distintos tú y yo —respondió agarrando la camiseta donde aparecía la portada del disco y en letras blancas APARECES TÚ de La Oreja de Van Gogh.

—Son veinte euros —dijo la mujer—, ¿quién paga?

—Él —contestó.

Aquel chico me miró y solo le salió reírse. No podía creer que estuviera pagando veinte euros por esto. Abrí mi cartera, y asomaron varios billetes.

—Aquí tiene —le dije extendiéndole a la mujer el dinero.

Nos alejamos de allí en silencio, me percaté de que casi habíamos salido del recinto del festival sin darnos cuenta porque vi el aparcamiento de los coches.

—Gracias por la camiseta —dijo él mientras llegamos a los vehículos—; aguanta un segundo.

Me dejó sobre la mano la camiseta que acababa de comprarle. Y entonces se quitó la suya. Se quedó sin ella allí en medio y yo, reflejo de aquello, aparté la mirada hacia la entrada del festival, donde no había nadie. Aunque me fue imposible no fijarme en aquellos abdominales. Yo siempre había intentado tenerlos, pero nunca lo había conseguido. Aquel tío se puso su camiseta de La Oreja de Van Gogh y tiró la que llevaba manchada de cerveza a la basura.

—¿Dónde tienes tu coche? —pregunté.

—Mi coche está en el taller. Me han traído esta mañana, esperaré a ver si pasa alguno que me pueda acercar. Vivo en el pueblo de al lado.

—¿Vas a hacer autostop?

Él se rio.

—Aquí es bastante común. Hasta el martes no me dan el coche, así que mientras tanto tiro de esto.

Yo miré a un lado, mi Mercedes estaba aparcado frente a nosotros. Cómo iba a dejarlo ahí teniendo mi coche aparcado. En ese momento recibí un SMS. Era Bosco.

Bosco
3:09

Hermanito. Estas dos quieren jarana.
Me voy con ellas a su hotel. No me esperes
despierto.
¡¡¡Qué fuerte esto!!! Te quiero.

Suspiré al leer aquello, pero realmente no me sorprendió. Levanté la mirada y saqué las llaves de mi todoterreno.

—Yo te acerco —le dije—, por lo de antes.

—Oye, no hace falta. Si estabas aquí con tus amigos, no quiero cortarte el rollo y eso.

—Tranquilo. Ya me has jodido la noche y mi hermano ha ligado, y, la verdad, me haces un favor sacándome de aquí.

Miró con cara de asco conforme nos fuimos acercando al coche.

—Joder. Un Mercedes.

Al subirse, la luz del interior del coche le iluminó el color de los ojos. Y los nuestros coincidieron. Miré para otro sitio de inmediato, pero de nuevo, pude fijarme en lo azules y bonitos que eran.

—Perdona, ¿dónde has dicho que vives?

—Arranca, yo te guío. Es el siguiente pueblo, está a veinte minutos.

Suspiré y pensé que, cuanto antes lo llevase, antes acabaría aquella noche. Arranqué el coche y salimos del aparcamiento. La borrachera se me había ido pasando poco a poco, aunque tampoco iba perfectamente. Él lo notó por cómo cogía las curvas.

—¿Cómo has dicho que te llamas? —le pregunté.

—No lo he dicho.

—Pues dilo.

—Hugo.

Yo asentí con la cabeza. Hugo.

—¿Y tú?

—Gael —dije estirando la mano que tenía apoyada en las marchas del coche—, encantado.

—Gael…, no lo había escuchado nunca. —Me giré y nuestros ojos se encontraron de nuevo—. ¿Y qué te trae por aquí?

Y a ti qué te importa, estuve a punto de decirle.

—Mañana empiezo a trabajar en Cabo de Gata.

—Qué bien, este lugar es lo mejor que hay. Un paraíso de principio a fin. Hay muchas calas y rincones que casi nadie conoce y que ahora que se han ido todos los turistas quienes realmente los disfrutamos somos los de siempre. Los de aquí.

—Me gusta bucear, por si te sabes alguna cala buena para ver peces.

—Playa de los Muertos —dijo él sin dudar—. Es el mejor sitio de aquí si quieres bucear.

Vaya. Qué contundente, pensé.

—Perfecto. Lo anoto. Espero acordarme mañana.

No había nadie por la carretera de camino al pueblo de aquel chico. Él miraba por la ventanilla y me avisaba cuando tenía que aflojar el pie del acelerador; hubo unas cuantas curvas, pero por suerte todo salió bien. Observé un cartel que anunciaba que habíamos llegado a su pueblo.

—¿San José? —pregunté.

—Exacto. Este es mi pueblo.

Era un pueblo diminuto, con casas blancas, al borde del mar, y reinaba el silencio; se notaba que muchos de los turistas se habían marchado ya.

—¿Dónde te quedas tú?

—He alquilado una casa al principio de Cabo.

—Ah. Muy buena zona. Si no lo conoces, este pueblo también es muy especial. Mira, para, para aquí —dijo Hugo señalando un lateral de la carretera. Me eché a un lado y nos detuvimos en una especie de mirador que había antes de salir del pueblo. Ambos bajamos del coche y solamente se oía el cricrí de algún grillo a lo lejos. Hugo caminó en dirección al mirador y al poco tiempo llegué yo para apoyarme a su lado. Los dos nos acomodamos en aquella barra de madera desde la que se veía todo el pueblo y parte de la playa de la que veníamos.

—¿Aquello es? —pregunté señalando a lo lejos.

—Mónsul —dijo él—, es una playa genial, aunque yo prefiero otras.

—Te conoces todo esto.

Me miró de nuevo. Se le marcaban las venas de los brazos y me fijé en que una de sus orejas tenía la punta ligeramente caída hacia delante. Dejé de mirarlo para concentrarme de nuevo en las vistas.

—Llevo aquí toda la vida. Conozco lugares que todavía nadie ha pisado.

Qué sobrado me pareció, no me apetecía escucharlo mucho más.

—Un auténtico conquistador —dije riéndome de él.

Fijé la vista y me di cuenta de que, si seguías la línea de la orilla del mar, llegaba hasta una especie de torreón.

—¿Y aquello de allí no es…?

—El faro de Cabo de Gata.

—Pero… no funciona, ¿no?

—No, desde hace unos cuantos años no da luz. La bombilla se rompió hace ya tiempo y los ayuntamientos de por aquí se han lavado las manos en cubrir los costes. Total, para qué, dicen. Si ya teniendo el faro de Sabinar a unos treinta kilómetros que va automatizado y no hay que invertir en personal, ¿para qué queremos otro aquí?

—Parece bonito...

—Lo es, los mejores atardeceres se ven desde allí. —Su mirada estaba clavada en aquel lugar—. Por cierto, ¿qué edad tienes? —preguntó él.

—Veintiocho —contesté—. ¿Tú?

—Dos menos —respondió él—, veintiséis.

—Pensaba que eras mayor que yo.

Él me miró.

—¿Y eso? —me preguntó.

—Bueno. No sé. Apariencias. Eres un poco más alto.

Se acercó.

—Pero no mucho.

Lo tenía delante y nuestras narices estaban demasiado cerca. Yo me puse muy nervioso, qué estaba haciendo. Ambos nos quedamos en silencio y solamente se oían las olas romper justo debajo de nosotros. Era un silencio diferente porque de alguna manera sentías como si te abrazaran. En ese instante entendí que ya me había dado el bajón del alcohol. Pensé que era hora de volver a casa porque mañana tenía que estar concentrado en el primer día de instituto y no se me podía notar que estaba cansado o que había pasado una mala noche.

—¿Te llevo a casa? —pregunté a Hugo mientras abría la puerta y me apoyaba en el asiento.

Hugo entonces caminó lentamente hacia mí.

—Sí. Si quieres.

Observaba a aquel chico que se acercaba cada vez más y noté cómo el corazón me bombeaba distinto. Se aceleró al ver que clavaba sus ojos en los míos. Sentí un hormigueo en el estómago que hasta ahora desconocía. Pero que a cada paso que Hugo daba se hacía más notable. Miré hacia los lados y allí no había absolutamente nadie.

—¿Y qué quieres hacer si no? —pregunté nervioso.

A Hugo le faltaban dos pasos para llegar hasta mí, y los dio, con firmeza y mirándome a los ojos. Sus grandes brazos apretaban la camiseta que le había comprado y, cuando me quise dar cuenta, esos brazos estaban sobre los marcos del coche. Estábamos el uno a escasos centímetros del otro. Y comencé a temblar. Cada vez más.

—Tengo alguna idea —dijo él rozándome los labios.

Y, en aquel instante, cerré los ojos. Casi por instinto. Sabía perfectamente lo que venía después. Y no pude pararlo. Los labios de Hugo chocaron con los míos. Fue lento. Muy lento. Con una inmensa delicadeza. Hugo puso su mano en mi nuca mientras nos besábamos con cautela. Mi lengua temblaba, pero la suya me calmó. Necesitaba pararlo. Sentí su cuerpo junto al mío cuando se echó hacia delante y no sabía lo que estaba ocurriendo. Abrí los ojos a la vez que Hugo y lo aparté de inmediato. Él me sonrió dando dos pasos atrás.

—Es mejor que me vaya —dije yo sin poder levantar la cabeza y con la vista en el suelo.

—Sí..., yo, yo también debería volver.

Suspiré sin creer todavía lo que había ocurrido. Necesitaba salir de allí cuanto antes. Cuando fui a cerrar la puerta, Hugo me detuvo.

—Espera. Espera.

Estiró su brazo y agarró mi móvil.

—¿Qué haces? —le dije yo intentando quitárselo de las manos.

—No puedo irme sin al menos darte la oportunidad de que me llames algún día.

Yo no podía creer aquello. No lo iba a hacer.

—No voy a llamarte. Esto, de verdad, ha sido un error.

—Haz lo que quieras. Por cierto —dijo él entonces señalando mis pantalones—, los pantalones te quedan bien, pero te has puesto demasiado contento, ¿no? —Y sonrió marchándose de espaldas a mí tras darme mi móvil de nuevo. Me fijé en mi paquete y, efectivamente, me había empalmado y se notaba a través del fino pantalón de lino.

Hugo se perdió en la oscuridad de su calle y, una vez que me quedé solo, estuve unos minutos en silencio dentro del coche mirando a la nada mientras pensaba en lo que acababa de ocurrir. Estaba completamente avergonzado, suspiré sin creerlo todavía y pensé en lo absurdo que había sido dejarme besar por aquel desconocido... De hecho, ¿qué pensaría Caye si se enterara? Un beso no tenía mayor importancia, no al menos en el tipo de relación que habíamos construido nosotros, nuestro vínculo era más profundo. Pero ¿qué era lo que había sentido en el cuerpo? El cosquilleo en el estómago, el calor en la frente y la nuca, la rapidez con que mi lengua y mis labios habían respondido a los de Hugo...

No, no podía perder todo lo que había construido con Cayetana por una gilipollez así. El alcohol y las caladas al porro habían nublado mi juicio y la realidad, pero había conseguido parar a tiempo, y eso era lo importante. Solamente había sido un beso. No significaba absolutamente nada. Cogí aire e intenté mantener la calma. Pero todo me volvió a la cabeza como si fueran dardos. Cayetana. La boda. Me había besado con un tío. Me miraba las manos y temblaba. Seguí cogiendo aire y lo sacaba por la boca. Cuando me tranquilicé un poco, pensé fríamente en que nadie nos había visto y que aquello no tendría por qué saberse. Mi hermano se había ido con dos tías, yo cogí el coche y me fui a casa. Nunca nadie sabría qué pasó con este imbécil de un pueblo perdido de la mano de Dios. No lo volvería a ver, no le hablaría, solo sabía su nombre, pero nada más. Podía estar tranquilo, porque aquel secreto me lo llevaría a la tumba. Fui a desbloquear el teléfono para borrar su contacto y vi en la pantalla: Tu error. Y a continuación estaba el teléfono de Hugo. Apagué el móvil y eché la cabeza hacia atrás.

Volví por la carretera por la que había venido y deshice el camino, pasé de nuevo por el festival y vi que la gente ya empezaba a marcharse. Llegué hasta mi casa y vi las luces de la piscina, que iluminaron mi sombra. Entré en la habitación deprisa y coloqué las sábanas que traje de mi casa, puse mi móvil a cargar y programé la alarma para las ocho y media. Tenía que estar a las diez en el instituto, que quedaba a apenas cinco minutos a pie. Pero quería ducharme, desayunar tranquilamente en la terraza y, si me daba tiempo, despedirme de Bosco antes de que él pusiera de nuevo rumbo a Madrid. Me dejé caer sobre la cama y cerré los ojos, pero todo lo que veía era a Hugo. Veía a Hugo besándome. La sensación de sus labios recorriendo los míos. Lo tenía frente a mí. Me besaba lentamente. Tocaba sus brazos. Con la mano me rocé el labio y sentí como si lo rozase a él. Un escalofrío me recorrió la espalda al pensar en lo que estaba haciendo y tuve que salir corriendo al baño. Una arcada me subió por la garganta y me puse a vomitar en la taza del váter. Una y otra vez. Después de vomitar todo lo que tenía dentro, conseguí ponerme de pie y me mojé la cara frente al espejo del lavabo. Me miré en el reflejo y la imagen era deplorable. Qué cojones había hecho. Sentí rabia, pero, sobre todo, vergüenza. Volví a la cama y empecé a girarme sobre ella. «Olvídalo, olvídalo», me repetía una y otra vez. Cogí una de las almohadas y hundí fuerte la cara mientras gritaba de rabia sin entender cómo había llegado a permitir que aquello siquiera ocurriese. Al cabo de un rato entendí que todo era cuestión de tiempo. Solo necesitaba tiempo para olvidarme de lo que había pasado. Tenía que enfocarme en la razón principal por la que había venido aquí: iba a estar bien. Un nuevo trabajo y toda una zona virgen que explorar. Salir a bucear, pasear, hacer deporte, leer. Podría hacer todo lo que había dejado de lado este tiempo atrás. Y, después de todo eso, volvería a Madrid para casarme con Cayetana. Todo estaba bien. Todo iba a salir como estaba previsto. Porque así era como tenía que ser.

Hugo
El hoy

1 de septiembre de 2007
Faltan 354 días para el final de nuestra historia

—¡Me cago en mis muertos! —Mi grito sonó en toda la habitación.

Si es que soy idiota. Soy imbécil. Soy la persona más tonta de este mundo. Miré el móvil que descansaba en mi mesita de noche y me di cuenta de que no lo había programado para que sonase esa mañana de lo cansado que estaba al acostarme. Salté corriendo de la cama y comencé a vestirme con lo primero que pillé: la camiseta que me habían regalado la noche anterior. Me puse los pantalones mientras me abrochaba el cinturón a la vez que me metía las zapatillas como bien pude. No había nadie en mi casa. Mi madre se había ido bien temprano a trabajar al invernadero. Agarré el casco de la moto, que estaba sobre la mesa del comedor, y salí disparado hacia la calle donde estaba mi scooter. Introduje la llave y arranqué mientras me ataba el casco. Si me daba prisa, llegaría solamente cinco minutos tarde. Apreté el acelerador y bajé todas las curvas con cuidado de no caerme en alguno de los giros, aceleré todavía más cuando llegué a la gran recta que había en Cabo de Gata. El tubo de escape rugió y los vecinos se sorprendieron de la velocidad que llevaba. En cuestión de unos cuantos minutos llegué a mi destino. Aparqué la moto en la puerta donde siempre la dejaba y entré corriendo, me saludaron al pasar, era uno de los grandes conocidos en aquel lugar después de todos los años que había pasado allí dentro. Subí las escaleras a toda prisa y vi la puerta al fondo. «El último esfuerzo —pensé—. Ya estoy aquí. Vamos, Hugo». Cogí la última bocanada de aire en la misma puerta para después tocar y abrir. No podía creerme lo que encontré tras ella...

—Y una mierda.

Quería morirme. Tenía que estar soñando. Esto no podía ser verdad. Allí estaba él. El tío de la noche anterior estaba de pie en la pizarra frente a todos mis compañeros. Él abrió los ojos como platos sin poder creerlo.

—¿Tú eres el Hugo que falta?

—Ya lo irás conociendo, profe. Siempre llega tarde —dijo la sabionda de la primera fila.

—Cállate, Alicia.

—Siéntate, por favor —me dijo él.

Cerré la puerta mientras deseé que el instituto entero ardiese conmigo dentro. Y que, al terminar, esparcieran mis cenizas entre lo que quedase. Fui en dirección a mi sitio de siempre. Al lado de Jonathan y Celia.

—De verdad, Hugo, ni el primer día —me dijo ella nada más sentarme. Ella era Celia, mi mejor amiga, nos encontramos cuando yo repetí primero de bachiller. Y, desde entonces, se ha convertido en mi persona favorita. Sus mofletes rechonchos que tanto me gusta estirar y morder. Su sonrisa inmensa y su característica risa.

No podía articular palabra. Estaba completamente en shock. ¿Qué posibilidades había de que aquello ocurriese? Nos habían dicho que nuestro profesor de Geografía e Historia había pedido la baja temporal y que, para el nuevo curso, llegaría un sustituto. Y ahí estaba. El puto sustituto.

—Como os decía, mi nombre es Gael, y seré vuestro profesor de Geografía e Historia, aparte de vuestro tutor en este último año de instituto.

Ah. Que también iba a ser nuestro tutor. De puta madre.

—Yo me lo tiraba —dijo Jonathan.

Y él era Jonathan. Mi mejor amigo. Nos conocíamos de hace más de diez años, juntos repetimos primero de bachiller, no sé si a posta o porque realmente sabíamos que no podríamos vivir por caminos separados.

—Y debéis saber que será un año intenso. Tenéis que preparar vuestra prueba de acceso a la universidad. Pero estoy a vuestra completa disposición para lo que necesitéis.

«Y tanto que será intenso».

—Pero ¿qué te pasa? —preguntó Celia—. Estás blanco.

«No, Celia. Estoy muerto. Color cadáver», pensé.

—No, no. No es nada —titubeé sin todavía poder creerlo.

—Es guapo, ¿eh? —dijo ella mirando a Jonathan—, de esos pijitos que nos gustan a ti y a mí.

Sonreí ante aquella situación tan surrealista que estaba viviendo. Gael, mientras tanto, siguió explicando parte del plan de estudios para el curso.

—Por cierto, ¿dónde te metiste anoche? Estábamos bailando al terminar el turno y de repente te perdimos de vista —preguntó Jonathan casi susurrando.

—No puedo contároslo. Nunca me creeríais.

—¿Perdona? —preguntó Celia.

Jonathan me miraba justo detrás de ella.

—Te dije que se había ido a follar. Te lo dije. Nunca me equivoco.

—No me fui a follar.

—No, claro. Es verdad. Te fuiste a leerle un cuento a alguien.

—Sí. El de *Pinocho*.

—¿Así de grande la tenía? —preguntó él.

—Sois insoportables —dijo Celia con una carcajada.

—Escuchadme, por favor. También los de... —carraspeó Gael—, ... los de ahí detrás. Esto es importante. —Nuestro recién llegado tutor me miró y al momento cambió la vista para otro lado.

—No os pienso ayudar como os caiga Historia —dijo Celia, que nos conoció a los dos cuando repetimos—, este año tenéis que sacároslo. Y más si queréis que nos vayamos a estudiar a Madrid.

Ese era nuestro plan. Hacer la selectividad y mudarnos los tres juntos. Jonathan quería hacer Diseño de Moda en la ESM, la Escuela Superior de Moda, que becaba a los estudiantes que llevaran un buen proyecto personal diseñado. Celia soñaba con conseguir entrar en la Escuela de Aviación Española, desde pequeña había querido ser piloto y poder viajar alrededor de todo el mundo. Y luego estaba yo. Siempre me había encantado el mundo del cine. Soñaba con hacer películas, escribirlas para después llevarlas a la pantalla. Esos eran nuestros sueños. Los tres habíamos estado todo el verano trabajando en diferentes empleos temporales para ahorrar y pagarnos las matrículas y el alquiler allí.

—Ahora en serio —dijo Celia—, ¿con quién te fuiste anoche?

No podía contárselo. Aunque tampoco creo que fuesen a creerme. Fijé mis ojos en él, en sus labios gruesos. En aquellos mismos labios que había besado la noche anterior.

—Con alguien especial.

Celia miró a Jonathan y arquearon las cejas sin saber a qué me referiría. En ese momento miramos a la pizarra y Gael estaba explicando los criterios de evaluación.

—Serán solamente dos exámenes, uno en octubre y otro en marzo, ambas notas contarán un sesenta por ciento de la nota final. Serán importantes, pero hay algo que para mí también lo será y lo tendré muy en cuenta: el cuarenta por ciento restante de vuestra nota será la realización de un trabajo final individual.

—Trabajo el que le hacía yo —murmuró Jonathan.

—Cállate ya —le contesté.

—Cuatro puntos por un trabajo. Así da gusto.

—¿Y de qué va el trabajo, profesor? —preguntó un chico de la segunda fila.

—Veréis —en ese momento Gael encendió el proyector de la clase; en él, comenzó a aparecer un mapa de todo Almería—, vuestro trabajo final tratará de encontrar un lugar único para vosotros y recopilar toda la información sobre ese enclave. Quiero saberlo todo: datos geográficos, sociales, topográficos, climatológicos… Enfocadlo desde el punto de vista que queráis, cuanto más completo sea el análisis, mejor, claro. Quiero saber por qué es especial ese espacio para vosotros y que construyáis la historia de ese lugar en la memoria del trabajo. Por qué ese sitio y no otro. A partir de ahí tendréis que elaborar un ensayo, uniendo los dos pilares fundamentales de esta asignatura: el estudio de la geografía y la historia que hay detrás. Elegid bien, buscad un lugar bonito y que hable de vosotros. Solo así conseguiréis el diez.

—Pues parece enrollado, ¿no? Al menos el trabajo no va de poner nombres a un mapa vacío… —dijo Jon.

—¿Enrollado? Sí, bueno…

«Si tú supieras», pensé yo.

—Por cierto, antes de que nos fuéramos nos encontramos con… —Celia bajó la mirada.

Jonathan me miró.

—Dime que no.

—Lo vimos pasar con sus amigos.

Javi, o como a mí me gustaba llamarle, el montón de mierda de Javi, había sido mi novio hasta hace un par de meses. O eso creía yo. Javi había estado metiéndose en unos mundos algo turbios con los que yo no quería tener nada que ver. Comenzó pasando algunos porros en fiestas, después fueron pastillas, más adelante era el camello de confianza de la mayoría de la gente de la zona y, con el tiempo, era evidente que cada vez estaba metiéndose en más y más mierda. Nadie sabía que estábamos juntos salvo mis amigos, ya que su entorno ignoraba que le molaban los tíos. Hasta que, un día, decidí darle una sorpresa y me lo encontré follándose a una chica. Salí de allí corriendo y la misma noche se presentó en mi casa. Discutimos un buen rato y me amenazó con hacerme la vida imposible si lo dejaba. Pero lo hice. En sus ojos veía rabia, tanta que hasta me escupió antes de marcharse en su descapotable tuneado. Pasé una etapa bastante mala, y desde entonces me volví mucho más frío. No quería que me hicieran más daño y empecé a ser un rompecorazones. Usaba a los chicos. Ni nombres. Ni su móvil. Follábamos y hasta luego. Me empecé a preocupar más por mi físico y empecé a ir al gimnasio y a subir peso a base de proteínas y de comer el triple que antes. Los brazos se me ensancharon y la espalda y los abdominales también. Solo quería no pensar. Muchas veces, cuando me apetecía pasármelo bien, iba yo solo a discotecas de ambiente a dejar que cualquiera se acercase y se dejara hacer lo que fuera en los mismos baños. Y en todo ese camino, claro, parte del Hugo de antes se había quedado atrás. De alguna forma había dejado de creer en el amor, o me había convencido a mí mismo de que disfrutaba de esa forma animal de consumir cuerpos sin sentir, sin pensar, sin conocer. Al Hugo sentimental que soñaba con tener su propia película de amor, esa en la que podía escribir cartas e intentar ser feliz al lado de otra persona, lo había perdido de vista.

Sonó el timbre y todos se levantaron. Jonathan me miró y se fijó en mi camiseta.

—¿Y esa camiseta?

Miré a Gael de refilón y se puso nervioso desde la mesa donde estaba recogiendo sus carpetas. No contesté y simplemente le devolví una sonrisa a Jon.

—Este es capaz de haberse tirado a alguno de La Oreja de Van Gogh.

—Hugo —dijo el profesor—, ¿te importa venir un momento?

Celia me miró, creyendo que ya me iba a cantar las cuarenta por haber llegado tarde el primer día.

—Id tirando, ahora os alcanzo.

Ellos salieron de la clase y yo me quedé a solas con Gael. Él había terminado ya de recoger los papeles donde tenía la lista de alumnos, los horarios y demás. Miró hacia la puerta y comprobó que nadie podía oírnos. Estaba serio, arreglado, olía a perfume, vestía un polo, llevaba un reloj caro y se notaba que se había peinado a conciencia. En absoluto se parecía al tipo pasado de birras de la noche anterior. Era un niño bien de manual.

—Lo de anoche, por el bien de ambos, es mejor que lo olvidemos. ¿De acuerdo?

Yo sonreí mirando al suelo, un poco avergonzado.

—¿Qué probabilidades había de...?

—Hugo —me cortó él.

—Eh. Relájate —dije yo—. Oficialmente fue antes de que fueras mi profesor. Por lo que no tienes de qué preocuparte. Yo ya lo he olvidado, de todas formas, no fue para tanto.

Gael respiró hondo y relajó los hombros.

—Ni una palabra, por favor.

Le miré los labios y deseé besarlos de nuevo. No entendía qué narices me estaba pasando. La luz se reflejaba en su piel y pude estudiar mejor los detalles que anoche casi en la oscuridad eran imperceptibles. Me fijé en su barba perfectamente cuidada y en sus gafas, que le hacían parecer, y posiblemente ser, el típico sabelotodo. Ese mechón que caía en la frente y que sabía lo extremadamente sexy que le hacía. Deseé volver a aquel coche y a esa noche llena de estrellas. Deseé estar de nuevo en aquel mirador sin saber quién era él en realidad.

—¿Hugo?

Volví a la realidad. Gael se rascaba la cabeza y suspiraba nervioso mirando hacia la puerta para asegurarse de que nadie aparecía de pronto.

—Que sí. Que lo he entendido.

—Ve a clase, y no llegues tarde más veces o tendré que amonestarte.

¿Perdona? Pero ¿y este quién se creía?

—Por lo de anoche me deberías poner matrícula de honor.

Y lo dije mientras le guiñaba un ojo de camino a la puerta. Vi cómo él negaba con la cabeza, estupefacto pero sorprendido, supongo, por la completa casualidad que había sido aquello. Era una putada para él. Pero le había dicho la verdad: lo de la noche anterior había sido un acto fruto del azar que, ahora que sabíamos quiénes éramos, no tenía por qué repetirse. Y que no iba a repetirse, de hecho.

Las siguientes clases fueron meras presentaciones del último curso de instituto, objetivos, consejos y ánimos de todos los profesores para este año al que nos enfrentábamos, etc. Lo que más nos gustó fue cuando nos hablaron del viaje de fin de curso. Nos dieron a elegir tres destinos y por votación salió Gran Canaria. Celia, Jonathan y yo nos imaginábamos ya en las islas disfrutando de una buena semana de vacaciones. Nos iríamos en el mes de agosto, una vez que ya tuviéramos las notas de acceso a la universidad. Aquel viaje prometía ser una despedida a la altura de todos los años que habíamos pasado juntos antes de que cada uno de nuestros compañeros de clase cogiera su camino por separado. Daba algo de vértigo, pero a la vez nos animó mucho pensar en ello para empezar el curso con ganas y centrarnos sobre todo en la prueba de acceso. Los exámenes, las notas, por fin parecían importar para algo de verdad.

Yo andaba algo pensativo todavía sobre qué carrera elegir. Sabía que siempre me había apasionado contar historias; cada vez que iba al cine con mi madre, me quedaba fascinado ante la gran pantalla, los actores, los guiones, los efectos visuales… El poder que tenían las historias en movimiento me fascinaba. Ya desde muy pequeño empecé a ir al cine yo solo. Pero creo que el punto de inflexión había sido el verano anterior, cuando una tarde me acerqué al cine de mi barrio. Solamente había tres películas en cartelera, dos ya las había visto y la otra era el primer film de un director muy jovencito. Compré mi entrada y, durante la hora y cuarenta y cinco minutos que duraba, me quedé abrumado, hipnotizado, y confirmé lo que siempre había sentido. Quería intentar hacer eso. Se me puso la piel de gallina con el final, pues no podía creer cómo el director había jugado conmigo durante toda la película. Llegué a casa tan contento que busqué todo acerca de él. Se llamaba Juan Antonio Bayona y su película, *El orfanato*, era la primera que rodó después de terminar la escuela de cine. Convencí a mi madre para ir con ella a verla. Necesitaba que todo el mundo de mi alrededor viese aquella película. Ella también acabó con lágrimas en los ojos. Y después Celia y Jonathan, con los que volví a verla. Durante las siguientes noches de verano, me quedé escribiendo en un folio lo que podía ser el inicio de una historia. Escribía y borraba personajes que empezaban a nacer en mi cabeza. Sus miedos, sus anhelos, su manera de vivir su propia historia. Una noche, antes de irme a la cama, miré a la pared, allí estaba el póster de aquella película. Cerré los ojos y pensé en que, si podía soñarlo y escribirlo, quizá algún día podría rodarlo.

En la puerta del instituto, después de que sonase el timbre para volver a casa, miré la hora y era casi la una del mediodía. El sol apretaba fuerte en Cabo de Gata, el mar brillaba al fondo y aún había alguna sombrilla en la playa de la gente que renunciaba a despedir todavía el verano.

—¿Os apetece hacer algo esta tarde? —preguntó Jon.

—Me encantaría, pero tengo que ir al invernadero a ayudar a mi madre —le contesté.

—Yo estoy terminando el cursillo de avioneta. Me quedan solamente cuatro clases y ya me darán el título, chicos, me lo piden para la escuela de aviación.

—Todavía no te has dignado a darnos ni una vuelta —le repliqué.

—Lo tengo prohibido. Y lo sabéis.

—A sus órdenes, comandante Márquez.

Los miré y me sentí feliz. Hoy era el primer día de nuestro último curso. Y, sin duda, había empezado por todo lo alto. Nos despedimos y me monté de nuevo en la moto para volver a casa, comí un bocata rápido y, mientras estaba en silencio en la cocina, pensé en lo increíble que era que Gael me hubiese tocado como profesor después de lo que había ocurrido la noche previa. Me reí, me lavé la cara para despertarme un poco y salí de nuevo de casa camino al invernadero.

Bajo el sol del mediodía, mi madre y yo escuchábamos *Los 40 Principales* en la radio del invernadero. Me secaba las gotas de sudor de la frente. Bajo aquel plástico la temperatura superaba los treinta grados. Mi madre había llegado muy temprano, casi antes de que el sol saliera, y había empezado ella sola a retirar las verduras que ya estaban listas para llevar a la alhóndiga. Yo acudía en cuanto terminaba el instituto para echarle una mano en lo que podía y pasaba parte de la tarde recogiendo lo que quedase. Era lo único que teníamos para poder salir adelante desde que mi padre falleciera. Ella y yo estábamos solos frente al mundo y aquel invernadero se había convertido en esa tabla de salvación que flota en medio del mar. No era el mejor oficio del mundo, pero era nuestro lugar propio, allí trabajábamos duro, pero también cantábamos, bailábamos entre las hileras de hortalizas y nos abríamos el uno al otro. Entre aquellas lonas de plástico habíamos compartido conversaciones que recordaría toda una vida y hasta habíamos derramado lágrimas al rememorar a mi padre, al que tanto echábamos de menos.

—¿Qué tal ha ido hoy el primer día? —me preguntó mientras terminaba de recoger las últimas hileras.

—Ha ido bien. Ha llegado un nuevo profesor, ¿sabes? Así un tanto fino.

—No me digas…, ¿de aquí de Almería?

—De Madrid; pronuncia todas las «eses». Es jovencito, pero se le ve majete. ¿Y tú cómo estás? Hoy has salido temprano, ¿has descansado a mediodía? —le pregunté.

—Tranquilo, hijo, yo siempre estoy bien, aunque hay veces que este trabajo se me hace cuesta arriba.

—Sabes que, en cuanto termine este curso, me podré dedicar un poco más a esto y tú podrás descansar algún rato, mamá…, puedo incluso posponer lo de ir a la escuela de cine.

—Yo lo único que quiero es que estudies lo que tú quieres, hijo. No deseo que acabes aquí como yo… Esta vida no quiero que sea para ti; sé la ilusión que te hace entrar en esa escuela.

—Estoy intentando ahorrar todo lo que puedo, pero no sé si llegaré —contesté sincero.

Mi madre entonces paró de recoger los pimientos italianos que teníamos plantados y los dejó sobre el carro donde estaba apoyada la radio. Se sentó a descansar y le dio un trago a la botella de agua. Me acerqué a ella en cuanto la vi cabizbaja, me senté en el suelo de tierra y la miré a los ojos. En ese momento me di cuenta de cuánto había envejecido en solo unos pocos años. Me fijé en su piel, morena por el sol que caía bajo el invernadero. Estaba más delgada que antes y, aunque era joven, parecía mayor por el trabajo tan duro que suponía cuidar las tierras. Llevaba ropa fresca que no valía nada, en su mayoría, camisetas de publicidad de empresas de la zona que estaban bien desgastadas y donde se veían los rastros de tierra en las mangas. Sobre el pelo, un sombrero de paja para el sol con el logo de Pepsi que le traje de aquellas noches que trabajé en el festival.

—¿Qué piensas? —dije tocándole la pierna.

Ella empezó a llorar.

—Nada, hijo…, no es nada.

Pero yo sabía perfectamente lo que le pasaba.

—Lo echas de menos, ¿verdad?

Ella se secó las lágrimas con un pañuelo, me miró y asintió.

—Sí…, aunque no es eso, es que no me acabo de acostumbrar a hacer todo esto yo sola. A volver a casa y no encontrarlo. Este terreno lo compramos los dos hace años. Y él siempre que libraba de trabajar en el barco venía aquí y me echaba una mano, sobre todo cuando me quedé embarazada de ti y no podía casi ni agacharme, pero ahí seguía. Porque había que pagar la casa, los muebles. Pero llegaste tú y fuiste una bendición, hijo.

—Yo también lo echo mucho de menos —dije sentándome a su lado y apoyándole la cabeza en el hombro—, pero pienso que, esté donde esté, nos querrá ver bien. ¿No crees?

—Lo sé, hijo…, le encantaba hacernos felices.

Nos cogimos de la mano y nos quedamos callados un momento, con la vista perdida entre las plantas de hortalizas y el destello del sol a través del techo de plástico traslúcido. Zumbaban insectos a nuestro alrededor, así como el siseo del goteo y los surtidores de agua. Olía a tierra mojada, a hierba, a verdura madura.

—¿Por qué no me cuentas otra vez la historia de cuando os conocisteis? —le pedí.

—¿La del hotel?

—Esa. Esa. Cuéntamela otra vez.

Y mi madre se giró frente a mí, se secó las lágrimas de nuevo y cambió su gesto por una sonrisa.

—Tendríamos veinte añitos recién cumplidos, aquí en verano venían muchas familias de toda España. A mí me contrataron en el Hotel Playa Capricho, de Roquetas de Mar. Tenía que limpiar y hacer las habitaciones cada mañana. Siempre bien temprano, a las ocho empezaba nuestra jornada y tu padre era botones en la recepción del hotel, por lo que siempre nos cruzábamos cuando a veces subía las maletas de los huéspedes a sus habitaciones. Un día se fijó en cómo hacía una figura de unos cisnes con las toallas sobre las camas de las habitaciones y se quedó perplejo. Me pidió que le enseñara y era un verdadero desastre, nunca le salían ni explicándoselo mil veces. Un día, al salir del turno, me estaba esperando en la recepción y me invitó a tomar algo en los garitos de los alrededores. Nos reíamos tanto juntos, nos contábamos anécdotas del hotel y de cómo era nuestra vida al salir de allí. De nuestros grandes sueños. Él quería formar una familia y trabajar en el mar, ya que le fascinaba navegar. Yo le dije que me encantaría poder tener mi propio hotel, pero algo muy pequeñito y cerca del mar. Fue así como pasaban las semanas y aquellos encuentros después del trabajo se volvieron especiales. Hacía que los días nublados se convirtieran en bonitos, y, en vez de volver a casa triste cuando mi jefe me echaba la bronca, él se encargaba de arreglarlos. Nos enamoramos locamente y comenzamos a salir justo antes de que terminase el verano. Con nuestros sueldos no nos daba para grandes caprichos, pero conseguimos ahorrar un pellizquito para poder entrar en una casita modesta. Tu padre dejó el hotel para perseguir su sueño de navegar y le ofrecieron un trabajo faenando. Yo quería conseguir el mío, el de tener mi pequeño hotel, pero debía empezar por algo más pequeño. Juntos compramos este invernadero para que poco a poco nos fuera dando algo de dinero, pero todo se torció la noche en la que tu padre no volvió a casa. Tú tenías apenas seis años… Lo supe en cuanto me desperté y no lo vi a mi lado en la cama. A las horas me llamaron, lo habían encontrado ahogado en el cabo de Gata.

Y ella se volvió a secar las lágrimas.

—¿Y por qué no volviste a perseguir tu sueño de tener un hotel? Quizá hubiera funcionado, mamá, ahora hay mucho turismo en la zona y la oferta hotelera no es muy grande… Sería algo menos sacrificado que el invernadero, ¿no crees?

—Pues porque aquel sueño, en el fondo, era un sueño compartido. Era un sueño que me hubiera gustado cumplir con tu padre… y, desde que se marchó, no sé. ¿Sabes cuando te ves de nuevo una película o te vuelves a leer un libro aun conociendo cómo acaba la historia? Mi final no cambia, Hugo, es siempre el mismo. Y es sin él.

Oír aquello me partió el corazón.

—¿Sabes lo que recordé el otro día? —me dijo entonces.

—Cuéntame.

—Lo mucho que le gustaba a tu padre ir al faro… Un día me dijo que aquel lugar era perfecto para mi pequeño gran sueño del hotel, ya que justo debajo de él había una casita, seguramente del farero que trabajaba allí. Y que juntos íbamos a conseguirlo. Dábamos muchos paseos por allí hasta que la luz del faro se encendía y tu padre se quedaba embelesado. Fue tan especial para ambos que, como sabes, aquel lugar se convirtió en un rincón sanador cuando él se marchó.

—Quizá podrías intentarlo, mamá. Hacerlo en su honor. «El faro de Ulises». Podrías vender esto —dije señalando a mi alrededor— y comprar aquel terreno; juntos podríamos conseguirlo, mamá.

—Pero, Hugo, esto es lo único que tenemos para tirar adelante. Aunque sea un trabajo duro, no puedo dejarlo como si nada.

Eso es una película preciosa, hijo, pero no es la historia que puedo vivir.

Me quedé pensativo, entristecido por el relato y el derrotismo de mi madre, pero le tenía que reconocer que hablaba con la sensatez de quien tiene un hogar y un hijo que mantener. No todo era siempre como en las películas.

—¿Nos marchamos ya a casa? —preguntó mi madre secándose la cara del calor que hacía allí dentro.

—Sí…, vamos.

Al llegar a casa, mi madre se tumbó en el sofá mientras veía un programa de la televisión y al poco tiempo se quedó profundamente dormida. Yo me acerqué a ella con cuidado y le di un beso en la frente a la vez que apagaba la televisión. Cuando dejé el mando en la mesa del comedor me fijé en un marco que estaba en el mueble de la esquina. En la foto, salían mi madre y mi padre. Él le tocaba la barriga y ella estaba de frente a su caballete y sus pinceles, y, de fondo, el gran faro blanco y azul. Aquel faro que dejó de dar luz meses antes de que mi padre se ahogara. Agarré la foto y después volví la mirada hacia mi madre.

Hugo
El antes

28 de septiembre de 2003

Hoy era un día muy especial. Mi madre salió de la floristería y se montó en el coche.

—¿Estás preparado? —me dijo con mucha ilusión mientras le dejaba las flores en la mano.

—Creo que sí.

Me tocó la rodilla y aceleró poco a poco dejando atrás su pequeña ciudad. Acercó la cara a las flores y cerró los ojos. Olían a campos de lavanda y a siestas de domingo en un campo lleno de amapolas. También a las margaritas con las que jugaban cuando eran pequeños y se preguntaban si los querían o no. Olían a ese abrazo que siempre le faltaría o a aquellas películas de miedo cuando eran tres en casa. También olían a ese vacío que habitaba en los marcos de fotos desde que se marchó. Y a la taza de café que él siempre cogía. A esa silla del comedor que seguía siendo suya. El sol del atardecer se reflejó en el interior del coche mientras el mar mecía las olas del cabo de Gata que todavía tenía turistas que estiraban este último mes de verano. Después llegaría septiembre y todos se irían con él. El automóvil se detuvo en medio de la carretera y mi madre bajó para abrir una pequeña cerca de madera; justo a su lado había un cartel pequeñito que dejaba leer: PROPIEDAD PRIVADA. Me dijo que me quería regalar algo por mi cumpleaños. Algo especial. La miré y ella me sonrió desde allí. Y pensé en lo fuerte que era, en lo mucho que había tenido que aguantar para sacar todo adelante.

—Ya está —dijo montándose de nuevo en el coche.

—Pero ¿qué es esto, mamá? —pregunté.

Ella se reía.

—Ahora lo verás.

El coche echó a andar por un camino de piedrecitas que hizo que temblase todo el interior. Al fondo del camino, se empezó a vislumbrar algo. Era blanco y con líneas azules. Pero, espera, aquello no podía ser.

—Mamá.

—Bienvenido al faro de tu padre, hijo.

Un faro prominente brotó del final del acantilado. Su color blanco y las líneas azules abrazaban la estructura hasta arriba. En la parte superior, la cúpula se alzaba con un armazón metálico y unas grandes cristaleras acompañaban todo el alrededor.

—¿Esto era de papá? —pregunté mientras bajaba del coche embobado y miraba hacia arriba.

—No era suyo. Pero este fue el lugar donde nos dimos nuestro primer beso hace muchos años, hijo. Y es curioso, pero, si este mismo faro hubiese estado en funcionamiento aquella noche, posiblemente tu padre seguiría con nosotros.

Miré hacia arriba y vi como la parte central de la cúpula estaba vacía. No había bombilla que iluminara y el aspecto mientras nos íbamos acercando era del todo desolador. Aquel faro estaba completamente descuidado. La estructura se encontraba acolchonada y el alrededor de la puerta estaba lleno de restos de pequeños escombros. Y, justo en la puerta, unas flores ya marchitas.

—Pensaba que papá se ahogó —dije con voz entrecortada.

—Y es cierto. Se ahogó por las fuertes corrientes que hubo aquel día que hicieron volcar el barco con el que faenaba por la noche. Perdió el rumbo y no supo cómo volver a puerto para estar a salvo porque nada lo guiaba, hijo.

—¿Se puede subir? —pregunté tras un largo silencio. Nunca recordaba haber estado ahí.

Ella sonrió.

—No, hijo. No hay llave para entrar. Solamente podemos llegar hasta aquí, vengo cada poco a dejar flores y a respirar. Es un lugar precioso, ¿no crees?

Y, en efecto, lo era. El mar estaba frente a nosotros y el acantilado quedaba a nuestros pies, haciendo de aquel sitio un refugio donde se respiraba una absoluta paz.

—Toma, déjalas tú esta vez.

Mi madre me entregó el ramo que había comprado y me acerqué con cuidado a los pies del faro. Ella me seguía con la mirada, pensando en el estirón que había pegado en estos últimos meses. «Es de alto como su padre», pensó ella. Apoyé el ramo frente a aquella gran puerta metálica y me fijé en que la cerradura estaba enrobinada y oxidada. Entrecerré un ojo para ver si se veía algo dentro y lo único que pude vislumbrar fueron unos escalones en forma de caracol hacia arriba.

—Quería enseñarte este sitio porque ya ha pasado un año desde que se fue tu padre, y, aunque lo echemos mucho de menos —en ese momento las lágrimas de mamá le corrieron por las mejillas y fui a quitárselas con mis manos—, quería que tú también supieras que este lugar era muy importante para nosotros.

Aquel lugar era al que iba mi madre a llorar cuando no quería que la escuchase sollozar en casa. Ese lugar se convirtió en su refugio y también en su curación. Muchas noches, cuando yo dormía, iba hasta allí y se desahogaba. Gritaba, pataleaba y hasta le pegaba patadas al faro intentando entender por qué tuvo que ocurrirle aquello a su marido. Pero, desde unos meses atrás, ir allí a tomar el aire la estaba haciendo sanar. Poco a poco. Y lo único que me salió después de escuchar aquello fue abrazarla. El viento corría por aquel lugar y el verano llegaba a su fin.

GAEL
EL HOY

11 de septiembre de 2007
Faltan 344 días para el final de nuestra historia

La semana pasó rápido y de alguna manera pude olvidarme de todo lo que había ocurrido con Hugo. Creo que le dejé bien claro que era mejor que ambos hiciéramos como si no hubiese sucedido nada. El viernes llegó y ya estaba completamente adaptado a mi nuevo destino. Los profesores más jóvenes me habían dicho que el sábado por la noche iban a quedar a cenar en Almería, por si me apetecía apuntarme. Y eso me hizo mucha ilusión. Conforme terminaron las clases salí ligero y animado para casa; había planeado irme por la tarde a bucear, ya que todavía hacía mucho calor en Cabo de Gata. Me preparé la comida y la saqué al patio, donde estiré el toldo y me abrí una cervecita. Me lo había ganado a pulso. Estos días los chicos estaban muy revolucionados. A fin de cuentas, acababan de volver de las vacaciones y ellos también tenían que adaptarse de nuevo al nivel del instituto, exigente, además, ahora que muchos estaban preparándose para ir a la universidad.

La clase de Hugo era la que más nervios me producía, solo por el hecho de encontrármelo y recordar lo que había pasado entre nosotros me ponía a temblar. ¿Cómo fue posible que no me diera cuenta de que era mucho más joven que yo? Me dijo que tenía dos años menos y me lo creí… Iba muy borracho, pero lo cierto es que su físico podía pasar por el de un veinteañero hecho y derecho. Pero, bueno, superados los nervios iniciales y justificados, encajé como tutor de su clase a la perfección y no hubo más incidentes ni encontronazos entre nosotros.

Justo antes de salir por la puerta recordé que tenía que darle al Play del lavavajillas. Había metido todos los vasos y platos para darles una limpieza y quitarles el típico polvillo arenoso del desierto. Miré aquel aparato y recordé que Flora siempre hacía algo más antes de ponerlo en marcha. Entonces encontré un compartimento vacío y pensé que ahí tendría que poner el jabón. Le di para que comenzase el programa y salí pitando. Me monté en el coche conforme terminé de comer. Según el mapa que llevaba a mano, la playa de los Muertos que me había recomendado Hugo estaba a casi una hora de donde yo me encontraba. Pero seguro que merecía la pena. Me llevé las gafas de bucear y algo de merienda para poder contemplar el atardecer desde allí. La idea de comenzar a explorar la zona, ver su geología y estar una tarde conmigo mismo me pareció un gran plan, sentí que era la mejor manera de dejar ir esa presión rara que sentía en el pecho. Me puse las gafas de sol y emprendí el camino. Por la carretera de Cabo de Gata me fijaba en algunos habitantes de la zona, que tomaban el sol en el porche de sus cortijos. Algunos leían con las piernas en una silla, otros jugaban con sus nietos en los alrededores de la piscina y otros simplemente echaban las persianas abajo para dormir la siesta. Miré la hora y eran pasadas las cuatro de la tarde. El sol seguía indulgente en el cielo, pese a que la temporada estival había quedado atrás. Seguí por la carretera repleta de curvas y pasé por San José de camino a la playa. Fue inevitable mirar al lugar donde me había besado con Hugo, así como la calle por la que subió después para marcharse a casa. Suspiré al recordar el momento y seguí conduciendo un poco más hasta dar con el desvío que me llevaba a la playa.

El calor era tórrido a esas horas de la tarde. Reduje la velocidad cuando el asfalto dio paso a un camino de tierra hasta que llegué a un punto donde no podía seguir con el coche. El resto debía hacerlo caminando. Agarré mi mochila del maletero junto a la toalla y las cosas de buceo y cerré el coche. Descendí la ladera de piedras que conducía hasta aquel lugar. Me fijé en los cactus que había a ambos lados del camino. Respiré y el olor a salitre me invadió el cuerpo y me sentí muy feliz de estar allí viviendo eso. Nada parecido a cuando cogía aire en Madrid. El sonido de las olas cada vez era más cercano y, cuando me quise dar cuenta, el camino de piedras se convirtió en arena fina que brillaba por el sol que tenía encima. Me descalcé y la arena estaba fresca; caminé ligero, entusiasmado por poder sumergirme cuanto antes entre las olas. La playa de los Muertos era realmente preciosa; escondida entre rocas, era una playa diminuta en la que, además, no había nadie. Solamente yo frente a aquel lugar único. Dejé la mochila todavía boquiabierto mientras miraba de un lado a otro. Agarré el tubo y las gafas y salí corriendo a lanzarme al agua. Echaba tanto de menos sumergirme en el mar que en cuanto sentí el agua en contacto con mi piel fue una sensación de plenitud inmensa. Los peces no tardaron en rodearme mientras nadaba, quise acercarme a las rocas y pude ver en el fondo una estrella de mar que descansaba sobre la arena. Hugo tenía razón. Este lugar era un tesoro por descubrir. En absoluto silencio, dejé que las olas mecieran mi cuerpo, me puse bocarriba y me relajé por completo. Este tiempo atrás sentía que me llevaba la corriente, no tomaba ninguna decisión si no era por consejo de alguien, o por lo que le parecía bien a Cayetana o a mis padres. No me sentía parte de nada y extrañaba todo lo que algún día fui. Sabía que necesitaba espacio para volver a encontrarme, pero lo que nunca imaginé es todo lo que descubriría por el camino.

Al salir del agua me tumbé en la toalla mientras el sol me secaba la espalda y tuve la necesidad de llamar a alguien. Busqué su número en la agenda y, nada más sonó un tono, la voz al otro lado del teléfono me consiguió sacar una sonrisa de oreja a oreja.

—Mi niño. —El tono de Flora era tranquilo y paciente.

—Hola, Flora.

—¡Vamos, cuéntame! —dijo ella al otro lado—. ¿Cómo van los primeros días? ¿Estás contento?

—Muy bien, si te soy sincero. El instituto es increíble y los alumnos fueron muy simpáticos conmigo. Ahora mismo me encuentro en la playa de los Muertos.

—¡Ese lugar! ¡Es mágico! ¿No te parece? —dijo ella sonriendo—. Sabía que estarías bien.

—¿Qué tal van las cosas por casa, Flora?

—Por aquí todo bien, querido. Cayetana está pasando mucho tiempo fuera, quiere estar con la mente ocupada porque dice que te echa de menos cada segundo.

Yo miraba al horizonte en busca de respuestas a todas las preguntas que me llevaba haciendo meses. ¿Qué era lo que me estaba pasando? ¿Qué había mal dentro de mí?

—Simplemente necesitaba un poco de tiempo para mí, Flora. No ha sido fácil dejar a Cayetana allí, con todo lo de la boda por delante.

—No pienses ahora en eso, chico. Cada cosa a su tiempo. No tengas prisa. Llegará el momento en el que prepararéis la boda juntos, pero ahora debes estar concentrado en tu nuevo trabajo, en ser profesional y en mostrar la mejor versión de ti.

—Gracias, Flora. Cuídala, ¿vale? —le dije—. Ahora tengo que dejarte, quiero leer un poquito.

—Te mando un beso enorme. No te preocupes, que estaré atenta. Cuídate mucho, mi niño.

Colgué el teléfono y me quedé mirando a la pantalla pensando en aquella última frase que me acababa de decir. En la cabeza me resonaba todavía aquello: «Cada cosa a su tiempo». Y era verdad. Allí, delante de la inmensidad de esa playa, empecé a entender que en algún momento tendría que enfrentarme a lo que más miedo me producía. Que los fantasmas del pasado no se van hasta que uno les hace frente. Esos fantasmas que aparecían a la vuelta a casa después del gimnasio. Tras fijarme en sus cuerpos. Cogí aire y borré rápido ese pensamiento de mi cabeza. Sentí cómo el nudo que tenía dentro se tensaba todavía más. Al cabo de un rato, abrí los ojos y el sol comenzó a esconderse, me había quedado dormido mientras leía. Miré la hora en el reloj y eran pasadas las ocho cuando se empezó a levantar algo de viento, las páginas del libro se zarandeaban unas sobre otras. Era hora de volver a casa. El sol ya se había escondido y los colores del cielo estaban preciosos en aquel lugar. Abrí el todoterreno y metí todo detrás. Al subirme fui a arrancar y el coche no respondió. Probé de nuevo y el motor hacía el intento, pero no conseguía sacar la fuerza para arrancar. En ese momento miré a la izquierda, donde se encontraba el indicador del depósito y no pude creerlo.

—¡No me jodas! —exclamé.

No me había acordado de que tenía que echar gasolina antes de arrancar en dirección a la playa. Salí del coche y miré a mi alrededor, pero, evidentemente, allí no había nadie. Di un par de revoloteos alrededor del todoterreno mientras pensaba en qué podía hacer. Quizá caminar hasta la gasolinera más cercana y traer combustible para al menos poder llevar el vehículo hasta ella. Pero ¡cómo iba a andar hasta allí! Dejé el mapa dentro del coche y miré al cielo mientras suspiraba enfadado; los magentas, violetas y azules oscuros teñían por completo el cielo de Cabo de Gata. Me apoyé en el coche y, tras unos segundos, agarré el móvil. No tenía más opción. Busqué en mi agenda de contactos y encontré aquel nombre con el que se había guardado. Miré la pantalla y lo leí una y otra vez antes de llamarlo. Por qué cojones me tenía que pasar eso a mí. Pero me dije que no me quedaban muchas más alternativas.

—¿Dígame? —preguntó Hugo al otro lado del teléfono.

Me quedé en silencio un par de segundos mirando al suelo y entonces reaccioné.

—Hugo, soy yo, Gael.

El chaval se quedó callado al otro lado del teléfono.

—¡Hombre!, ¿qué tal?

—Escúchame…, estoy en apuros y no sé si quizá me puedes echar una mano. Estoy en una playa, aquí cerca de San José, aquella en la que me dijiste que podía bucear, y me he quedado sin gasolina.

Hugo se rio.

—Estás en apuros entonces. Tú sabes que cuando el coche se empieza a quedar sin gasolina tienes que ir a echarle, ¿verdad?

—¿Me estás vacilando? Estaba… Iba conduciendo, pensando en mis cosas, y se me olvidó parar en la gasolinera, ¿vale?

—Bueno, digamos que la situación es un poco graciosa. ¿Cómo se te ha olvidado?

—Pues porque normalmente siempre era Flora quien se encargaba de esto.

—¿Quién?

Yo me quedé mirando al móvil. Evidentemente no sabía quién era esa mujer.

—Nadie. ¿Puedes venir o no?

—Con estos humos, la verdad es que no.

Suspiré, estaba perdiendo la poca paciencia que me quedaba.

—Hugo, por favor.

—Ves. No pasa nada por ser educado. Ahora voy para allá. ¿Qué lleva tu coche?

—Diésel —contesté.

—Vale, perfecto. En un rato llego.

—Muchas gr…

Hugo había colgado. No pude ni darle las gracias cuando me dejó con la palabra en la boca. Estaba tan enfadado, no quería volver a encontrarme con él. Levanté la mirada y el cielo ya estaba oscureciéndose por completo. Cogí aire y solamente el hecho de que él se dirigiera hacia aquí me hacía estar intranquilo. Me movía de un lado a otro y esperé y esperé. Tan solo me hacían compañía el silencio y el sonido de las olas que rompían unos metros más abajo de donde yo me encontraba. Tenía los ojos cerrados cuando oí a lo lejos el rugir de un coche. No podía ser Hugo porque no tenía carnet todavía. Al poco, empecé a vislumbrar una furgoneta. Poco a poco fue acercándose a mí. Quizá no hacía falta que Hugo viniera si quien fuese conduciendo era capaz de remolcarme hasta la gasolinera más cercana. Por un momento me alegré de pensar que iba a librarme de encontrarme con él. Las luces de la furgoneta se apagaron y cuando se abrió la puerta no pude creerlo.

—¡Qué pasa, profe!

Era Hugo quien bajaba de aquel coche con su inconfundible sonrisa. Llevaba una camiseta de tirantes blanca y sus grandes brazos al descubierto. Pensé en cómo podía estar más fuerte que yo el niñato ese.

—Pero ¿tú tienes carnet? —pregunté extrañado yendo a su encuentro.

—Bueno, oficialmente no. Solo de moto, pero por aquí no pasa nadie.

—¿Y la gasolina? —pregunté viéndolo que bajaba sin nada. Él se tocó la barbilla.

—Hay malas noticias, la gasolinera del pueblo está cerrada ya a estas horas, porque la lleva un hombre mayor. Así que voy a tener que remolcarte hasta tu casa y ya mañana si quieres, temprano, lo llevamos a la gasolinera más cercana.

—Madre mía.

Lo que era empezar con buen pie no estaba siendo. Me agobié durante un par de minutos y entonces encontré a Hugo sonriéndome.

—No te preocupes. Voy a girar la furgo de mi madre y engancho tu todoterreno para poder moverlo. ¿Me ayudas? —me preguntó mientras se acercaba a mí y me ponía la mano en el hombro.

—Sí. Qué remedio.

—Toma, ve y pon este enganche en la parte de atrás de tu coche.

Hugo me entregó una especie de hebilla metálica junto a dos huecos de diferente tamaño que se movían mediante dos bisagras. Agarré aquello y lo llevé hasta donde dijo. Allí intenté ponerla en el enganche del coche y le di vueltas a aquella herramienta del demonio, pero no había manera de encajarla. Empecé a pelearme y a mirarla como intentando descifrar cómo se debía colocar.

—¡Joder! —exclamé sin saber cómo meterla.

Al momento vi que Hugo estaba negando con la cabeza mientras venía hacia mí.

—No es así. Tienes que hacerlo con cuidado. Mira.

Puso sus manos sobre las mías. Eran más grandes. Y con heridas. Su cara se quedó muy cerca de mí y sentí como si fuera aquella noche de la semana pasada. Ajustó el engranaje de la herramienta para hacerlo coincidir con el diámetro perfecto del enganche de mi coche.

—Ah. Vale —dije mientras sus manos se deshicieron por fin de las mías.

—Ya está. Vente, sube en la furgoneta.

Fui hasta la parte del copiloto y me subí. Cuando Hugo llegó, me miró mientras me ponía el cinturón.

—Ves qué fácil era.

—Esto es ilegal —respondí.

—¿Prefieres pagar la multa que te pondrían por quedarte sin gasolina? ¿Y lo que te costaría que te sacara de aquí una grúa? También deberías saber que estás en un área de estacionamiento prohibido. El coche debes dejarlo en el arcén porque aquí hay especies de flora protegidas. ¿Sigo, majete?

Por unos instantes me callé.

—Gracias por sacarme de esta —me salió decir sin ni siquiera mirarlo.

—No hay de qué. Espero que te portes tú también cuando pongas la nota final.

Hugo arrancó la furgoneta de su madre. Cuando puso las manos en el volante, me fijé de nuevo en la cantidad de heridas que tenía. Algunas de ellas ya cicatrizadas, otras demasiado recientes.

—¿Por qué tienes tantas heridas?

Él cayó en la cuenta de que se veían desde lejos.

—Ah. Esto —dijo poniendo su gran mano derecha sobre mí—, son las marcas de trabajar en el invernadero. Siempre que tengo un rato voy a ayudar a mi madre.

Y eso que desde fuera lo podías ver como el típico flipado, despreocupado y que no tiene ningún plan de futuro.

—¿Solamente lo tenéis tu madre y tú? —se me ocurrió preguntarle—. Es demasiado trabajo para los dos, ¿no?

—El invernadero lo compraron mi madre y mi padre hace años, cuando yo todavía era muy pequeño. Allí di mis primeros pasos porque no tenían con quién dejarme.

Hugo salió a la carretera junto a mi todoterreno, que iba detrás nuestro enganchado. Él conducía despacio y con mucho cuidado para que no pasara nada.

—Nunca he visto uno por dentro. Tenéis cosas plantadas, imagino.

—Sí. Pimientos italianos. Ahora justo esta semana haremos la recogida, ya están a puntito.

Me interesaba muchísimo aquel tema. Nunca había tenido oportunidad de ver cómo era la tierra donde cultivaban las frutas y verduras que luego estaban en todos los supermercados.

—Es muy bonito eso de que ayudes a tu madre —dije por hablar de algo.

—Hago lo que puedo, trabajo donde me dejan y siempre vuelvo al invernadero.

—¿Y tu padre? —pregunté—. ¿No se dedica a ese mundo?

El gesto de Hugo cambió. Negó con la cabeza y vi cómo se mordía un poquito los labios. Quizá no tenía relación con él o sus padres se habían separado.

—No. Él no…

—Perdona, te he estado asaltando a preguntas y tampoco es que…

Entonces me miró.

—No es eso.

Estuvimos en silencio unos minutos después de aquello. Creo que lo mejor era estar callados. Lo miraba de reojo mientras conducía aquella furgoneta en la que casi no entraba de lo alto y ancho que era y no podía entender que estuviera cerca de cumplir dieciocho y no veintiocho. Es inexplicable la genética de algunas personas.

—¿Te ha gustado el sitio para bucear? —me preguntó para que volviésemos a tener una conversación agradable.

—Ha ido bien, la verdad. Una muy buena recomendación.

Me sonrió mientras se mostraba orgulloso de haberme contentado.

—Tengo algunos lugares más bajo la manga. Son bastante secretos, porque no quiero que se llenen de gente. Siempre he pensado que las personas son también los lugares donde van a llorar. O a reír. O a simplemente estar consigo mismas. ¿No crees?

Me pregunté por qué me decía esas cosas. Aunque, la verdad, llevaba razón.

—Nunca lo había pensado así.

Llegamos a mi casa después de noventa minutos conduciendo a cincuenta kilómetros por hora. Por suerte, no nos encontramos a ningún coche de la Guardia Civil porque no sé qué hubiera ocurrido si le hubieran pedido a Hugo el carnet. Pasamos delante de la gasolinera que, en efecto, permanecía cerrada. Hugo paró justo enfrente de mi casa y cuando bajó miró en dirección a la puerta.

—¿Vives aquí? —preguntó él.

—La he alquilado para lo que dura el curso, sí.

El chaval tenía la boca abierta.

—Qué alucine —dijo sin dejar de mirar los grandes muros, la terraza, los ventanales, el jardín de alrededor…

No quería que entrase, lo único que deseaba era que se marchase cuanto antes. Pero pensé que ni siquiera le había ofrecido un vaso de agua, y al fin y al cabo me había sacado de un apuro bastante incómodo y ridículo.

—¿Quieres entrar? —le pregunté.

Me miró y sonrió.

—Estaría bien un poco de agua, la verdad.

Subimos juntos los escalones y llegamos hasta la piscina. Los farolillos que había alrededor del jardín estaban encendidos y su estela, junto con la de la luna, brillaba en el agua de la piscina.

—Todavía no me ha dado tiempo a estrenarla —dije yo dirigiéndome a la puerta principal de la casa.

Hugo se quedó como petrificado delante de la piscina. Al estar en silencio, se escuchaba cómo las olas rompían a un puñado de metros delante de nosotros.

—No… No… No sé qué decir.

—¿Qué pasa?

Entonces me miró con los ojos como platos.

—Cómo que qué pasa. Por el amor de Dios. ¿Tú estás viendo esto? ¡Tú estás viendo esta casa! —comenzó a elevar la voz—. La madre que me parió, ¿tú sabes lo que daría yo por, al llegar de trabajar, darme un chapuzón aquí? Este verano he pasado más calor que un puto pollo trinchado en una tienda. Y tú vienes y me dices que qué pasa.

Me reí.

—Bueno, bueno, perdón. En Madrid, en la casa de mis padres tenemos una olímpica.

—No, es que yo lo mato —dijo él mirando al cielo—. ¿Y qué se siente al vivir en un polideportivo, majete?

—Oye, que sigo siendo tu profesor, ¿eh?, un respeto. ¿Quieres agua?

Hugo se sentó en una de las dos tumbonas que todavía estaban sin estrenar al lado de la piscina.

—Si en vez de agua me das una cerveza, no estaría nada mal.

Qué peñazo. Tener que darle ahora una cerveza. ¿Y si se la daba y que se la tomase de camino a su casa? Le diría eso, sí. Abrí la puerta de la casa para cogerla.

—¿¡QUÉ COJONES!?

Hugo se levantó del susto y vino corriendo. La cocina ni se veía, todo estaba blanco, lleno de espuma. Había llegado casi hasta la entrada. No podía creerlo.

—Pero ¿tú qué has hecho aquí, desgraciado? —exclamó Hugo.

—No puede ser, yo… No puede ser…

Entramos los dos apartando la espuma, que nos llegaba por la cintura. Venía toda del mismo lugar: el lavavajillas. Hugo se desternillaba de risa desde la puerta.

—No sabía que ibas para bombero. Ay, por favor, que me está dando algo.

Hugo se acercaba como bien podía pegando saltos hasta llegar donde yo me encontraba. Su cara era de estar al borde de mearse de la risa.

—No me hace gracia. Qué cojones ha pasado con este trasto.

—A ver —dijo él intentando ponerse serio—. ¿Tú cómo lo has puesto?

Y entonces hice memoria.

—Pues metí todos los platos y vasos que había acumulado estos días y seleccioné el programa de ciclo corto y le di al Play.

—Pero tuviste que meter la cápsula.

Me quedé callado. Qué cápsula.

—¿Cómo?

Hugo se echó las manos a la cabeza.

—Pero ¿de verdad nunca has puesto un lavavajillas?

En ese momento sentí un poquito de vergüenza. ¿Tan raro era no saberlo?

—No me han dejado nunca encargarme de esas cosas.

—Bueno, quizá tampoco has querido. ¿Me puedes decir qué narices le has echado a esto?

—Pues… con lo que veía a Flora fregar los platos de casa. Con esto.

Saqué el bote de Fairy del armario que había junto al lavavajillas.

—No puede ser verdad. ¿CON FAIRY? —exclamó Hugo—. Tú no eres de este mundo.

Una hora después terminamos de quitar toda la santa espuma que había en mi casa. Con el mocho fuimos aplastando todas las pompas y después secamos el suelo con toallas de baño. Hugo y yo nos quedamos sentados fuera, junto a la piscina, exhaustos, pero Hugo sin parar de reírse, de recordar el momento en el que había abierto la puerta y todo estaba lleno de espuma. Después de todo, hasta había conseguido reírme yo también.

—Toma, anda —dije dándole la cerveza que Hugo me había pedido una hora antes y que yo había pretendido que tomase de camino a su casa.

—Muchas gracias.

Me senté a su lado, sobre el bordillo de la piscina. La luz nos iluminaba a los dos y también los farolillos que había por el jardín. Todo estaba en calma, casi tanto como para hacerme olvidar que entre nosotros existían grandes diferencias. No éramos colegas, sino alumno y profesor.

—¿Cómo es que has acabado de profesor aquí? —me preguntó él dando un buen trago a la cerveza.

Yo le di un buen trago también a la mía. Me iba a hacer falta si pretendía que le contara mi vida.

—Nunca pensé que acabaría aquí —comencé yo—; todo fue por Flora.

—Me puedes explicar ya quién demonios es Flora.

Me reí.

—Es la asistenta que teníamos en casa de mis padres y que ahora también está en la mía. Sus padres eran de aquí. Y digamos que yo llevaba un tiempo queriendo probar mi vocación de profesor, de enseñar Geografía e Historia e inculcar en otros mi pasión por ellas. Poder compartir con la gente mi amor por los mapas, por perdernos y encontrarnos en esos caminos en los que también descubrimos parte de quienes somos. Y sobre todo por los lugares que siempre me han estado esperando. Como el de hoy.

—Eso es muy bonito —dijo Hugo—. Yo ahora mismo no tengo muy claro qué camino coger. Estoy algo perdido, así que ojalá tu asignatura me sirviera para eso.

Di otro sorbo a la cerveza y lo miré.

—¿Tienes algo pensado? —le pregunté un poco por compromiso, porque tampoco me importaba demasiado por qué se sentía así. Él no me miró.

—Quiero contar historias.

—¿Contar historias?

—Sí. Creo que es lo que siempre he querido hacer, pero da mucho vértigo.

—Lo importante es creer en uno mismo, lo demás va llegando.

—Eso es fácil decirlo cuando naces en una familia con dinero. Y no te ofendas, vaya. Pero… ¿Y si me equivoco? —me dijo él mirándome.

—Nunca sabrás qué camino es el correcto hasta que no tropieces. La vida es un completo cruce de opciones, pero creo que ese es parte de su encanto.

Me fijé entonces en su antebrazo. Tenía un faro tatuado. Quise rozarlo con las manos, alisar la piel y ver con más detenimiento la ilustración, el trazo, pero frené a tiempo. Intenté parar mi curiosidad por él.

—¿Qué significa? —le pregunté señalando el brazo.

—Una larga historia —me contestó sin mirarme.

Tampoco podía ser tan larga.

—Pues sí que se te da bien contar historias, sí. Vas a triunfar.

—Imbécil.

—Cuéntamela…

Hugo levantó la cabeza y me miró a los ojos. Por un momento el sonido de las olas se calmó y sentí que solamente estábamos él y yo.

—Me lo hice el verano pasado. Mi padre murió ahogado hace ahora diez años. —Yo, que estaba a punto de darle un trago de nuevo a la cerveza, me la separé de los labios cuando oí eso—. Y, desde que todo pasó, siento que no solamente perdí a mi padre, sino a un compañero de aventuras. Pienso en todos esos consejos que no he tenido por su parte y en lo que le quedó por enseñarme y a mí por demostrarle. Desde aquel día solamente tengo un reto en la cabeza antes de marcharme de aquí. —Le escuchaba

sin interrumpirlo, noté que se detuvo para coger aire y seguramente fuerzas y continuó—: Me encantaría poder conseguir que
ese faro abandonado fuese el lugar que un día fue, regalárselo a
mi madre que tenía una ilusión con mi padre… Si aquella noche
aquel faro hubiese funcionado, él seguiría aquí. Es el mismo faro
que vimos la noche que…, bueno, la noche que nos conocimos.
Ahora no tiene luz. He ido a preguntar al ayuntamiento, a la
delegación, a la oficina de turismo, pero no quieren escuchar a un
chaval de diecisiete años que dice que quiere arreglarlo. Me des-
tinan de una oficina a otra, intentando averiguar a quién le con-
cierne aquel asunto. Realmente no le pertenece a nadie. No he
encontrado nada en los periódicos, ni tampoco en el archivo.
Solamente sé que necesito hacerlo. Por él y también por ella. Veo
que mi madre se va consumiendo en el invernadero, trabajando
día, tarde y noche, y no pienso dejar que se apague la única persona que me queda.

Aquello no lo esperaba. No imaginé que ese tatuaje albergara
una historia tan inmensa. Dios mío.

—Siento mucho lo de tu padre.

Sonrió.

—No te preocupes. Ha pasado ya un tiempo, pero sigue doliendo.

«No lo hagas, Gael. Para qué te vas a complicar la vida, no
puedes salvar a todo el mundo. Y menos a un alumno tuyo».

—Quizá —dije dejando la cerveza en la mano— podría echarte una mano con eso. Se me da bien explorar lugares y llegar
hasta el fondo del asunto. Podríamos intentarlo si quieres.

Estupendo. Lo acababa de hacer. Hugo cambió el gesto y me
clavó sus ojos en los míos.

—Gael, pero es que todo lo que he intentado…

—No puedo prometerte nada. Eso sí, no puedes contárselo
a nadie. Nada. Ni una palabra. Si alguien se entera incluso de
esto —dije señalando a las cervezas y a mi casa—, de que estás
aquí, conmigo… Sabes que podrías meterme en un gran problema.

—Te prometo que no se lo diré a nadie —respondió él mientras dejaba la cerveza en el suelo y extendía su mano—. Será nuestro secreto.

Entonces respiré y le estreché la mano. Cálida. Grande. Con heridas. Entrelazamos las manos y sellamos aquel trato. Miré la hora en el reloj. Era la una y media de la madrugada.

—Sí. Voy a tener que marcharme ya —me dijo él viendo cómo había dirigido la vista hacia el reloj—. Voy a soltar tu coche y si quieres mañana te acerco a la gasolinera.

—Estaría genial, sí —respondí mirando a mi todoterreno.

—Sin problema. Iré por la mañana temprano al invernadero y después me acerco por aquí. Necesitamos la furgoneta para cargar las cajas de fruta y verdura hasta la alhóndiga.

—Entiendo.

Me preguntaba cómo es que aquel chaval tenía ni siquiera fuerzas para estar despierto a estas horas cuando se despertaba bien temprano para ayudar a su madre. Hugo se levantó.

—¿Te importa que use el baño antes de irme? Me estoy meando vivo.

Necesitaba que se fuese ya, me estaba poniendo cada vez más nervioso.

—Está al fondo —dije—. La puerta de al lado del cuadro azul y naranja.

Entramos juntos en la casa. Hugo fue hasta el baño y yo dejé las dos cervezas en la encimera. No tardó en salir y se secó las manos en la camiseta mientras miraba si faltaba por recoger algo.

—Al final se ha secado —dijo con la vista clavada en el suelo.

—Sí. Menos mal. La inmobiliaria me hubiera matado.

—No uses más eso, por favor.

—Descuida —contesté—. Ten cuidado con la carretera.

—No te preocupes. Lo bueno es que no me pueden quitar ningún punto —dijo guiñándome un ojo. Éramos tan distintos. Nunca me había saltado las normas de nada, nunca había hecho algo prohibido y mucho menos me habían multado. Acompañé a Hugo hasta el coche y soltó el enganche del mío, que se quedó aparcado en mi puerta.

—Buenas noches, Hugo —le dije cuando lo tuve frente a mí.

—Buenas noches. Ha sido un rato guay —contestó acercándose a mí.

Y entonces volvieron esos nervios. El corazón se aceleró otra vez. Pum. Pum. Di un paso atrás, por lo que pudiese pasar.

—Te veo mañana.

Entendió que esa era la línea que no podía cruzar. ¿Qué había pasado? Era como si un lazo invisible nos hubiera entrelazado a los dos durante unos segundos. Se subió en el coche y me hizo un gesto como de coronel para despedirse. Y me lanzó una sonrisa para después acelerar y perderse entre el sonido de las olas y la oscuridad de la noche. De vuelta a casa me quedé mirando el ordenador y tuve la necesidad de empezar a buscar. Tecleé «Faro abandonado en Cabo de Gata». No tardaron en salirme fotografías de cómo era antes. Un faro de color blanco y líneas azules marinas alrededor de él, con una cúpula realmente preciosa y fotografías analógicas de gente que se acercaba a visitarlo. Busqué si había información acerca del farero, pero no había ni rastro. Agarré una libreta y comencé a apuntar algunas cosas que me llamaban la atención: ¿quién fue el último que trabajó ahí? ¿A quién pertenece en la actualidad? ¿Se puede comprar un faro? Suspiré al ver esas preguntas, pero no había misterio geográfico que a mí se me pudiera resistir. Agarré el móvil, que andaba tirado por el sofá, y me di cuenta de que tenía dos SMS de Cayetana en la bandeja de entrada.

Cayetana

23:46

¡Gael! Cariño.
Hoy fui al club de golf con las chicas. Nos hemos
puesto al día. Resulta que Diana se muda con Martín,
su chico, a Boston. Le he dicho que les haremos una

visita en cuanto se instalen. Qué total, ¿no te parece? Todas me han preguntado que cuándo voy a empezar con los preparativos de la boda, que no se me puede echar el tiempo encima. Así que he pensado que estás semanas aprovecharé para mirar algunas fincas de la zona y consultar espacios. ¿Qué te parece? ¡Qué ganitas de nuestro día! ¡Quedan 343 días!

Cayetana
00:58

Sí que se ve que estás ocupado, amor. Que ni me has contestado a lo de antes…
Bueno, el caso. Llegué a casa y Flora se había olvidado de lavar dos platos que dejé esta mañana y no ha podido terminar con la pila de plancha que le quedó pendiente el otro día. Esta mujer cada vez está más mayor, Gael. Yo sé que te llevas genial con ella, pero mi hermana Carolina dice que la chica que está con ella es superdinámica. Podríamos pensarlo. Esto de que estés tan lejos es una caca para tomar decisiones.
Ve contándome, por fa.
Besitos, muac.

Leí aquellos mensajes y suspiré. Era Cayetana en su estado natural. Cuando ella hablaba, había que dejar lo que estuvieras haciendo para escucharla. O, en este caso, contestar. Cogí aire y empecé a teclear.

Gael
01:46

Hola, amor. Perdona, que he tenido un día de locura. Me fui a bucear esta tarde a una playa preciosa y me quedé sin gasolina. Menos mal que me pudieron echar un cable. Sobre lo que me dices de los preparativos para la boda, me parece bien. Puedes echar un primer vistazo y cuando tengas lugares que te gusten me los dices y los reviso desde aquí. O puedo aprovechar cuando suba de nuevo a Madrid por Navidad para visitar los que más te hayan gustado, ¿qué te parece?

Sobre lo de Flora, cielo, sé paciente con ella. Tiene sesenta años y seguramente habrá días que le cuesten unas cosas más que otras.

Pero es de la familia, recuérdalo.

Te echo de menos.

Leí ese «Te echo de menos» que le mandé a Cayetana y me quedé con la mirada clavada en el techo del salón. Pensé en algo que me hizo sentir realmente mal y que nunca admitiría, pero estaba muy a gusto en aquella casa frente al mar. Tenía ilusión por descubrir esta zona, seguir buceando, hacer deporte y también intentar ayudar a Hugo con lo del faro de su padre, por lo que no sentía que en verdad echase de menos a Cayetana. Sentía que quería distanciarme de Madrid no solo presencialmente, también desde lo emocional. Concentrar mis fuerzas, mis desvelos, mis esfuerzos, en enseñar a esos chicos del instituto, en perderme en los paisajes del cabo y encontrarme a mí mismo en ellos, en dejarme llevar... Cayetana, Flora, la boda... Todo eso formaba parte de un mundo que, aunque amaba con toda mi alma, ahora no era lo que ocupaba la primera posición en mi lista de prioridades. Quería que ese puesto lo ocupara yo mismo. Quizá estos días separados nos vendrían bien para dejar que la pareja respirase. Agarré aquella novela que dejé a medias antes de irme de Madrid, fue un regalo de Cayetana por el Día del Libro. Se llamaba *Marina*, de Carlos Ruiz Zafón, una novela que se había reeditado hacía poco. Estuve leyendo un largo rato con música de fondo y, cuando vi que había algunas palabras que se me entrelazaban unas con otras, supe que era el momento de marcharme a la cama.

GAEL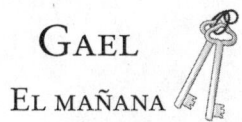
EL MAÑANA

20 de agosto de 2008
07:10

Es el día. Los rayos del amanecer llenan la suite de la planta 42 en la que duermo del Hotel Eurostars de Madrid. En este hotel nos vamos a preparar toda mi familia. Mis padres. Mis hermanos. Sus parejas. Mis sobrinos. Nuestros primos de Menorca, de San Sebastián. Suspiro y me extiendo en la cama, ya que no he conseguido pegar ojo por el nerviosismo que tengo en el cuerpo. Agarro el teléfono y los ojos se me quedan fijados en la fecha que marca el móvil. Hoy es el día que tanto tiempo habíamos estado esperando, nosotros, mi familia y los más de cuatrocientos invitados. Y ya estaba aquí. Me levanto y me acerco a la cristalera que tengo frente a mí, a un lado de la habitación; sobre una gran percha, la funda del traje que ha confeccionado y hecho a medida para hoy uno de los diseñadores punteros del país. Cojo aire y me digo a mí mismo que esté tranquilo y mantenga la calma, porque todo va a salir bien. Madrid comienza a despertarse en la mañana de este sábado y yo miro en dirección a donde se encuentra la catedral de la Almudena, que se divisa al fondo del *skyline* de la ciudad. En unas horas estaré allí dándole el sí quiero a Cayetana delante de todos. Me lavo la cara y me miro frente al espejo antes de meterme en la ducha. Es el momento. Es nuestro día.

HUGO

EL HOY

12 de septiembre de 2007
Faltan 343 días para el final de nuestra historia

El sábado por la mañana ayudé a Gael a llevar su coche a la gasolinera y me volvió a dar las gracias por sacarle del apuro. Me dijo que ya había estado mirando algunas cosas acerca del faro y que, si avanzaba con algo importante, me contaría. Pasé el día entero en el invernadero mientras mi madre se tomaba un pequeño descanso. Me senté en la silla de plástico a las puertas del terreno. Por fin pude respirar y no sentir la sensación de ahogo y calor que tenía cuando pasaba tantas horas bajo el plástico. Me miré las manos y estaban algo ensangrentadas; normalmente me ponía guantes de trabajo, pero ese día los había olvidado en casa. El cielo estaba tintándose de magentas y violáceos justo cuando pensé en aquello que hacía a veces con mi padre cuando era pequeño. Él se subía de vez en cuando al techo del invernadero para ajustar el plástico y yo iba tras él porque desde ahí se veía todo el horizonte de campos y campos de invernaderos. Me agarré a uno de los troncos principales que había en el lateral y cogí impulso para encaramarme ahí arriba. Me agarré con mis grandes brazos y anduve con cuidado, no era la primera vez que alguien se caía de lo alto del invernadero y se fracturaba alguna pierna. Me senté apoyado junto a la pared del gran muro que separaba nuestro invernadero del siguiente.

Veía el mar desde ahí arriba y sobre todo cómo el sol se comenzaba a esconder tras él. Pero mi mirada se dirigió de nuevo al sitio donde siempre lo hacía cuando estaba en un punto alto. El faro de Cabo de Gata estaba ahí. Precioso e imperfecto. Con las señales del paso del tiempo y el azul de sus franjas de pintura completamente descolorido. Como si no tuviera vida. Me emocioné al ver que los rayos del atardecer se reflejaban en la cristalera superior y, por un momento, parecía que la bombilla del faro estaba encendida. En aquel momento me sonó el teléfono. Era Jon.

—Dime —contesté.

—Mi príncipe —me dijo él.

Jon tenía la teoría de que en otra vida había sido príncipe. Por mis ojos, por estar más musculado que él teniendo la misma edad y por que dice que seguro que tuve que besar a una princesa para despertarla del sueño y por eso ahora me gustan los tíos.

—Qué tal, guapo —respondí mientras me reía y apartaba el rastro de lágrima que me cayó cuando me acordé de mi padre—. Yo ando por aquí en el invernadero. Como siempre.

—El caso es que te llamaba porque esta tarde me han pasado un mensaje por Messenger. Van a organizar una fiesta del semáforo en la discoteca Oasis. Tenemos que ir, Hugo, por favor. Quizá vaya Aarón.

—Y dale con Aarón.

—¿No puedes entender que me vuelve loca? —exclamó Jon al otro lado—. Claro, como tú ya vas servida con el verano, que fin de semana sí y fin de semana también te has tirado a algún guiri…, pues no piensas en las necesitadas.

Yo me empecé a reír.

—Jon, eso no es verdad.

—¡Que no es verdad! ¿Tú sabes lo que llevo yo sin follar, Hugo! Cada vez que pienso en la última vez que lo hice es como si me remontara, qué se yo, ¡a la peseta! Necesito tirarme a Aarón. Debe de tener un tremendo trabuco.

—No te soporto. Te lo juro.

—Soy al que más quieres. Y me compraste tal cual, así que te aguantas. Celia me ha dicho que cuando salga del curso de las avionetas de los cojones viene.

—Entonces, ¿salimos?

—¡Claro! —exclamó—. Las tres hienas de fiesta. Qué peligro tenemos. ¿A quién te follarás esta noche?

—Cállate ya, por favor. No voy a hacer nada.

—Perra vieja nunca muere, decía mi abuela.

—¿Me acabas de llamar perra vieja?

—Te veo luego. ¡No tardes!

Y me colgó. Bajé del invernadero y me subí en la moto. Me apetecía mucho salir de fiesta con Jonathan y Celia. Ella durante todo el mes de agosto se había ido de vacaciones con sus padres a Galicia y no habíamos podido salir juntos. Y Jon había trabajado gran parte del verano como cajero del Carrefour de la playa. Llegué a casa y me di una ducha. Estuve como quince minutos debajo del agua, pues me encantaba ducharme con agua fresquita con todo el calor que todavía caía en Almería. Desnudo, me miré frente al espejo del baño. Tenía los abdominales completamente marcados. Intentaba, siempre que podía, sacar un rato para hacer deporte, en el gimnasio o bien haciendo pesas en el patio de casa. Me puse una toalla en la cintura y me fui hasta mi habitación. Me vestí con una camiseta que noté que ya me estaba algo pequeña. Me puse los pantalones y me calcé mis zapatillas. Mi madre estaba tranquila viendo un programa de Jesús Vázquez en la televisión. En él, abrían cajas diferentes concursantes para llevarse un premio.

—Mamá, me marcho —dije dándole un beso en la frente.

—¿Sales por ahí?

—Sí. He quedado con Jon y Celia para cenar y después iremos a una fiestecita que se hace en Almería.

—Ten cuidado, ¿vale?

—Siempre, mamá.

Agarré mi casco y salí por la puerta. Mientras conducía, el cielo se apagaba después del atardecer, pero todavía la luz dorada se filtraba a través de las nubes y hacía que resaltase el verde de la vegetación de nuestro cabo. Para mí, era el mejor momento para disfrutar de este paisaje, los turistas se habían marchado y las playas volvían a ser las de siempre, tranquilas, en las que se sentían el silencio y el mar en calma. A medida que el sol comenzaba a descender en el horizonte, yo llegaba a casa de Jon. Aparqué la moto en su puerta y, al entrar, descubrí que Celia ya se encontraba allí. Los tres vivíamos en pueblos distintos del cabo de Gata. Cenamos unas hamburguesas que nos había cocinado su madre mientras ayudamos a su padre a servir las patatas a lo pobre que tanto le gustaba prepararnos. Durante la cena estuvimos hablando de los exámenes y trabajos y, cuando dieron las doce, ya estábamos listos para quemar la noche. Nos despedimos de los padres de Jon mientras les dábamos las gracias por la cena riquísima, y es que a su padre le salían especialmente bien esas patatas. Llegamos hasta la parada del autobús y al poco de arrancar pasamos por la esquina de la casa de Gael. Sonreí al recordar lo que ocurrió con el lavavajillas y lo a gusto que estuve con él, en aquella conversación junto a la piscina y, sobre todo, con el beso de la otra noche que ojalá hubiera podido saborear un poquito más. Me fijé en que su coche no estaba aparcado y supliqué por que esta vez no se hubiera quedado sin gasolina. Llegamos poco después a la discoteca Oasis, en pleno puerto de Almería. Era el local de moda en aquel momento, donde salía toda la gente de nuestra edad. Los pequeños botes y yates estaban amarrados al lado derecho del puerto y justo delante se encontraba la entrada de la discoteca. Era casi la una de la madrugada y nada más llegar una chica nos ofreció las pegatinas para ponernos en la cara. Rojo, amarillo o verde según lo que quisieras encontrar ahí dentro.

—La verde —le señalé.

Ella sonrió y me la puso en la frente.

—Vas a triunfar con esos ojos, rey —dijo ella guiñándome un ojo y abriéndome la puerta. Jon y Celia también se plantaron la pegatina verde y al entrar nos dimos cuenta de que la discoteca estaba a rebosar. Se notaba que todo el mundo había corrido la voz de la fiesta del semáforo. Daba la sensación de que todo Almería estaba allí y Jon no paraba de propinarme algún codazo cuando algún chico guapo pasaba.

—Se te van a salir los ojos —le dije riéndome.

—No veo a Aarón. Os imaginas que hoy... ¿ocurriese?

—¿El qué?

—Pues que me lleve a su casa, me bese como solo él lo hace y me haga el amor mientras la luz de la luna se refleja en los cristales y la brisa de la madrugada mueve las cortinas.

—Eso parece que lo he escrito yo —le dije poniendo los ojos en blanco. Aquel tío no era para tanto.

—Si ocurre, te aseguro que te despertaré con mi orgasmo desde la otra parte de Almería.

—¿Podemos ir a bailar, por favor? Es insoportable esto —dijo Celia.

En la discoteca sonaba música de Enrique Iglesias, Alicia Keys, Shakira y La Factoría. Jon y yo estábamos en el centro y se formó hasta un corro a nuestro alrededor al que se iba sumando gente. Una chica perreó conmigo hasta bien abajo, otro llegó con una botella de chupitos y nos fue echando hasta el interior de nuestra garganta. El ambiente era increíble. Estaba tan motivado y feliz que hasta ese momento no era consciente de lo mucho que necesitaba una noche como esa. Llegamos a la barra y, con las copas en la mano, brindamos con una gran sonrisa por todo lo que estaba por venir. Por nuestra nueva vida en Madrid, por dejar atrás todo lo malo y centrarnos en irnos juntos. Él estaba de frente a la pista y yo de espaldas cuando de repente los ojos de Celia se abrieron como platos.

—¿Esos no son...? —dijo ella sorprendida—. ¡Pero si están todos!

Yo me giré esperando encontrarme con el grupo de amigos de Aarón, pero no fue así. Nuestra profesora de Inglés estaba allí, junto con la jefa de estudios y Marcos, el profesor de Filosofía. Pero espera. Su lunar detrás del cuello. Su pelo. Gael se giró y me miró. No podía ser cierto. Su cara cambió por completo.

—¡Vamos a saludar! —exclamó Jon cogiéndonos de la mano. No. No. No. No, por favor.

—¡Pero bueno! —gritó Loreto, nuestra jefa de estudios.

—Aquí está el Trío La La La —dijo Rosabelle, nuestra profesora de Inglés—. Menudos bailes os habéis pegado. Mirad, está aquí vuestro tutor.

—Hola, chicos —saludó Gael mientras me sonreía y le daba un sorbo a su copa que hizo que se me helase hasta el alma. Qué guapo estaba, me cago en mis muelas. Me fijé en su mejilla. Tenía una pegatina roja en forma de círculo. Me puse nervioso y no supe disimularlo. Llevaba una camisa blanca de Ralph Lauren y el pelo mojado con ese mechón caído hacia delante como Leonardo DiCaprio en *Titanic*. Esos labios, Dios mío. Yo era el iceberg de lo duro que me empecé a poner. «Basta, Hugo. Para. Stop».

—Holaaa —dijo Jon—, qué casualidad encontraros aquí.

—Nos hemos juntado para cenar y sobre todo para enseñarle a Gael buenos locales donde tomar una copa —dijo Rosabelle sonriendo—, ¿verdad que sí?

—La verdad es que llevaba mucho tiempo sin salir —respondió Gael en alto, ya que con la música casi no le oíamos.

Celia me miraba a mí y me puse demasiado nervioso. Tanto que me bebí la copa de un trago. No quería acercarme demasiado porque me temblaba todo el cuerpo, pero lo miraba distraídamente y él no apartaba los ojos de mí. Aproveché que Jonathan estaba contando algo de clase para acercarme a él.

—Te prometo que no ha sido a posta —conseguí decirle al oído.

Gael sonrió mientras le daba otro trago al vaso para después acercarse a mi oreja no sin antes fijarse en que las profesoras estaban de espaldas a ellos.

—Sácame de aquí, por favor —me dijo él sonriendo.

Celia se giró y me agarró del brazo.

—¡Bueno, nosotros nos vamos más para adentro que queremos ir a la sala de abajo! —exclamó ella agarrándonos a los dos—. ¡Disfrutad mucho, eh!

—Y vosotros, ¡pero con cabeza, por favor, Jonathan! —dijo Rosabelle.

Ellos se despidieron de nosotros y miré a Gael sin poder decirle nada más. Nosotros tres nos fuimos de la mano hasta la sala de abajo donde, digamos, sucedía todo. La gente fumaba en algunos rincones, la sala de baile era mucho más grande y al fondo había una especie de sofás y sillones donde algunas parejas aprovechaban para darse el lote. Saltamos, cantamos, pero sobre todo bailamos mucho. De repente, un chico llegó por detrás de Jon y le tapó los ojos. Celia y yo nos miramos sin creérnoslo. Era Aarón.

—¿Quién eres? —preguntó Jon.

—Secreto —le dijo él al oído.

Jon le agarró las manos y, al destapárselas, empezó a saltar.

—¡Has venido! —gritó.

—Sí. Mis amigos están por ahí, pero me apetecía bailar un ratito contigo —dijo él.

No entendíamos qué le veía Jon a aquel chico, pero tampoco íbamos a ponernos a opinar de eso. Jon nos miró como pidiéndonos permiso para ausentarse un ratito. Celia y yo nos quedamos juntos, ella estaba preciosa con aquel vestido negro y me hacía muy feliz verla disfrutar. Este último año había sido difícil especialmente para ella, ya que su abuela se marchó después de una enfermedad tan dura como era el alzhéimer. Las primeras semanas le costó mucho, no tenía ganas de absolutamente nada y todo le recordaba a ella, pero ahí estuvimos los dos, sus amigos del alma, para acompañarla en esa herida tan grande. Recuerdo perfectamente la tarde que estábamos frente al mar, ella y yo solos dando un paseo. Las gaviotas iban meciéndose con el aire.

—¿Algún día deja de doler?

Ella sabía que se lo preguntaba a alguien que había perdido a una persona muy importante. La miré a los ojos y asentí con la cabeza.

—Sí y no. El dolor se transforma en otra cosa. Y llegará un día, será cuando menos te lo esperes, que sentirás lo afortunada que has sido por poder vivir muchos momentos a su lado. Uno siempre querría un instante más. Una última charla…

—¿Qué fue lo último que te dijo?

Las olas del mar rompían y nos mojaban los pies.

—Fue por la tarde. Él estaba a punto de irse con el barco y yo me encontraba en mi habitación antes de salir a jugar con mis amigos al balón. Jamás supe realmente cómo se ataban los cordones, me liaba con el proceso, el nudo del principio, el lazo del final, lo hacía al revés y nunca me salía. Él vio que tenía un gurruño en mis zapatillas y se sentó conmigo en la cama y deshizo aquel nudo para después atarlas como debía. Me miró a los ojos y me dijo: «Insiste hasta que estés cansado de equivocarte y después, hijo, vuelve a intentarlo». Aquello fue lo último que me dijo mi padre.

—Me hubiera encantado conocerlo —dijo Celia.

—¿Y tu abuela qué te dijo?

Celia se rio.

—Es gracioso, pero a pesar de que no recordase a casi nadie, ni a sus propios hijos o nietos, una de las últimas tardes que estuve con ella dando un paseo por el cielo pasó un avión y señaló ahí arriba para después decirme: «Tú me llevarás al cielo».

Cuando me di cuenta una lágrima me estaba cayendo en aquel momento. Abracé a Celia y los dos nos consolamos mientras la noche llegaba a la orilla de Almería.

—Lo vas a conseguir —le dije—. Y estaremos ahí para celebrarlo.

Celia y yo bailábamos en la discoteca. Jon se acercó para decirnos que se iba a casa de Aarón y que todo apuntaba a que esa noche triunfaría, por fin, después de un verano de celibato. Celia y yo le gritamos y celebramos mientras él se iba avergonzado.

—Y tú, ¿no te traes algo entre manos? Estás distinto. Tienes una sonrisa diferente estos días.

—¿Yo? ¡Qué va…!

—Cuéntamelo, anda, que eres un libro abierto para mí.

Miré a mi alrededor.

—No me creerías… Pero, bueno, prometo decírtelo otro día, ¿vale?

Fui un momento al baño mientras Celia me esperaba fuera; los aseos con puerta estaban cerrados, así que me apoyé en uno de los de pared, me desabroché el botón y me la saqué. Mientras meaba llegó un chaval y se puso a mear a mi lado. Era pelirrojo, con pecas en la zona de la nariz. Me miró y enseguida volvimos la vista al frente.

—Tú eres Hugo —dijo mirándome.

Me quedé extrañado sin saber quién era aquel tío.

—Sí, ¿por? ¿Y tú eres…?

—Chema —me contestó—, tenemos algunos amigos en común —continuó con una sonrisa que no supe interpretar—. A ver si pescamos algo esta noche, ¿eh? —dijo él. Su pegatina era la verde.

—Sí, tío, que ya hace falta —contesté yo intentando hacerme el interesante mientras me preguntaba de qué conocía a aquel chico.

—Esto está lleno de tías buenísimas, y la mayoría están libres, con suerte esta noche follamos los dos —me dijo él.

—Ojalá, tío. Ojalá —le respondí con aquella voz grave que me caracterizaba. Me reí y me sacudí la polla antes de guardarla. Él hizo lo mismo y cuando salí del baño vi por el cristal cómo sacaba su teléfono. No le di importancia y fui de nuevo en busca de Celia. Eran ya las cuatro y media de la mañana.

—¿Nos volvemos ya a casa? —le pregunté a mi amiga.

—Sí, la verdad. No aguanto más con estos tacones, son insufribles.

Subimos las escaleras hasta la planta principal de la discoteca, donde nos habíamos encontrado a los profesores. Busqué a Gael entre la gente, pero no lo vi. Y me pregunté por qué estaba buscándolo en realidad. Por qué quería verlo de nuevo si sabía perfectamente que éramos personas de mundos distintos y, además, era mi profesor. Los cubatas junto a los chupitos se notaban en nuestros pasos. Giramos la esquina de la discoteca y nos metimos por el callejón de atrás para atajar hasta llegar a la gran avenida donde estaba el autobús. Íbamos riéndonos al pensar en lo mucho que estaría disfrutando Jon cuando de repente recibí un empujón por la espalda. Me giré con lentitud para saber quién coño me había empujado con tanto genio. La luz era tenue, pero no me hizo falta más para reconocerlo a él junto a sus amigos.

—Javi —dije viendo a mi ex delante de mí.

Hacía que no nos veíamos más de medio año. Se le notaba que no había cambiado de compañías ni hábitos por su cara. Estaba completamente demacrada: mejillas hundidas, ojos envueltos en sombras negras, mandíbula marcada, piel amarillenta…

—Qué haces, bujarrilla —comenzó él—. Te acuerdas de lo que te dije aquel día después de dejarme, ¿no? Que si te volvía a ver, que si te cruzabas de nuevo en mi camino te llevaría por delante —dijo él acercándose con sus amigos. Uno de ellos era el tío que me había encontrado meando y el que seguramente le había dado el chivatazo de dónde estaba.

—¡EH! —gritó Celia—. Dejadle en paz.

—Tú cállate, ballena —dijo uno.

—No quiero problemas, Javi. Te lo estoy diciendo por las buenas —contesté serio.

Sus amigos soltaron algunas risas y me imitaron.

—Pero qué nos vas a hacer tú —contestó él con una mueca burlona—. Lo único en lo que serías bueno es en que te dejen el culo como la boca del metro.

—¡Que os piréis, joder! —gritó Celia poniéndose en medio. Uno de ellos la empujó y Celia tropezó y cayó de lado. La miré y empecé a sentir por dentro aquella rabia que ya no estaba acostumbrado a sentir. Comencé a apretar fuerte los dientes y cerrar con ganas las manos. Levanté la cabeza y cada vez los tenía más cerca. Me quité la cazadora y la lancé al suelo; por lo que vi en la cara de Javi, no se esperaba que hubiera aumentado tanto mi musculatura desde la última vez que nos vimos. Y fue entonces cuando frenó. Pero ya fue tarde, dos de sus amigos vinieron de pleno a por mí. A uno lo agarré del cuello y apreté con fuerza sus venas y arterias. Tanto que pensé que las rompería como quien casca una nuez. Lo solté a tiempo y cayó al suelo nada más dejar de hacer fuerza. El otro me dio un puñetazo en la barriga, pero conseguí agarrarlo a tiempo del hombro y crucé con su otro brazo la muñeca derecha; le hice una especie de lazo con sus propias manos para después girarlo y darle un puñetazo en toda la cara. Cayó cerca de unas cajas que había al lado de un contenedor. Javi me miraba incrédulo y me acerqué a él. Le puse una sonrisa que jamás había visto en mí. Ya nunca me podría levantar la mano. Ya nunca me podría decir lo poco que valía porque él había quedado reducido a nada. Cogí saliva y le escupí en la cara.

—Y la próxima vez que te cruces en mi camino me encargaré personalmente de romper lo poco que queda de ti —dije acercándome a su rostro—. ¡¿Me has entendido?! —le grité. No lo vi venir porque estaba muy concentrado en su mirada y en que le quedase claro. El otro amigo que tenía detrás me dio un gran golpe en la nariz con una barra de hierro que había por aquel callejón y después me propinó otra en el estómago que me hizo caer de rodillas en el suelo.

—¡Corred! —gritaron—. ¡Vamos, vamos, vamos!

Me quedé allí tendido con una mano taponándome la nariz, que no paraba de chorrear sangre, y la otra en el estómago, que me dolía como si me estuvieran quemando. Tenía las manos completamente ensangrentadas. Intenté ponerme de pie, pero me volví a caer sobre el suelo. Celia se acercó para agarrarme e intentar levantarme. Lloraba de rabia y de dolor, lloraba por aquel tío que me hizo la vida imposible todo el tiempo que estuve a su lado y no quería dejarle ganar. No una vez más. Ya me levantó la mano en una ocasión y me sentí la persona más pequeña del mundo. No me sentí capaz de poder pararlo cuando debí haberlo hecho. Pero ahora quería demostrarle que nunca más iba a tenerle miedo. Tosí del dolor y me salió sangre también de la boca.

—Vámonos, Hugo —dijo ella—, no quiero que vuelvan.

Estaba tirado en medio de aquella calle oscura de espaldas a la calle principal, por lo que no podía ni pedir ayuda. A lo lejos oí unos pasos que se acercaban muy deprisa. Y en ese momento supe que ahí estaban los demás. Vendría todo el grupo de sus amigos a rematarme. A medida que escuchaba la carrera que llevaban, intenté levantarme para hacerles frente, temiendo todos los golpes que me propinarían. Y entonces le escuché a él.

—Hugo —dijo poniéndose de rodillas.

La única luz de la farola le alumbraba su rostro. Gael estaba remangándose y se sacó del pantalón un pañuelo, que dobló para taponarme la herida.

—Profesor —dijo Celia.

—Pero ¡qué os ha pasado!

Él miraba a los dos lados de aquella calle por miedo a que volvieran. Llevé la mano hasta su muñeca.

—Gracias —conseguí articular.

—No digas nada —respondió él—, tenemos que irnos. Los he visto salir corriendo hacia la avenida y no quiero que vuelvan y nos pillen aquí.

—Vale —dijo Celia.

Gael me quitó el pañuelo durante unos segundos.

—Ven, ayúdame, Celia.

Entre ambos me cogieron y pasé el brazo por encima del hombro de Gael. Al levantarlo vi las estrellas y aullé de dolor como un perrito maltratado. Salimos de aquella callejuela y Gael me llevó en todo momento cogido y con el pañuelo apoyado en la nariz. Nos dirigimos dos calles más abajo y le pidió a Celia que me agarrase un segundo. De su bolsillo trasero consiguió sacar la llave de su todoterreno.

—Espero que tengas gasolina —le dije entre risas.

—A mí no me hace ninguna gracia verte así —me contestó serio.

Celia nos miraba y no entendía nada. Lo miré y le pedí perdón solamente con los ojos. Me metí en el coche con su ayuda y apoyé la espalda en el asiento del copiloto y al coger aire noté que todavía tenía dolorida la parte superior del pecho. Me levanté un poco la camiseta y me di cuenta de todo lo que abarcaba aquel moratón. Gael subió deprisa en el coche y arrancó. Miró a los lados para ver que no salía ningún coche y aceleró rápidamente para llegar cuanto antes a la autovía que nos llevase de vuelta a Cabo de Gata. No me quitaba ojo de encima mientras yo suspiraba de dolor cada vez que respiraba y los pulmones se me hinchaban de oxígeno.

—¿Quién coño te ha hecho esto? —me preguntó serio—. Tenemos que ir a la policía y poner una denuncia; si quizá miran las cámaras de seguridad de algún cajero cercano, tal vez podamos…

En aquel instante levanté la mano derecha para decirle que se callara.

—No —dije después de contener un poco el dolor—. Es curioso que esto me lo haya hecho la misma persona de la que me enamoré hace un tiempo.

Gael apartó la vista de la carretera sorprendido.

—¿Cómo? —dijo él—. ¿Ha sido tu ex?

—Sí —respondió Celia—, el cabronazo de Javi.

—Javi —repetí yo— ahora es uno de los peores elementos que hay por aquí. Pero le he dejado claro que la próxima vez que nos viésemos le partiría las piernas. Y pienso hacerlo.

—Partirle las piernas, reventarte la nariz. ¿No te das cuenta de que este no es el camino, Hugo?

—Lo sé. Pero, si no haces frente a tus fantasmas, tu vida se acaba convirtiendo en una pesadilla. Estate tranquilo, no volverá a molestarme.

—Celia, ¿dónde vives tú? Te acerco a casa —dijo Gael.

—En las salinas, muy cerca del instituto.

Aullé de nuevo de dolor, ya que todavía me ardía la parte del pecho donde me habían dado el gran golpe. Gael me puso la mano derecha en la rodilla. Lo miré y le dije gracias con los labios. No tardamos en llegar a las salinas, a la misma puerta de la casa de Celia.

—Muchas gracias, profesor —comenzó ella antes de bajarse—. Puedo... Puedo quedarme con él esta noche en casa.

—No te preocupes, cielo —dije yo—. Cuando llegue a mi casa me doy una ducha y me pongo un poco de hielo y listo. Tú descansa, ¿vale? Te quiero mucho.

—Y yo a ti —respondió ella dándome un beso en la frente—. Gracias de nuevo, profesor.

—No hay de qué —contestó él bastante serio.

Cuando escuché la puerta de Celia cerrarse, el todoterreno de Gael dio la vuelta.

—¿Dónde vas? —pregunté mirando por los cristales al reconocer la carretera que llevaba a Cabo de Gata.

—A mi casa. No pretenderás entrar así a la tuya.

A su casa. Esto no estaba planeado.

—Ya. Creo que a mi madre le daría un buen susto si me viese entrando así.

En aquel momento desbloqueé mi teléfono y le escribí un SMS.

Hugo
05:16

Mamá, duermo en casa de Jonathan.
Nos vemos mañana. Te quiero.

Gael aparcó en la puerta de su casa y salió disparado para ayudarme a bajar del coche. Le puse el brazo sobre el cuello y subimos juntos las escaleras de su casa. Apoyé la cabeza sobre su hombro mientras abría la puerta de lo cansado y dolorido que

89

estaba. Encendió las luces de la casa y me llevó hasta el baño. Me senté y abrió un armario donde tenía una gran caja con muchas gasas, botes de agua oxigenada y alcohol. Preparó un par de gasas y se acercó hasta mí, y con una de ellas empezó a darme con cuidado y con mucha delicadeza sobre las heridas que tenía por la nariz.

—Gracias —le dije mirándolo y sonriendo por lo concentrado que estaba.

Él siguió como si nada sacando más gasas para quitarme la sangre seca que tenía por el cuello. Respiré y me puse la mano de nuevo en el pecho por el dolor.

—Voy a por un poco de hielo. —Salió del baño—. Vente, ven al sofá y túmbate. —Sobre la mesa del salón había una foto de Gael soplando las velas de pequeño junto a una mujer que le sonreía a su lado.

—¿Es tu madre? —pregunté cuando apareció de nuevo en el salón.

—Como si lo fuera. Es Flora, la mujer de la que te hablé hace unas semanas —contestó Gael.

—Ah. La asistenta.

—No es solo la asistenta, Hugo.

Gael trajo una bolsa de guisantes congelados en la mano.

—¿Qué cojones es eso?

—No tengo hielo. Pero esto hace lo mismo. ¿Puedes…?

La camiseta. Claro.

—¿Me ayudas? —pregunté—. Me va a doler bastante al levantar los hombros.

Gael dejó la bolsa de guisantes sobre la mesa de madera del salón, agarró mi camiseta, que estaba llena de sangre, y tiró de ella hacia arriba con cuidado. Me miré la barriga y tenía un moratón debajo del pecho, justo donde había recibido el impacto de aquel palo de hierro.

—Túmbate —dijo él acercándose y abrió parte del sofá para que estuviera más ancho. Se sentó justo a mi lado y me puso un par de cojines sobre la cabeza. Colocó la bolsa de guisantes congelados encima de donde tenía el moratón. Lo miré, lo hacía todo con una tranquilidad y una calma que me tranquilizaba a pesar de todo lo que había pasado esa noche.

—No tenías por qué —dije yo cuando nuestras miradas se encontraron.

—Lo sé —respondió levantándose del sofá.

Gael se quitó la camisa llena de sangre y miré el vello que le subía desde la pelvis hasta el ombligo. Me fijé en los lunares de su espalda, y también en la cicatriz de su hombro derecho. Apagó la luz de la cocina y me acercó un vaso de agua junto con una manta que había en un cesto detrás del sofá.

—Buenas noches, Hugo —me dijo justo cuando fue a apagar la luz que había en una mesa al lado del cesto.

Yo tenía los ojos casi cerrados. Pero quise buscar su mano.

—No te vayas…

Fue como si lo viera sonreír, aunque realmente no hubiera abierto los ojos. Pero lo sentía.

—Me quedo hasta que te duermas.

Asentí con los ojos cerrados mientras Gael se sentó cerca de mí. Puse mi mano cerca de la suya y me fui quedando profundamente dormido. Sentí como si rozase mis mejillas, pero nunca supe si fue de verdad.

Abrí con sigilo los ojos y la luz del día llenaba aquella preciosa casa, la puerta de la entrada estaba abierta y oía cómo Gael estaba tecleando en su ordenador portátil. Me incorporé un poco en el sofá y me miré el pecho, el hematoma se había reducido bastante y sentía mucho menos dolor al respirar. Me levanté y caminé hacia la terraza. Ahí estaba él, en la mesa de fuera delante de la piscina.

—Buenos días —me dijo nada más verme—, parece que tienes mejor la cara.

Asentí con la cabeza mientras me ponía la camiseta y me senté en la silla de enfrente.

—¿Qué haces? —le pregunté.

Me sonrió y giró la pantalla del ordenador.

—Estoy buscando información acerca de lo del faro de tu padre.

Aquello me sorprendió. No se había olvidado. Su sonrisa era tan sincera y especial que sentí que alguien estaba cuidándome de verdad por primera vez, intentando ayudarme en aquello que era tan importante para mí.

—¿Y qué tal? ¿Has encontrado algo?

—Llevo toda la mañana y, sinceramente, parece que a ese faro se lo tragó la tierra. No hay mucho. La última vez que hay noticias publicadas es del año 2003. En la noticia hablan de los grandes costes de su mantenimiento. Creo que la semana que viene me acercaré al archivo de Almería, quizá ahí pueda seguir buscando.

—¿Puedo acompañarte? —pregunté—. Eso suena bien, ¿no? Si encontramos quién fue el último farero, quizá podríamos, no sé, pedirle la llave o contarle la historia de mi padre para hacerle ver que yo me comprometería a arreglarlo antes de marcharme a estudiar a Madrid.

Gael me miraba con atención.

—Hugo…

Lo miré. Sabía lo que vendría después, pero no me conformaría con el no.

—Sé lo difícil que será, Gael. Pero no es imposible —contesté—. Tengo que intentarlo.

—De acuerdo.

Cerró el ordenador y trajo su agenda.

—Si quieres, en un par de días podemos ir al archivo.

—Vale.

—Y tú deberías centrarte. La semana que viene empezamos los exámenes y no quiero que esto afecte a que no consigas sacar el curso adelante. Lo primero es lo primero, Hugo.

—Sí. Sí. Me organizaré, te lo prometo.

Cogí mi cartera y las llaves de casa para poco después llamar a mi madre y preguntarle si me podía recoger en la esquina de casa de Jon, que quedaba unas calles más atrás que la de Gael.

Me despedí de él y le di las gracias por todo lo que había hecho por mí. Anoche, cuando estábamos volviendo en el coche, pensé en que algo estaba cambiando dentro de mí. Últimamente, siempre que salía de fiesta, acababa con algún chico en su casa sin recordar su nombre. Después recogía mis cosas y volvía a casa sin dar explicaciones a nadie. Sin sentir absolutamente nada. Simplemente por placer, por desahogarme y por creerme que así se resolverían otras cosas que ahora empezaban a salir a flote.

GAEL
EL HOY

27 de septiembre de 2007
Faltan 328 días para el final de nuestra historia

Llegué a la esquina de la casa de Hugo y miré la hora. Eran las seis de la tarde. Estos días no habíamos podido casi ni hablar. Empezaba la cuenta atrás para los primeros exámenes y una compañera se había puesto bastante enferma, por lo que muchos de los profesores habíamos tenido que organizarnos para poder estar de guardia con sus alumnos. Hugo salió de su casa, llevaba el pelo mojado y una chaqueta de cuero negra. La pelea del fin de semana anterior había cambiado la idea que tenía sobre él. De hecho, cada vez que nos encontrábamos descubría algo que hacía saltar por los aires la imagen preconcebida que tenía de Hugo. Primero, con el beso. Luego, con el rescate en la playa de los Muertos. Más tarde, con la confesión sobre la muerte de su padre y la importancia del faro… Y finalmente con todo lo de su ex y el enfrentamiento en la Oasis. Me decía a mí mismo que pensar en Hugo, investigar sobre el faro o quedar con él era algo así como parte de mi currículo extraescolar, para conocer mejor a mis alumnos y ayudarlos en caso de que lo necesitaran. Era evidente que Hugo necesitaba ayuda… Pero ¿era por eso realmente? Todo cambiaba cuando estábamos juntos. Me sentía diferente, intentaba frenar pensamientos o imágenes dentro de mí.

—¿Vamos?

Cerró la puerta con fuerza y se subió en el coche.

—¿Me puedes decir ya a dónde vamos?

Estos días atrás mis llamadas al archivo no habían surtido efecto, allí no tenían ninguna información reciente del faro; desde que se declaró como abandonado, nadie había hecho ningún estudio o artículo periodístico. Pero hubo algo que cambió en mi forma de verlo, fue como un reto personal desde el momento en que conocí la historia de su padre, aunque teníamos que hacerlo con mucho cuidado, ya que uno de nuestros tratos fue que ninguno de los dos le contaríamos a nadie que nos veíamos fuera del instituto. Teníamos que buscar quién fue el último farero, encontrar la manera de entrar y ver las tareas de recuperación que necesitaba para, de una vez por todas, comprar la bombilla e instalarla antes de que él se fuera a estudiar a Madrid. Ese era el sueño imposible de aquel chaval y yo estaba dispuesto a ayudarlo a encontrar la solución por los favores que me había hecho él a mí. Le tendí la mano y me la estrechó con fuerza. En sus rodillas llevaba unos folios con varios esquemas.

—Eso no es…

—Sí. Son apuntes de tu asignatura. No se va a aprobar sola.

Me reí.

—Así me gusta.

Conduje por la autovía de Cabo de Gata y nos dirigimos hasta Almería. Era un sábado por la mañana de finales de septiembre. El cielo estaba despejado y Hugo se quitó la chaqueta, dejando al descubierto sus brazos. Lo miré de reojo y volví de inmediato la vista a la carretera.

—¿Qué tal tú? —me preguntó—. ¿Estás haciendo amigos o qué?

—Bueno.

—¿Qué pasa?

—Mi único amigo es uno de mis alumnos.

—Pero qué alumno, ¿verdad?

—No empieces —respondí mirando para otro lado.

—Qué formal. Me encantas —dijo Hugo riéndose—. Somos tan distintos.

No tardamos mucho en llegar a Almería. Comenzamos a caminar juntos y él se preguntaba todo el rato a dónde nos dirigíamos, ya que le conté semanas atrás que la idea del archivo quedaba descartada. Giramos una esquina y una gran plaza se presentó ante nosotros. Estaba llena de palmeras, al fondo se encontraba un gran edificio que Hugo reconoció enseguida.

—El Museo de Almería. Vaya pelma.

—Tú sí que eres un pelma. Cállate, anda. Quiero enseñarte algo.

Pasamos los dos juntos y la chica de recepción nos sonrió al llegar.

—Hola. Buenos días —dijo ella.

—Buenos días. Serían dos entradas con el pase extra a las salas temporales.

—Por supuesto.

La chica marcó en su pantalla y cortó dos tíquets. Hugo me miró y abrió la cartera, que estaba vacía, pero le puse la mano encima para hacerle ver que no era necesario.

—Son once con veinte —dijo amablemente la chica.

Estiré por la ventanilla un billete de veinte euros.

—Si me hubieras avisado, me habría podido traer algo de dinero, pero…

—Cállate y ven.

Me dio un codazo y pasamos juntos. Nos encontrábamos solos en aquel lugar. La entrada de la exposición comenzaba por un viaje a través de los años de los acontecimientos más importantes que había vivido la ciudad. También los yacimientos y hallazgos que se habían documentado. Pasábamos por las diferentes salas y leíamos las placas que había alrededor de las grandes vitrinas. Fuimos una a una y Hugo me miraba intentando saber qué hacíamos allí.

—¿Qué querías enseñarme? —preguntó antes de llegar a la última sala de todas.

—Quiero que lo veas por ti mismo.

La última sala se llamaba «Somos porque ellos fueron».

Estuve aquí una tarde hacía pocos días. Al principio no iba a entrar, ya que la sala exponía un recorrido por fotografías de los años sesenta, setenta y ochenta de la sociedad andaluza y era algo que la verdad no me llamaba nada la atención. Pero después me acordé de él. De su acento, de su forma de expresarse. De sus palabras. Y también de su manera de ser. Tan sinvergüenza. Tan él. Hugo entró en la sala y se quedó boquiabierto. Todas las paredes estaban llenas de imágenes. Había de todo tipo. Fotos de familias en la playa en el verano del 75. Pescadores cerca de la bahía en el 82. Celebraciones y verbenas en los pueblos de San Agustín, Vícar y Aguadulce en el 86. Y entonces Hugo se quedó detenido en aquella fotografía. Acercó su dedo hacia aquella pared. Allí se veía el faro de Cabo de Gata y a un señor junto a su mujer sonriendo. Era 1960. En el pie de foto, decía lo siguiente: «Cesión de mando del faro de Cabo de Gata a don Julio Villegas, que se hará cargo junto a su mujer de la supervisión y cuidado del faro». Hugo me miró. Tenía lágrimas en los ojos.

—Son ellos —dijo él.

Yo estaba un paso más atrás. Le había pedido a Hugo que nos viésemos cuanto antes, aunque tampoco quería interrumpir su estudio, pero necesitaba enseñarle que eran ellos. Esa pareja fueron los últimos responsables del faro de los que había constancia.

—Julio Villegas —dije yo— es el último farero que hubo allí. Quizá podríamos ir a verlo.

—Pero… ¿tú crees que seguirá vivo? —preguntó—. ¿Y dónde estará?

—No lo sé. Pero son las dos únicas personas relacionadas con ese lugar. Podríamos intentarlo, ¿no? —pregunté—. Así estaríamos más cerca de conseguir hablar con ellos, contarles la historia de tu padre y saber cómo podrías hacerte tú responsable del faro. Si nadie lo está cuidando ahora…, es posible que pueda funcionar, ¿no?

Hugo me miró ilusionado, los ojos le brillaban al ver que quizá había una manera de conseguir lo que tanto deseaba.

Salimos del museo y llegamos hasta el coche. Fuimos en completo silencio por la carretera. Hugo miraba por el cristal cómo los colores del atardecer inundaban el cielo. Sobre el salpicadero estaban los apuntes. Miré su pierna, justo al lado de mi mano, que descansaba sobre la palanca de cambios. Y en algún momento quise que se chocaran sin querer. Y lo hice. No me miró, pero movió la mano y la puso por encima. Mi corazón comenzó a bombear más y más rápido.

—Es curioso —dijo él sonriendo.

—¿Qué ocurre? —pregunté mirándolo mientras nuestras manos seguían entrelazadas.

—Es como si él —comenzó Hugo— me estuviera enseñando el camino hasta ellos justo un día antes de que se marchase. Mañana hará diez años de aquel día.

Y entendí entonces qué era lo que necesitaba. Aceleré y me desvié por la salida anterior a la nuestra. Me observó preguntándose a dónde íbamos. Yo tenía la mirada fija en la carretera. Necesitaba hacerle ver que podríamos conseguirlo. Frené a tiempo y bajé del coche. Él reconoció de inmediato aquel entorno. Abrí su puerta y me miró.

—Vamos —dije.

Hugo bajó del coche y saltamos la pequeña verja que separaba aquel sitio del mundo. El faro de Cabo de Gata era un lugar precioso. La flora había crecido en exceso a su alrededor, ya que nadie se encargaba de cuidar aquel paraje en la actualidad. Debajo del faro se escuchaba el batir del mar contra el acantilado en el que nos encontrábamos. Entre nosotros se sentía hasta la espuma del mar llevada por el viento. Llegamos hasta el faro por el sendero y las lagartijas e insectos se escondían al descubrir nuestra presencia. Hugo se acercó hasta la puerta. Sobre ella, descansaban algunas flores ya secas, posiblemente fue él quien las trajo. Me puse a su lado y nos agachamos.

—Era muy bueno. O al menos eso es lo que me dice todo el mundo.

—No tengo duda de ello.

—¿Qué tal es tu padre? —me preguntó mirándome a los ojos. Aquella pregunta me hizo sonreír.

—Es un hombre bastante ocupado: preside el banco Caja Madrid. Hasta hace no muchos meses, yo trabajaba allí con él. Pero necesitaba, digamos, cambiar de aires —dije mirándolo— y mi relación con él se enfrió bastante. Creo que todavía debe pedirme perdón por muchas cosas.

Hugo se sentó en el suelo y apoyó su espalda en la pared del faro. Encima de nosotros el cielo estaba repleto de estrellas. No había ninguna luz que impidiese verlas. Era mágico. Nunca había estado aquí de noche.

—Si me dejas darte un consejo —su mirada estaba clavada en el cielo—, no permitas que un enfado pueda dejarte sin crear recuerdos al lado de las personas que quieres. Tienes la oportunidad de poder hablar todavía con él. Llámalo un día de estos, seguro que echará de menos oír tu voz. A mí me encantaría poder tener los consejos de mi padre acerca de algunas cosas.

Me quedé mirándole. Aquel chaval me daba lecciones cada día. Por su forma única de vivir y sentir. Sincero y sin miedo a nada.

—¿Y qué le preguntarías? —le dije.

Entonces sonrió al cielo. Tragó saliva y volvió a hablar.

—¿Quieres que te diga la verdad? —preguntó.

—Sí. Claro.

El día era completamente soleado, la brisa corría y mecía las mangas de nuestras camisetas.

—Le preguntaría qué hacer cuando sientes que alguien te está cuidando de una manera especial, qué hacer cuando sabes que esa persona te cura las heridas que durante mucho tiempo ni tú mismo te preocupaste de sanar. Sinceramente, Gael, le preguntaría qué demonios hacer cuando cada día que pasa siento que me estoy enamorando un poco más de ti y no puedo detenerlo aun sabiendo que lo nuestro es una completa locura. Eso le preguntaría.

Aquello me dejó sin palabras, nuestras manos estaban cerca. Miré al suelo y rocé su mano con mi dedo meñique. Y lo miré.

Lo miré con miedo sabiendo que aquel chaval estaba poniendo mi vida del revés, Hugo contemplaba nuestras manos que ahora estaban del todo unidas. Y levantó la cabeza despacio. Mi corazón se aceleró y los dos nos acercamos lentamente. No podía engañarme más a mí mismo. No podía seguir fingiendo no saber qué sentía mi cuerpo, cuán grande era la atracción que me llevaba a él. Pensaba en Hugo, en el olor de su piel y el color de sus ojos, en el roce de nuestros labios y en la humedad de nuestras lenguas aquella primera noche de locura y alcohol... Era una locura, claro que lo era, pero... Nuestras narices se rozaron y ambos cerramos los ojos. Deseábamos hacerlo desde aquella noche. Sentí los labios de Hugo y no pensé nada más. Dejé a un lado todas esas preguntas que me había estado haciendo y de las que nunca obtuve respuesta. Seguí besándolo y él hizo lo mismo. Se puso encima de mí y llevé las manos a su cuello. Y también a su pecho. Y a sus abdominales. Él me pasó los labios por el cuello y sentí su lengua húmeda, lo que hizo que se me pusieran los pelos de punta y soltase un suspiro de gusto y deseo. Abrí de nuevo los ojos y ahí lo tenía, frente a mí con su sonrisa inconfundible, con sus hoyuelos marcados en los mofletes y sus ojos que se achinaban cuando sonreía tanto. Nos besamos de nuevo bajo aquel faro que todavía no estaba encendido, pero que por la energía que sentíamos podríamos haberlo hecho brillar. Hugo se quedó frente a mí y quise contarle la verdad. Quise decirle lo que me pasaba y no me dejaba seguir hasta los lugares donde él quería llegar.

—Dímelo, por favor. Vamos.

Yo negaba al principio. Porque sabía que aquello posiblemente le haría daño.

—No sé por dónde empezar.

Se acercó más a mí, me cogió de las dos manos y las envolvió junto a la suyas.

—Por el principio, Gael.

Cogí aire y miré los ojos de Hugo. No podía fingir más. No podía engañarme a mí mismo, pero sobre todo no podía engañarlo más a él. Me había abierto su mundo, sus miedos, sus heridas… Ese chico con aspecto de hombre había demostrado ser mucho más valiente y adulto de lo que yo lo había sido nunca… Merecía saberlo. Tragué saliva antes de empezar:

—Hugo, mi vida no es nada parecida a esto. Hace unos meses me di cuenta de que necesitaba un cambio. Después de tenerlo todo me sentía casi vacío. —Él me miraba atento y a la vez me transmitía esa calma para que le contase todo lo que sintiera—. Mi casa de doscientos metros cuadrados en el centro de Madrid, mi familia, que es de las más ricas de este país, y unas amistades con las que puedo hacer todos los planes que me vengan en gana sin ni siquiera preocuparnos por el dinero. Cenas caras, viajes a la otra punta del mundo. Maldivas, Australia, Tailandia. Y, aun así, no era feliz. Y nunca lo llegué a decir. Sentía que estaba desconectado del mundo real, de poder vivir mi propia historia. Aquella realidad que me decía mi abuelo que era importante, la de enseñar a la gente a ser mejor, a compartir nuestra pasión por la historia y los mapas y, sobre todo, a que el tiempo que estamos en esta vida sea de provecho. Y, antes de tomar la decisión de irme, ocurrió. Hugo, llevo casi siete años con mi novia. Nuestras familias se quieren y hace unos meses celebramos nuestro compromiso y nos daremos el sí quiero después de que me marche de aquí al terminar el curso. Y por eso no sé muy bien qué estoy haciendo. Pero de repente llegaste tú con esa alegría que desprendes, con esa ilusión y bondad por lo que te rodea, y me tiraste por la borda todos los esquemas que tenía. Nunca me había pasado esto. Con nadie. Por eso ni yo mismo entiendo qué me está ocurriendo. No te he querido hacer daño en ningún momento, al contrario, he deseado ayudarte desde el minuto uno porque me pareces una muy buena persona, pero no sé qué me está pasando, Hugo, yo… no puedo seguir con esto así, de esta manera. Necesito parar a tiempo antes de meterme en un callejón sin salida yo mismo o de… hacerte más daño.

Hugo miraba mis manos, que estaban envueltas en las suyas. Mis ojos se llenaron de miedo porque posiblemente no había hecho las cosas bien. No había sido sincero desde el principio, pero ni yo mismo sabía qué estaba haciendo. Hugo se separó de mí y apoyó su espalda sobre el gran faro. Puso su cabeza entre las piernas y me acerqué para estar cerca. Con cuidado, apoyé la mano en su hombro.

—Vete —dijo él.

Y entonces sentí esa sensación extraña e inexplicable. Aquel vacío en el estómago cuando las cosas salen mal. El miedo de estar perdiendo todo lo que me rodeaba.

—Hugo, yo…

—He dicho que te vayas. Quiero estar solo.

Miré hacia abajo y supe que era mejor que me marchase. Hugo me observó antes de que abandonase el recinto del faro, sacando la cabeza de entre las piernas, y vi que su mirada había cambiado por completo. No quise decir ni una palabra más porque sentía que ya le había hecho suficiente daño a una persona que no se lo merecía. Salí del sendero del faro y me sentí muy mal mientras llegaba hasta el coche. Cerré el puño de rabia y la imagen de Hugo sentado bajo aquel faro me reventó. Arranqué el coche y aceleré para salir de allí. Mientras bajaba las curvas del camino que llevaba al faro me cayó una lágrima. Era de rabia. Lágrimas de impotencia, de no haber detenido esto a tiempo. Me sentí mala persona y, mientras las lágrimas se deslizaban por mi cara, recordé a aquella persona que siempre daba los mejores consejos, la única con la que era capaz de abrirme en canal sin sentir miedo. Supe que necesitaba hablar con ella, contarle lo que me ocurría para hacer las cosas lo mejor posible. Y ver si había alguna manera de arreglarlo. Paré en el arcén; a esas horas no había nadie. Salí del coche con el móvil en la mano y la llamé. La despertaría posiblemente, pero necesitaba hablar con ella. Necesitaba sacarlo.

—Gael, cielo —dijo ella—. ¿¿Qué ocurre??

El simple hecho de escuchar su voz ya me hizo respirar más tranquilo.

—Hola, Flora…

Mi tono era entrecortado, no podía casi hablar de la ansiedad que tenía dentro.

—Ay. No. Mi niño. No me asustes… Gael. Dame un momento, que me salgo al jardín. —Escuché cómo Flora abría las puertas de casa y caminaba deprisa para llegar cuanto antes fuera. Al momento volví a escucharla—. Vamos, tranquilízate y cuéntame.

Me asomé por el quitamiedos de la carretera y abajo del todo se escuchaba el mar.

—No estoy bien, Flora. He hecho algo…

Y allí, apoyado sobre el saliente de la carretera, le conté todo lo que sentía dentro, la historia con pelos y señales. Y, tras un largo silencio, ella cogió aire y volvió a hablar:

—Ay, mi niño —suspiraba y la conversación se llenaba de silencio mientras solamente podía respirar entrecortado frente a aquel acantilado—, tranquilízate, por favor. Vas a hacer que me dé algo. Coge aire y respira conmigo, vamos.

Inhalé con ella. Cogía aire por la nariz y lo sacaba por la boca. Una y otra vez hasta que poco a poco fue tranquilizándome.

—Ahora mejor —conseguí decir.

—Vale. Vas a escucharme. Todo esto ahora, que estás tan lejos de aquí, con la boda tan cercana, entiendo que estés tan asustado, pero, al fin y al cabo, mi niño, es tu vida, Gael. Solamente tú eres el que decide en esto. Y no eres una mala persona, al contrario. Eres la persona más buena que conozco. No debes estar así por sentir algo más que…, bueno, ya sabes, cariño hacia alguien, además de querer ayudarlo por todo lo que le ha pasado.

—Ya, pero…, Flora, no me merezco a Cayetana, voy a tirar por la borda todo lo que tenemos. Además, él es un chico, joder. Un puto chico.

Yo miraba hacia el mar, donde el reflejo de la luna trazaba un sendero sobre el agua blanco y precioso.

—Y qué que sea un chico, Gael. Eso no es lo importante, lo importante es qué es lo que sientes cuando estás a su lado —respondió ella.

El viento que se levantó me rodeó y me abrazó.

—Siento paz, Flora. Y siempre me intento frenar, pero no sirve de nada, porque cada vez que lo veo quiero saber siempre más y más de él, porque aun siendo más joven que yo me da lecciones en muchas cosas de la vida. Es como si hubiera vivido diez vidas en una. Perdió a su padre cuando era pequeño, trabaja en un invernadero para echar una mano a su madre y está haciendo lo imposible porque quiere hacerle un regalo especial y, después de todo, sigue sacando una sonrisa para decirte que los problemas que te preocupan son una puta mierda. Que los verdaderos problemas son los que no tienen arreglo.

—Creo, mi niño, que lo único que debes hacer es no agobiarte por lo que pueda pasar. Simplemente, disfruta del tiempo a su lado, de vuestras conversaciones, de vuestros paseos. Ayúdalo con eso importante que quiere hacer por su madre porque sabes que, llegado el momento, tendrás que decirle adiós.

—Entonces, ¿qué debo hacer, engañar a Cayetana? Flora, sabes que la amo.

—Claro que la amas. Todos lo sabemos. Pero no solamente hay una forma de amar, Gael. Quiero decir con esto que permítete vivir la historia que nunca pudiste tener cuando fuiste más joven. Quizá, si lo dejas pasar, nunca podréis volveros a encontrar. Es una historia tuya y de él. Y, como te he dicho antes, llegado el momento, los dos sabéis que tendréis que deciros adiós. Porque tú amas a Cayetana y te vas a casar. Guardadlo como un secreto especial, uno de esos que se atesoran bajo llave. Yo también lo hice. No de esta manera, pero tuve mi pequeño secreto con alguien. Y, así, os recordaréis siempre, pero como algo que ocurrió. Si, en cambio, cortas de raíz, creo que siempre tendrás dentro aquello que pudo ser y no fue. ¿Lo entiendes?

—Guardarlo como un secreto especial. Bajo llave.

—Por supuesto, y es algo que debes tener claro, Gael. Tendrás que decirle adiós para volver a la realidad que tienes aquí, junto a tu familia, sobre todo si tú mismo sabes con absoluta certeza que tu vida no está allí y que tampoco quieres construirla. Aquí, Cayetana te estará esperando. Todos nosotros también. Todos te esperaremos y eres el único que puede decidir cómo volver, si con una vida llena de preguntas que no pudiste responder o, por el contrario, sabiendo que aquel chico te dio todas las respuestas que necesitabas y que su historia la recordarás hoy, mañana y siempre.

—Pero es cruel —dije yo—. En ambas partes él sale perdiendo porque el final siempre es el mismo y es que me acabo marchando para dejarlo a él aquí.

—Hijo, hay veces que, a pesar de que sepas que vas a perder, quieres vivirlo por todo lo bonito que te dará el camino. Te digo por experiencia que siempre hay que dejar algo atrás para poder seguir. Sed como esa historia de verano que, con los años, miras con nostalgia por los buenos días que pasaste, pero no como nada más.

Yo suspiré.

—No sé, Flora… Yo… No sé muy bien qué estoy haciendo.

—Bueno, mi niño. Es normal que te sientas ahora mismo perdido, y algo solo. Pero al fin y al cabo estás viviendo. Creo que hacía mucho tiempo que no lo hacías, ibas de alguna manera dejándote llevar por la marea, y esa marea es Cayetana. Siempre habéis tenido todo planeado, y, por una vez, veo que estás dejándote llevar y me alegra mucho, de verdad. Ve con calma, Gael. Piensa que todavía tienes unos cuantos meses para poner todo en su sitio. Tú siempre lo consigues. Ahora ve y descansa, ¿vale?

—Te estaré eternamente agradecido por esto.

—Siempre estaré aquí para ti, mi amor. Ya lo sabes.

Me quedé en silencio y las lágrimas se me escaparon. Me di cuenta de que lo mejor que podía hacer era marcharme de vuelta a casa y dejarle un poco de espacio a Hugo. Llegado el momento, le contaría lo que sentía y lo que podía ofrecerle, pero teniendo claro que el final era el mismo: decirnos adiós. Cogí aire y me di cuenta de que había recibido un mensaje de Cayetana de hacía unas horas en el que estaba muy enfadada conmigo. Y tenía razón para estarlo, yo llevaba unos días algo ausente…

HUGO
EL HOY

La alarma sonó temprano. Había dormido apenas tres horas, ya que me había quedado hasta las cuatro de la madrugada repasando el examen de Historia que tenía por la mañana. Estos días habían sido muy raros, estaba triste por lo que había pasado con Gael, que además me había escrito una vez para saber cómo estaba o por si quería hablar con él. Pero no llegué a contestarle. Quería poner un poco de distancia mientras pensaba qué era lo mejor para mí. Estos días, cuando iba a clase, sentía unos pinchazos dentro por querer volver a verlo. Me moría de ganas de decirle que me daba igual lo que tuviese en Madrid, que yo solamente quería aprovechar el tiempo con él antes de que se marchase y tener nuestra propia historia. Quería decirle que era la única persona que se había preocupado por mi pasado, por el faro o por el sueño de mi madre. Él había visto algo más y eso me hacía querer volver a él. Pero luego entendía que nunca podríamos tener nuestra propia historia cuando a él le esperaba el cuento perfecto en la capital, a tantísimos kilómetros de mi mundo. Algunas noches, le escribía un SMS y después, antes de enviarlo, cambiaba de opinión y lo borraba. Escribía, borraba. Y así durante un par de noches. Miraba su nombre en la pantalla de mi móvil y no sabía muy bien qué hacer. Estos días había pasado muchas horas estudiando para los exámenes y el último era el suyo. Me subí a mi moto y guardé los apuntes en la mochila antes de arrancar. De camino miré de nuevo el faro de mi padre y recordé que en cuanto terminase este último examen quería concentrarme en buscar más información sobre aquel matrimonio que vi en la exposición; deseaba buscar al tal Julio Villegas, él fue el último encargado del faro de Cabo de Gata. Aquello me motivó muchísimo, ya que hacía unos meses estaba completamente perdido y sentía que cada día iba en mi contra. Llegué al instituto y vi a Jonathan y Celia separando las mesas antes de que apareciera el profesor.

—¿Os parece si después del examen comemos juntos? —preguntó Jon—. Tengo mucho que contaros…

—Claro, además así celebramos haber hecho estos primeros exámenes parciales —dijo Celia.

«Ojalá pudiera contaros todo», pensé yo. Me gustaría ser sincero con ellos y que me pudiesen aconsejar acerca de qué hacer con Gael. Aunque aquello implicase que se desmayasen nada más enterarse. Por supuesto, después de la pelea en el Oasis y de mi noche en casa de nuestro profesor, le conté a Celia una versión distinta de la realidad: que Gael me llevó a casa, que mi madre se enfadó un poco conmigo por mis heridas… Pero ni de locos le conté la verdad sobre esa noche ni muchísimo menos que días después volví a estar a solas con nuestro profesor de Geografía, que visitamos el Museo de Almería y que, después, en el faro…

No, eso me lo quedé para mí.

—Vale. Si queréis, podemos comer en mi casa —dijo Celia—, a mi madre le hará ilusión veros.

—Buenos días a todos.

Su voz. Era reconocible en medio de cualquier vendaval. Cogí aire y me senté para mirarlo. Él clavó los ojos en mí. Su polo azul marino, aquella barba recortada y el brillo de su piel. Llevábamos casi quince días en los que no habíamos intercambiado ni una palabra y yo ya no podía más. Quería hacerme el fuerte para que viniese él a buscarme y, por la manera de actuar que tenía cuando nos encontrábamos en clase, faltaba poco para que ocurriese. Lo que no imaginé es que faltase tan sumamente poco.

—Un bolígrafo encima de la mesa y guardad todos vuestros apuntes, vamos —dijo él mirando a toda la clase. Todos le hicimos caso y guardamos los folios que teníamos para repasar en nuestras mochilas. Tragué saliva a medida que Gael iba entregando uno por uno a todos mis compañeros el examen. Intenté tranquilizarme y sentí sus pasos detrás de mí cuando sus manos dejaron caer sobre la mesa el examen y un folio para anotar las respuestas, pero aquellos dos papeles venían unidos por un clip. Yo miré a mis compañeros y sus papeles estaban sueltos. Gael llegó hasta la mesa y se giró para mirarme. Todos los demás comenzaron a escribir deprisa. Contemplé el examen y pasé a la siguiente hoja para ver un folio en blanco y, tras él, un pequeño papel doblado que saqué del agarre que lo retenía. Al abrirlo con cuidado para que nadie se diese cuenta, venía escrito a boli lo siguiente:

Podrías ser mi secreto bajo llave.

Si quieres, podemos vernos un rato al terminar esta hora.

Estaré en mi despacho. No te pongas nervioso, lo vas a hacer bien.

Levanté la cabeza y él estaba de brazos cruzados mirándome mientras sonreía. Me guiñó un ojo y yo le sonreí de vuelta. Aquello que sentía por él era imparable llegado este punto y, por más que me forzara a reprimir mis ganas de ir a buscarlo, sería en vano, porque todos estos días había querido hacerlo. Salir corriendo de mi casa, subirme en la moto y presentarme en la suya. Besarlo en su cama o tumbados en su jardín mientras las estrellas llegaban a Cabo de Gata. Nuestra historia tenía fecha de caducidad y lo más bonito era eso, saber que, llegado el momento, tendríamos que decirnos adiós, pero con la gran suerte de habernos conocido. De habernos, al menos, sentido. Hice el examen tranquilo, fui pregunta a pregunta y la verdad es que se me estaba dando bastante bien. Necesitaba sacarme todas las asignaturas limpias para poder entrar en la carrera que quería. Era mi única oportunidad de crecer, evolucionar y convertirme en la persona que siempre había deseado ser. Alguien que pudiera contar historias para emocionar a los demás. Terminé el examen un par de minutos antes de que sonase el timbre. Me levanté a la vez que algunos de mis compañeros que también andaban repasándolo y fueron dejando su examen sobre la mesa de Gael, que se encargaba de apilarlos uno a uno. Yo dejé el mío sobre aquel montón y su mano estaba cerca. La rocé a propósito y él me devolvió la caricia cuando pasé tras él sin que nadie nos viese. Celia salió justo después de mí.

—¿Qué tal se te ha dado? —me preguntó.

—La verdad es que muy bien, se ha portado.

—Qué bien le sentaba el polo azul, joder. Me estaba costando hasta concentrarme.

—Está muy guapo, sí.

—Una lástima que sea hetero —dijo Jon detrás de nosotros por el pasillo.

—Una lástima —sentencié yo.

Cuando nos sentamos en la siguiente clase, miré la hora. Habían pasado quince minutos cuando me acerqué al profesor para decirle que si podía salir un momento, que necesitaba hacer una llamada. Enseguida me autorizó sin darle la mayor importancia. Jonathan me miró extrañado preguntándome que a dónde iba y le gesticulé con las manos que no pasaba nada. Cerré la puerta y subí las escaleras hasta la segunda planta del instituto. El Departamento de Geografía e Historia era el último del pasillo de la derecha. Suspiré al llegar y toqué sin hacer mucho ruido en la puerta, para después abrir. Gael estaba sentado con los exámenes que acabábamos de hacer y con el bolígrafo rojo en la mano. Alrededor del despacho había varios mapas enmarcados de España y también de Europa. Algunas fotografías de antiguas promociones del instituto y diversos libros de atlas y geología de la zona.

—Hugo —dijo al momento de verme, y se levantó.

—Hola...

Me fijé en que nadie me viese entrar y cerré la puerta con cuidado.

—Has venido —dijo él sonriéndome—. Pensaba que después de lo del otro día ya no querrías saber mucho más de mí, y lo entiendo porque realmente lo que hice...

—Cállate, por favor.

Y me lancé a besarlo. Le agarré de la cintura y lo besé con pasión. A lo que él me respondió besándome todavía más. Sentí su lengua y le puse la mano en el cuello. Era un poquito más alto que él y aquello me excitaba todavía más.

—¿Has corregido el mío? —le pregunté mientras me besaba.

—Estaba en ello —respondió con sus labios todavía rozándome los míos.

—¿Y qué tal?

—Bastante bien. Se nota que te has puesto las pilas, el año pasado no se te daba tan bien la historia.

—Teniendo a un dinosaurio como profesor, pues claro, influye.

Él se rio. Me senté sobre la mesa y él apoyó la espalda en la estantería que tenía detrás, repleta de libros de mapas e historia.

—Creo que te debo una disculpa —dijo él.

Entonces le sonreí haciéndome de rogar.

—Soy todo oídos.

—No estuvo bien que te ocultase mi realidad, la realidad de mi vida en Madrid. Solamente quería decirte que, ahora que ya la sabes, esto es todo lo que puedo ofrecerte, Hugo. Una historia con fecha de caducidad. De puertas para dentro, sigo siendo tu profesor y sabes lo que supondría que alguien nos descubriese; debemos andar con cuidado, Hugo. Tu amiga Celia ya nos ha visto y me da miedo que pueda decir algo. Hagamos planes, vayámonos a contemplar atardeceres, enséñame tus lugares secretos donde no haya nadie y, cuando llegue el momento, digámonos adiós y deseémonos lo mejor a cada uno. Pero por separado. Tú iras a la escuela de cine y yo me casaré con mi mujer. Sé que es injusto para ti porque ambas opciones tienen un mismo final y es que nuestros caminos se separarán, pero, si recuerdas bien, te dije hace unos días que una de las razones por las que me fui de Madrid era porque necesitaba sentirme vivo, y estos días a tu lado me he sentido como nunca antes, Hugo. Y te lo agradezco de corazón.

Me quedé en silencio mirando los azulejos del despacho, pero le daba vueltas en mi cabeza a qué hacer. Quizá retirarme a tiempo de aquella historia tan peligrosa sería la mejor de las opciones, pero yo nunca había sido de escoger el camino fácil. Si algo tenía claro es que estaba pillado hasta los huesos por Gael y que daría lo que fuera por seguir besándolo uno, dos o los meses que faltaran hasta que él se marchara. Lo miré de nuevo y di un paso para estar más cerca de él.

—Acepto —le dije—. Seré tu secreto bajo llave.

No me hizo falta ni un segundo más para pensar. Aquello era todo lo que Gael podía darme y todo lo que yo podía esperar de él. Cuando llegase el momento, cada uno nos marcharíamos por un camino distinto. Él de vuelta a Madrid y yo, ojalá, a estudiar a la escuela de cine. Ese era mi objetivo, conseguir entrar en aquel lugar.

—Aceptas —dijo él de vuelta—. Así, tal cual. Sin condiciones.

—Bueno. Sí tengo una condición.

Me miró.

—Dímela.

—La única condición que te pongo es que, si hay un día en el que te preguntas si quizá nuestra historia hubiera podido salir bien, quiero que, por favor, vengas a buscarme. Me da igual dónde estés y con quién. Cueste lo que cueste, ven a por mí.

Me quedé mirándolo en silencio un largo rato, él ahora dudaba al contestar. Por una parte, aquel juego podía ser peligroso, pero estos meses que tendríamos por delante iba a proponerme que fueran inolvidables para él. Que, el día que se marchase y volviese a los brazos de su mujer, yo tuviese la absoluta certeza de que habíamos sido felices, al menos, el tiempo que nos dimos. Cualquier persona lo vería como un suicidio anticipado, una especie de autolesión. Se preguntarían por qué hacerte daño a ti mismo sabiendo ya el final de la historia, pero la respuesta que la vida me enseñó todo este tiempo fue una: solamente hay una fuerza más grande que el destino, y esa es la del amor. La del amor de verdad. Sincero y sin adornos. Y yo con Gael me sentía más vivo, ilusionado y feliz que nunca.

—Te lo prometo —contestó él.

Tras esto, nos volvimos a besar mucho más rápido. Le besé el cuello, y también las orejas. Le besé los ojos y la frente. Quise besar cada parte de su cuerpo ahora que sabía que se había entregado a mí por completo. Pero él me frenó. Y fue entonces cuando extendió la mano y yo se la estreché con firmeza. Teníamos que sellar el trato. Sonreí mientras le apretaba la mano, me lo imaginé cerrando acuerdos en el banco de su padre sin que nadie pudiese creer esto, que estaba comiéndole la boca a un tío, y no a cualquiera, sino a su alumno.

—Tengo algo para ti —dijo él dándose la vuelta. Buscó en su maletín una carpeta que, al abrirla, reveló unos cuantos folios con el sello verde en un lateral que decía: BANCO CAJA MADRID.

—¿Qué es esto? —contesté cuando me acercó aquellos papeles.

Era un listado de nombres con uno de ellos subrayado en amarillo junto a su dirección y código postal.

—Moví algunos contactos que tengo todavía dentro del banco que preside mi padre. Les pedí información acerca de todos los Julio Villegas que tuvieran una cuenta en nuestro banco y residieran en Andalucía. Y dimos con un total de cinco. Tres de ellos abrieron su cuenta en Sevilla. Otro en Cádiz. Pero hay un último Julio Villegas que la abrió en Almería hace quince años. Estamos tratando de que nos manden la dirección donde recibía las cartas y notificaciones del banco. En cuanto lo sepa te lo haré saber.

—Pero Gael… Esto… Esto es increíble…

—Vuelve a clase antes de que salga el profesor a buscarte.

Estaba completamente emocionado y feliz. Cada día estaba más cerca de conseguir arreglar ese faro y estaba convencido de que lo iba a lograr. Dejé esos papeles de nuevo encima de su mesa y antes de irme me giré.

—Una última cosa —dije.

Si no se lo decía, explotaba. Y también era parte del querer enamorarlo poco a poco. Tanto que, el día que se marchase y volviese con los finolis de Madrid, echase de menos mi sinvergonzonería andaluza.

—¿Me invitarás a tu boda? Estaría bien que, cuando el cura preguntase si alguien tiene algo que decir, levantase yo la mano, ¿no te parecería increíble?

Abrió los ojos como platos mientras se ponía las manos en la cabeza y yo me reí.

—Eres muy sinvergüenza —dijo levantándose—. Sal de aquí pero ya.

Me fui mientras le guiñaba el ojo. Y es que Gael no sabía una cosa: no hay nada que más me guste y me atraiga en este mundo que jugar con fuego.

—¿Has pensado qué vas a hacer para tu cumpleaños? —me preguntó Jonathan nada más sentarme de nuevo a su lado—. Veo que se acerca y que para variar no has pensado en nada.

—Joder, es verdad. Estaba con la cabeza en otras cosas.

—Hugo, son tus dieciocho —dijo Celia—. Podríamos montar un planazo junto con el resto de la clase, antes hemos hablado de que ahora que estamos más libres todos podemos hacer planes antes de que se acerque selectividad y nos encerremos.

—Ya…, tienes razón.

—¡Naiara! —susurró Jon a una de nuestras compañeras. Ella se giró y nos miró a los dos.

—¿Qué? —preguntó mientras el profesor explicaba en la pizarra la Generación del 98.

—¿Tus padres no se iban todo el fin de semana a Mallorca?

—Sí, ¿por qué?

—El viernes es el cumpleaños de Hugo, molaría poder celebrarlo todos en tu casa, ¿no? —preguntó él—. Tu jacuzzi, el jardín, la piscina. Justo hemos hablado de vernos el grupo de siempre.

—¡Eh! —exclamó Julia al otro lado—. Yo me apunto.

—¿Apuntarse a qué? —preguntó Nacho, otro de nuestros colegas.

—Vale, sí. Podría ser muy guay —dijo Celia—. Lo único que el viernes por la noche están todavía en casa. Pero el sábado es toda nuestra.

—¡¿Os vais a callar ya de una vez o qué?! —exclamó el profesor.

Nos miramos y guardamos silencio antes de hacerlo enfadar más. Al terminar las clases hablamos en el pasillo de celebrarlo todos juntos el sábado por la noche. Unos se encargarían de comprar las bebidas, otros de las pizzas y hamburguesas que íbamos a hacer en la casa de Naiara. Las clases terminaron y nos fuimos a casa de Celia tal y como habíamos acordado para comer los tres juntos. Su madre había preparado unos macarrones gratinados que estaban increíbles y comimos junto a ella, que nos preguntó por cómo llevábamos el curso. Celia era clavada a su madre, sus ojos claros, la piel blanquecina y sus pecas inconfundibles en la nariz. Terminamos de comer y nos fuimos a la habitación de Celia. Allí tenía aviones de juguete y algunas maquetas alrededor de las estanterías junto a algunos libros; sobre el techo, había plantado un póster de alguna revista de aviación, era un amanecer desde el cielo. Ella se acercó a su escritorio y puso un poco de música flojita en su iPod, que estaba conectado a unos altavoces. Ellos dos se tumbaron en la alfombra y yo me apoyé con un cojín en la cama. Fue ahí cuando sabíamos que nos podíamos poner al día sin que nadie nos escuchara.

—Cuéntanos cómo fue con Aarón la otra noche —dije mirando a Jonathan. Él sonrió de inmediato.

—Fue increíble. Salimos de la Oasis y me llevó hasta su casa, nos besamos en el ascensor como si no hubiera un mañana y, cuando abrió la puerta, me subió encima de él hasta que llegamos a la cama. Yo mientras le iba dando besos por toda la cara, por las orejas, los labios, el cuello. Y me tumbó en su cama y me desnudó entero. Pero es que, cuando le bajé los pantalones, madre mía. Yo no podía creerlo.

Jon hizo una referencia del tamaño del pene de Aaron con las dos manos y Celia y yo nos echamos a reír.

—No puede ser, Jon —dijo Celia.

—Os lo dije, que no me equivocaba. Un trabuco inmenso. Parecía un caballo, vaya.

—Jon, por favor —dije riéndome.

—Bueno, el caso, disfruté tanto. Tanto, tanto. Follamos dos veces seguidas y caímos exhaustos. Teníamos tantas ganas que le dejé que se corriera en mi pecho.

—¡Ala! —exclamé.

—Por favor, que acabamos de comer —añadió Celia tapándose los ojos en el suelo—. ¿Por qué tuve que echarme dos amigos maricones? —preguntó.

—Porque estaban en oferta, como en el Carrefour. Dos por uno. Y, bueno, ¿vosotros qué? Tú, Celia, tanta queja, pero ¿alguna novedad? Solo te enteras de los cotilleos de aquí las dos zorronas —dijo Jonathan mirando hacia donde estaba yo en la cama.

—¡Eso! —le repliqué—. No sueltas prenda nunca.

—Pues, veréis —dijo ella acomodándose y bajando el tono de voz—, quería que estuviéramos juntos fuera del insti para poder hablarlo tranquilamente con vosotros —Jon y yo nos miramos sin saber qué nos iba a decir—, y es que, desde hace tiempo, cuando salimos y hablo con algún chico o alguna chica, no siento nada digamos... sexual, es como si, de alguna manera, nada en mi interior reaccionase en ese aspecto.

—¿Cómo? —preguntó Jonathan acercándose a ella.

—No sé, tengo muchas dudas, he leído algunas cosas acerca de la asexualidad —y mientras lo decía le temblaba la voz—, porque al fin y al cabo vosotros, todos los de clase y la gente de mi edad ya ha experimentado muchas cosas y yo en cambio...

—Pero, amor —dije levantándome de la cama a la vez que Jon la agarró para darle un abrazo—, no debes tener prisa con eso. Tómate el tiempo que necesites para saber qué es lo que sientes y por quién lo sientes.

—Nunca estarás sola en esto —dijo Jonathan.

—Nunca, Celia —repliqué yo—. Nos tienes aquí, a tu lado.

—¿Y desde cuándo te sientes así? —preguntó Jon mientras estábamos los dos a su lado agarrándole la mano.

—Pues… no recuerdo exactamente cuándo —contestó ella—, pero sí que desde el verano pasado veía que no tenía ningún deseo sexual hacia los demás. Pensé que quizá era por el agobio de las pruebas de aviación que iba a comenzar, pero no… —dijo mirándonos—. No ha sido algo fácil de gestionar, ya que no lo he compartido aquí en casa, me daba bastante miedo, pero me gustaría empezar a trabajarlo poco a poco.

Ella nos rodeaba con los brazos.

—Sabes que puedes contar con nosotros para todo, ¿verdad?

—Lo sé…, pero, bueno, simplemente quería compartirlo con vosotros para no sentirme tan sola.

Jon y yo la abrazamos de nuevo, esta vez un poco más fuerte.

—Mis maricones…, qué haría sin vosotros —dijo ella sonriendo.

—Vaya patas para un banco —añadió Jonathan riéndose—. Estarás bien, Celia. Y ahora te queda el último empujón y podrás cumplir tu sueño de ser piloto.

—¿Creéis que lo conseguiré? —preguntó ella secándose las lágrimas.

—Pues claro que lo conseguirás —exclamó—. No tenemos ninguna duda, ¿a que no, Hugo?

Le sonreí dando por hecho que Celia se convertiría en piloto y nos llevaría por el mundo a descubrir nuevos lugares.

—En fin. Hablemos de otra cosa…, que no quiero llorar más. Tú, Hugo, ¿cómo llevas lo del faro? —Celia me preguntó mientras Jonathan estaba con los ojos cerrados; de fondo, sonaba la canción «Adolescentes», de Kiko y Shara.

—Avanzando poco a poco. Si finalmente nos vamos a Madrid, me gustaría dejarlo solucionado antes, o intentarlo al menos. En mi cabeza es muy sencillo: si está abandonado y a nadie le interesa, que me dejen restaurarlo a mí. Pero, claro, creo que no es tan fácil.

—¿No hay nadie vivo que sepa cómo entrar ahí? —preguntó Jon—. Yo le hubiera pegado ya una patada a la puerta.

—El problema es que no es tan fácil, es una puerta de plomo y tiene dos, la de entrada y la de llegada a la cúpula. Las hacían así por su cercanía con el mar. En todo donde he buscado el final siempre es el mismo, pero creo que estoy cerca de dar con alguien que pueda ayudarme.

—Si necesitas ayuda, ya sabes que podemos echarte una mano —dijo mi amigo.

—Ojalá y avance un poco para hacerlo antes de que nos marchemos de esta ciudad.

—Estoy deseando irnos a Madrid —dijo Jon—. Tengo ya hasta claro qué voy a presentar para la prueba de acceso a la Escuela de Diseño de Moda.

—¿El qué? —preguntó Celia.

Ella estaba también con los ojos cerrados, yo miraba al techo, imaginándome ya una vida al lado de mis dos amigos, con los que siempre había querido compartirla.

—Me gustaría diseñar los futuros vestidos de vuestras bodas. Tanto el traje de Hugo como tu vestido, Celia.

Me incorporé y Celia abrió ojos de repente.

—¿Qué? —pregunté.

—Además, lo acompañaría de una historia, la historia de las dos personas que han estado conmigo en el camino hasta llegar a esa escuela. En ser feliz y conseguir hacer mi sueño realidad. Sé que me traeréis suerte, y, si no me aceptan, no pasará nada porque seguiréis a mi lado.

Celia y yo nos miramos y me bajé de la cama para echarnos encima de Jon a abrazarlo. Los dos estábamos emocionados y con lágrimas en los ojos.

—Eso es precioso, Jon —dijo Celia.

—Te queremos tanto —contesté yo.

Y allí, sobre aquella alfombra de la habitación de Celia, nos abrazamos; sobre nosotros, aquel amanecer que tenía clavado en el techo, y, junto a ellos, me sentí feliz. Me sentí pleno y con ganas de, al menos, intentar vivir ese capítulo de mi vida al lado de mis amigos en una ciudad desconocida para mí. Nunca llegué a pensar lo mucho que cambiaría mi vida meses después y que ese abrazo conjunto sería una de las cosas que más llegaría a echar de menos.

GAEL
EL HOY

25 de octubre de 2007
Faltan 300 días para el final de nuestra historia

La noche del jueves la pasé al teléfono con Cayetana. Teníamos que organizar las mesas de nuestra boda y el tiempo se nos echaba encima. Eran cuatrocientos ochenta invitados, muchos de ellos compromisos familiares que andaban repartidos por todo el mapa, contactos, socios y viejos conocidos de nuestros padres; por momentos más que una boda aquello parecía un congreso empresarial, con representantes de todo tipo de negocios, presidentes de compañías, directores de agencias de comunicación y marketing, actrices y modelos con las que Cayetana y yo guardábamos una relación estrecha... Todo aquello me hizo recordar la vida que tendría al volver a Madrid, aquellos encuentros en los que asistía junto a Cayetana a cenas con algunas de sus amigas, en las que no me sentía nada cómodo y era testigo de conversaciones sobre cuánto les había costado el último Porsche que se habían comprado; hablaban con condescendía de sus mujeres del servicio, a veces hasta bromeaban y hacían comentarios fuera de lugar. Después de más de dos horas y media, pareció que terminamos el mapa de las mesas del convite, que sería en una finca al lado del club de golf. Pondríamos a disposición de todos los invitados varios autobuses desde la catedral de la Almudena hasta el lugar del banquete. Cayetana me recordó que no podía dejar mucho tiempo la cita que me había fijado con el sastre que me haría mi traje a medida, lo consiguió gracias a una entrevista que le hizo para su revista. Nos despedimos después de decirnos te quiero y, cuando colgué, salí a la terraza desde donde se escuchaba el mar. Necesitaba respirar. El viento corría y yo suspiré al terminar aquella conversación, iba a ser una boda por todo lo alto y, después de eso, antes de hacer un año de casados, vendría el embarazo de Cayetana y poco después el hermanito. Ese era nuestro plan, el que habíamos previsto con nuestras familias. El esquema en el que teníamos que encajar sin ningún tipo de desviación o contratiempo. En aquel momento, mientras estaba solo frente al mar, pensé en el porqué de las dudas sobre aquella vida que iba a tener. Era todo lo que siempre había querido, casarme, formar una familia y envejecer al lado de la mujer que me enamoró.

El viernes por la mañana se me estaba haciendo eterno, terminé mi segunda clase con el grupo de tercero de la ESO y bajé a la cantina a tomarme un café para despejarme. Allí estaban mis otros compañeros, con los que estuve charlando un rato; fue entonces cuando me entró una llamada. Era Inma, la que había sido mi mano derecha en el banco.

—¿Cómo va todo por allí, guapo? —me preguntó—. Por aquí se te echa de menos cada día.

Sonreí nada más escuchar su voz.

—Habla solo por ti, Inma. La mitad de ese banco estaba deseando verme salir por la puerta —contesté—, pero, bueno, la verdad es que estoy bien, todo mucho más tranquilo, sin tantas broncas por no cumplir objetivos y sin quedarme hasta la madrugada repasando contabilidades. Aquí cada fin de semana intento aprovechar para hacerme alguna escapada por los alrededores de la costa, y no te imaginas lo bien que me está viniendo.

—Se te nota solo en el tono que estás mucho mejor. Qué tendrá Almería, cariño —dijo ella a través del teléfono. En ese momento Hugo entró en la cantina junto a su pandilla de amigos, llevaba un chándal y una diadema con el número dieciocho en la cabeza. Sus amigos portaban una tarta y recordé el día en el que estábamos. El 25 de octubre. Mierda. Me miró emocionado y le sonreí de vuelta. Por un momento, la cantina se quedó en silencio y solo quería abrazarlo y felicitarlo.

—¿Gael? —me preguntó Inma al otro lado del teléfono.

La voz de mi excompañera de trabajo me hizo volver a la realidad.

—Sí. Sí. Perdona. Dime.

—Tengo los datos que me pediste, ya sabes que es información sensible facilitar los domicilios de nuestros clientes, pero imagino que lo necesitas por algo en especial.

—Sí. Es un tema bastante importante, Inma.

—No sé si tienes para apuntar. La dirección postal de Julio Villegas que consta en nuestro sistema es calle Islas Canarias, número dos, en Níjar, Almería. Le he llamado al teléfono fijo para comprobar la dirección fingiendo una encuesta de satisfacción y en su contestador dice que regresa de viaje el próximo doce de noviembre.

Saqué de inmediato un trozo de papel de mi maletín junto a un boli y anoté corriendo la dirección.

—Canarias, dos —repetí—. Ya lo tengo, Inma.

—Cuídate mucho, Gael. ¿Cómo lleváis la organización de la boda?

—Bien, todo según lo previsto. Te he puesto sentada al lado de Olga y algunos amigos míos.

—¡A ver si ligamos alguna de las dos! —exclamó—. Con alguno de los primos ricachones de Cayetana…

—Te dejo, anda, que tengo que volver a clase.

—Qué ganas de verte, Gael, ¡cuídate mucho!

Al colgar, entré de vuelta a la cantina y me senté para terminarme el café. Los cánticos de cumpleaños feliz sonaron en la mesa que había apartada detrás de unos arcos. Desde mi taburete, podía ver a la perfección a Hugo mientras sus amigos terminaban de cantarle, miraba las velas seguramente pensando en qué deseo pedir, y, justo antes de soplarlas, levantó la mirada y sus ojos me atravesaron. Cogió aire y de un soplido apagó las dieciocho velas. Todos aplaudieron y algunos le tiraron de las orejas y tocaron el pelo, sus amigas le daban besos en la mejilla y otros lo abrazaban. El timbre sonó y mientras iba a clase le escribí un mensaje a Hugo.

Gael
11:34

Muchas felicidades. Ya eres un completo adulto.
Ahora sí que te puedo ofrecer una cerveza.

Entré en mi despacho para coger los exámenes que había corregido de cuarto de la ESO y, mientras los estaba metiendo en el maletín, me sonó el teléfono.

Hugo
11:38

Gracias, Gael…
Y por qué no mejor una cena.
En tu casa. Esta noche.
¿Te apetece?

Me reí y guardé el teléfono en el bolsillo. Durante las dos horas siguientes pensé en qué contestarle a Hugo y después de un largo rato comprendí que, inexplicablemente, la única respuesta que realmente me apetecía darle era la de que sí, que cenáramos en mi casa.

Gael
13:11

Haré una excepción porque es tu cumpleaños.
Te espero a las nueve. No te acostumbres.

El timbre sonó a las 14:15 y todos los alumnos salieron disparados, yo me despedí de mis compañeros en la sala de profesores deseándoles un agradable fin de semana. Hablamos de los planes que teníamos cada uno. Rosabelle, de Inglés, se iba a pasar un par de días a Málaga junto a su marido y sus dos hijos. Loreto, la jefa de estudios, tenía un concierto con sus amigas. Y Marcos, de Filosofía, me dijo que podíamos ir a tomar unas cervezas juntos el sábado al mediodía. Me habló de un bar a pie de playa, en la Fabriquilla, que tenía una pinta increíble. Nos despedimos todos y yo me dirigí a casa, hacía un día increíble, el cielo estaba completamente despejado, el azul que reinaba sobre Cabo de Gata me puso bien feliz. Paré en la panadería de la esquina y, allí, Olga, que era como se llamaba la panadera que ya conocía, me puso lo de siempre, una barra no muy hecha. Al llegar a casa me preparé la comida y me tumbé un rato a descansar, no sin antes abrir la ventana del salón. Todo era silencio y, de fondo, se podía escuchar el sonido de las olas y las cigarras. Cerré los ojos y de un momento a otro estaba en un camino lleno de flores, era un sendero que me era familiar, la brisa me acariciaba la cara y el mar debía de estar cerca porque las olas sonaban muy próximas. Giré a mi alrededor, pero no vi a nadie, solamente había un muro de piedras a mi izquierda que llegaba hasta algún lugar; seguí esa hilera de rocas que iluminaba el sol y llegué hasta el hueco que descubría la entrada. Reconocí ese paraje de inmediato. Claro que había estado antes, pero era de noche y no pude reconocer aquel muro ni tampoco el sendero lleno de flores. Me acerqué hasta aquella piedra que ahora sostenía una placa con letras especiales y rocé aquel nombre con las yemas de los dedos: El faro de Ulises. No entendía qué hacía allí y lo que más me sorprendió fue ir vestido de aquella manera tan formal. Llevaba un traje blanco, con una camisa del mismo color y una corbata en la misma tonalidad. Bajo el cartel, un ramillete con unas pocas margaritas recién cortadas unidas por un pequeño cordel.

Me pareció algo tan bonito que me lo guardé en el bolsillo exterior que tenía la chaqueta, donde las margaritas asomaban por arriba como si fuesen un pañuelo. Entré en aquel lugar y bajo el faro comencé a ver lo que parecían sillas. Había unas poquitas, blancas, y estaban separadas por un sendero lleno todavía de más y más flores, y junto a las sillas había gente que esperaba de pie. No sabía qué hacía allí, aminoré el paso a medida que me acercaba sin entender nada. El atardecer rozaba de lleno el faro y también las caras de los presentes. Y, entonces, sentí un escalofrío que me recorrió la espalda y me llegó hasta la punta de los dedos. Hugo estaba esperando al final del camino, con un traje igual de blanco que el mío y una corbata de color beis, junto a un ramillete de margaritas en la solapa de su chaqueta. A su lado, estaba su madre. Y todos me miraban. Empecé a temblar cuando, de repente, la voz de alguien que conocía muy bien me sorprendió a la espalda.

—¿Vamos, mi niño?

Flora estaba allí, con un vestido blanco y un tocado precioso en el pelo.

—Pero, Flora…, ¿qué hago aquí?

Ella se acercó a mí y me ofreció su brazo.

—Ser feliz, hijo. Vamos, todos te esperan ya.

La agarré y me quedé en silencio. Unos violines comenzaron a sonar y Flora y yo empezamos a caminar entre aquel sendero lleno de flores; los asistentes me miraban y algunos hasta se emocionaban. Entre ellos reconocí a mi hermano Bosco, que me saludaba enternecido. Pero no encontré a mis padres ni tampoco al resto de mis hermanos. Sí estaban mis compañeros de trabajo, Rosabelle, Loreto y Marcos, y por un lateral había algunos colegas de Hugo, pero no estaba su amigo inseparable, Jonathan, ni tampoco Celia ni el resto de los habituales. No entendía nada. Los violines tocaban la canción de «A Thousand Years» de Christina Perri, una de mis favoritas, y comencé a emocionarme mientras me acercaba a Hugo. Estaba tan guapo y un poco mayor. Llegué hasta él y no supe reaccionar, hasta que me cogió de la mano.

—Hugo.

—Has venido.

Observé a mi alrededor y supe que estaba en nuestra boda. Los violines dejaron de tocar y el susurro de las olas era precioso a nuestro alrededor. Miré a Hugo, que me sonreía emocionado, sus ojos brillaban como si fueran luces en mitad del oleaje. Encontré a su madre en la primera fila. Estaba secándose las lágrimas de vernos allí y me giré de nuevo hacia Hugo. Y le dije algo que, con el tiempo, entendí.

—Nunca me fui.

En ese momento, el rostro de Hugo se iluminó por completo y me volví de inmediato ante la sorpresa. El faro estaba dando luz a todo el mundo. No podía creerlo, lo habíamos conseguido. Habíamos devuelto la luz a aquel lugar tan especial para él, y entonces me di cuenta de que el faro estaba completamente restaurado. Recién pintado y hasta las cristaleras superiores brillaban como nunca antes lo habían hecho. Los colores del atardecer se reflejaban en la cúpula exterior y, cuando miré a Hugo, él me cogía de las manos emocionado. Nos acercamos poco a poco y, justo cuando estábamos a punto de besarnos, sentí un ruido enorme.

Abrí los ojos y la alarma estaba sonando. Me encontraba en el sofá y la televisión seguía encendida. Estaba sudando y no sabía muy bien qué acababa de ocurrir. Me senté en el sofá con los pies en la alfombra y me froté la cara intentando recordar qué acababa de soñar. No lo conseguí. Miré mi teléfono y tenía una llamada perdida de Flora, pensé en llamarla mejor más tarde. Me puse en pie y me fui a la ducha porque me había levantado sudando. Mientras el agua caía sonaba en mi altavoz del MP3 uno de mis grupos favoritos, Sleeping at Last. Ese era mi momento de calma, ese y cuando me despertaba temprano para salir a correr mientras llegaba el amanecer. Esas mañanas me hacían poder respirar mucho mejor, me deshacía de los agobios y ansiedades y solamente estaba yo frente al mar, conectando conmigo mismo de nuevo. Con el Gael de siempre. Salí de la ducha y me fui caminando desnudo hasta el dormitorio, donde busqué aquella camisa de color granate que tanto me gustaba y que sabía que me quedaba muy bien. Me puse los pantalones de pinza y mis zapatos negros y salí de casa.

La primera parada era el supermercado, allí cogería todos los ingredientes para hacer un *risotto* de boletus con trufa, además de comprar una botella de un buen vino para poder brindar por el cumpleaños de Hugo. Detuve mi coche en el aparcamiento y fui buscando por la tienda todo lo que necesitaba. La segunda parada era ir hasta un sitio de tartas que me había recomendado Fátima, la profesora de Matemáticas. Entré en la pequeña confitería y una mujer muy amable me atendió enseguida. Me preguntó un par de cosas y me ofreció una tarta que había horneado esa misma tarde. Era de frutos del bosque, fresas, nata y trocitos de nueces alrededor de toda la tarta. Me pareció preciosa y que tenía que estar increíblemente buena. La introdujo en una cajita y pagué. De vuelta a casa, miraba la tarta en el asiento del copiloto; cogí las velas lo último. Un uno y un ocho. Diez años menos que yo, pero aquel chaval tenía la madurez de un adulto, además de aparentarlo. Y eso posiblemente fue lo que más me atrajo de él. Aparqué en la puerta de casa y conforme entré metí todo en el frigorífico y me puse a preparar el *risotto*. Primero la mantequilla, después el arroz, añadiéndole un poquito de vino blanco, y, por último, rayé la trufa una vez que estuvo servido. Miré la hora, eran casi las nueve en punto y Hugo estaría al caer. Preparé la mesa del comedor y encendí una vela que compré hacía días y que solía prender para leer. Coloqué los platos sobre el mantel de lino y puse dos copas altas para brindar. Cuando estaba terminando de colocar los cubiertos, sonó el timbre. Ahí estaba él. Me eché colonia y me miré de nuevo en el espejo. Me gustaba mucho cómo iba. Respiré delante de mi reflejo y abrí la puerta. Hugo venía sencillo, con un jersey de cuello vuelto negro, que le quedaba bien ajustado, se acababa de hacer el degradado en el pelo y además le habían rapado una pequeña línea alrededor del corte.

—Felicidades —le dije.

Me dio un abrazo y pasamos dentro de casa. Las farolas del barrio estaban encendidas y se reflejaban en el porche que había en casa.

—He traído vino, no es muy caro, pero es el que solía beber con mis amigos, y me apetecía enseñártelo para que lo pruebes.

Aquello me hizo sonreír de inmediato. Me dio la botella y nos acercamos juntos a la encimera de la cocina; había dejado todo lo que había usado para hacer la cena en el fregadero. Agarré el abridor y lo inserté con fuerza. Descorché el tapón y le pedí que me acercara las copas que había en la mesa.

—Vamos a brindar, ¿no? —pregunté.

—Por supuesto. Huele que alimenta lo que has preparado.

—Llevo parte de la tarde cocinándote.

Me miró a la camisa y después a mí y también al mechón de pelo mojado que me caía por la frente. Serví el vino que trajo en las dos copas y apoyé la botella sobre la mesa.

—Por ti. Y por tu mayoría de edad.

—Y por nosotros —añadió él.

Nuestras copas chocaron y le dimos juntos un trago al vino. No era el mejor del mundo, pero aquel trago me supo especial, era dulce y tenía un toque cítrico bastante intenso.

—Está bueno —dije sorprendido.

Hugo me miraba después de beber con miedo por ver cómo iba a reaccionar.

—Seguramente no estés acostumbrado a este tipo de botellas.

—Sabes, creo que lo especial no reside en la botella más cara, sino en con quién eliges abrirla —le contesté.

Los dos fuimos hacia la mesa, donde nos sentamos a tomarnos el aperitivo antes de empezar con el *risotto*. Preparé unas almejas al ajillo que tenía de la alhóndiga. Saqué una tabla de quesos y Hugo comió como si no hubiese un mañana.

—Están de rechupete —dijo sorbiendo las almejas.

—Háblame un poco de ti. ¿Tienes planes para después de la selectividad? —pregunté curioso.

Él asintió.

—Tengo un plan, pero no sé si podré llevarlo a cabo. Ya sabes, mi madre está sola aquí con el invernadero y, a pesar de que ella quiera que me marche e intente luchar por mi sueño, no sé si podré llegar a tiempo de reunir el dinero para la matrícula.

—¿Cuál es tu sueño?

Me miró mientras apartaba las almejas en su plato.

—Ya te dije que me gustaría poder contar historias. Desde siempre me ha apasionado el cine y creo que se me daría bien escribir y dirigir películas.

—Vaya. Eso es asombroso, Hugo.

—Sí, pero la escuela a la que quiero entrar, aparte de ser sumamente exigente, es muy cara. Aunque bueno…

—¿Qué ocurre?

—Busqué información y tienen una beca para nuevos estudiantes, solo una, que cubre los gastos durante los tres años.

—¡Podrías intentarlo!

—Se presenta mucha gente, solamente en la convocatoria del año pasado optaron a ella casi mil personas. Es en la escuela de donde han salido los directores que ahora se llevan goyas por las mejores películas. Vale que esto es como la lotería, a alguien le tiene que tocar, ¿no? Pero ¿no te parece que es imposible?

—¿En qué consiste la prueba para conseguirla?

—Debo escribir una historia, una que pudiera convertirse en una película. Recomiendan que escribamos de lo que hemos vivido, y yo he pensado en lo de mi padre, en su faro, pero todavía no consigo encontrar el hilo conductor, ya sabes, el armazón de la trama.

—No te agobies, todavía tendrás tiempo, ¿verdad? Además, puedo ayudarte a revisarla si quieres.

—La convocatoria se cierra el 20 de junio.

—Pues, en los ratos libres que consigas sacar, ve a lugares especiales para ti que te consigan inspirar y llévate una libreta. Nunca sabes dónde podrás encontrar esa chispa que te falta para que todo termine de encajar.

—Sí… Eso… Eso podría ser una buena idea.

—Ve al faro, al fin y al cabo, sería el corazón de eso que quieres contar. Seguro que entre atardeceres y bajo la atenta mirada de tu padre, que te observará desde donde esté, encuentras la pieza que te falta.

Él estaba terminando de comer el aperitivo y vi como su mirada había cambiado, y supe que en su cabeza ya comenzaban a cruzarse diferentes posibilidades.

—Dime ahora tu destino favorito —cambié de tema para hablar de algo más alegre, para que olvidara por un momento la tragedia de su padre. Era su cumpleaños y quería que fuera el protagonista de la noche.

—Solo he salido de España una vez —dijo él—, y en autobús. Fui a Portugal a un campeonato de voleibol. Pero, por ejemplo, nunca he montado en avión. ¿Y tú, has viajado mucho?

—Bueno, con mis padres siempre andábamos viajando desde bien pequeños. He pasado Navidades en Estados Unidos, también me recorrí parte de la India junto a mi hermano Bosco, un verano entero estuve estudiando en Boston…

—¡Madre mía! Cómo se nota que tu padre es presidente del banco ese, como se llame. Y, de todos esos viajes, ¿guardas con especial cariño alguno en tu recuerdo?

Lo miré sin saber muy bien a qué se refería.

—En la mayoría de ellos tengo fotos bonitas con mis padres, me reía mucho con mis hermanos, cenábamos en sitios superselectos, ya sabes…

—Ya, ya sé, pero no, no hablo de eso. Es evidente que esos recuerdos son especiales, pero me refiero a esos momentos que te llenan el alma y te hacen sentir pleno. Creo que ese es el verdadero valor de los destinos a los que viajamos. Por ejemplo, una vez me fui con mi amigo Jonathan a Cádiz, los dos estábamos muy tristes y necesitábamos sentirnos vivos, notar de alguna manera que aquello que nos ocurría no era el final, recargarnos de buenas energías, y mucha gente nos habló de aquel sitio como un lugar curativo. Y les hicimos caso, nos montamos en un autobús de locura, llegamos a Cádiz y fuimos corriendo como dos completos locos hasta la arena. Y, apoyados en unos postes blancos del Balneario de la Palma, que está frente a la orilla de la playa, nos sentamos a ver cómo llegaba el atardecer. Lloramos, nos abrazamos y sacamos todo lo que llevábamos dentro. Al fin y al cabo, éramos dos amigos a los que nos habían roto el corazón. Y, entre barcos de pescadores amarrados cerca de la orilla, llegó uno de los atardeceres más bonitos y especiales que he visto nunca. Hablo de esos momentos como los recuerdos especiales. No es un *souvenir* o una foto, sino un momento o una conversación. Un abrazo o también un beso. Para mí, los viajes son capítulos del libro de nuestra vida.

—Vaya —me salió contestar ante aquello que acababa de decirme Hugo—. Nunca… Nunca lo había pensado así —dije casi sin palabras. Ese chico era una caja de sorpresas, tan pronto podía sorprenderme con su desparpajo y arrogancia, fruto de su juventud, como podía soltarme una reflexión madura y sensata—. Creo que tampoco he sabido valorar muchas cosas porque siempre me las han dado desde pequeño. Venimos de mundos y familias muy distintos.

—Pero creo que a ti y a mí, Gael, hay algo que nos une que no entiende de apellidos compuestos ni de cuántos coches o casas tengas a tu nombre. Pienso que lo nuestro es distinto, ¿no te parece?

Miraba al plato de almejas, que ya casi no quedaban y no sabía ni cómo levantar la mirada, porque estaba seguro de que sus ojos me desarmarían por completo.

—¿Qué nos une a nosotros, Hugo? —le pregunté cuando subí la cabeza y me encontré con sus ojos azul brillante.

—Que, aun sabiendo que llegará un momento en el que se acabe, queremos vivirlo.

No dijimos ninguno «amor», pero tampoco hizo falta. Y los dos sonreímos. Hugo y yo nos decíamos más cosas en los silencios que en las palabras, y quizá ahí también estaba la magia de eso que nos unía. Me levanté a servir el *risotto* y él cerró los ojos cuando se dio cuenta de lo bien que olía.

—Ojalá te guste —dije sentándome de nuevo en la mesa después de servirme a mí también.

Hugo sopló el plato, ya que debía de estar todavía caliente, y antes de probarlo me miró de nuevo. Abrió la boca y al comer el *risotto* que con tanto cariño le había preparado cerró los ojos y cogió aire para después gemir un poquito del gusto.

—Dios. Mío —dijo él mirándome a los ojos y cargando de nuevo el tenedor—. Es de las cosas más buenas que he comido nunca, Gael.

Yo lo probé después. Y, la verdad, me había quedado muy sabroso, estaba el arroz al punto y la trufa le daba ese toque especial. Era casi imperceptible, pero ahí estaba. Los pequeños detalles que para mí eran los más importantes. Bebimos y brindamos de nuevo, poco a poco la botella fue bajando hasta quedar vacía. Cada brindis que hacíamos era por alguien o por algo más especial que lo anterior. Brindamos por la nueva vida que nos esperaría al terminar el curso. Por las madres que nos parieron. Por todos los viajes que íbamos a hacer cada uno por nuestro lado. Y también brindamos por ser nuestro propio secreto bajo llave. Fui hasta la encimera y Hugo se quedó en la mesa de espaldas a mí, miraba el móvil, posiblemente contestando todavía mensajes. Puse el uno y el ocho en la tarta que había recogido esa misma tarde y con un mechero los encendí. Primero el uno, luego el ocho. Todavía faltaban veinte minutos para las doce. Me acercaba poco a poco, para tener cuidado de no caerme con la tarta encima. Y, cuando llegué, Hugo no se lo esperaba. Se puso la mano sobre los ojos y, mientras tanto, comencé a cantar.

—Cumpleaños feliz…, cumpleaños feliz…, te… deseo… Yo… Cumpleaños feliz.

Él me miraba casi emocionado por lo que le había preparado y sopló. Partí un par de trozos y la verdad es que la mujer de la confitería tenía razón, habrá muchas tartas por ahí fuera, pero, hechas con tanto cariño como esta, pocas. Me levanté y me fui hasta mi cuarto; dentro del armario tenía una bolsa azul con los regalos que había comprado estos días atrás y volví junto a él.

Me miraba extrañado, hasta que vio la bolsa, que sabía que era para él.

—Pero ¿y esto? —preguntó en el momento en el que la dejé a su lado.

—No esperarías quedarte sin regalo.

Hugo subió la bolsa encima de él y sacó una gran caja que venía bien envuelta en papel de El Corte Inglés. Antes de rasgar el envoltorio, leyó una nota que le dejé a la vista. Decía lo siguiente:

«Haz que suene cada vez que me eches de menos». Y Hugo me miró emocionado mientras rasgó el papel del regalo, poco a poco fue descubriendo lo que había debajo.

—¡No puede ser! —exclamó. Un tocadiscos Technics de color blanco nuevo para que pudiese empezar a hacer su propia colección de vinilos con los grupos y artistas que más le gustasen—. Pero, Gael, esto te ha tenido que costar mucho dinero. No... No hacía falta.

—Quería que fuese el primer regalo para tu casita en Madrid. Cuando te vayas a vivir con Celia y con Jon.

—¿Para mi nueva casa? —dijo él—. ¡Si todavía no sé ni siquiera si me va a dar la nota para Madrid!

—Pues claro que te va a dar. ¡Ábrelo, vamos! —le dije para que viese los detalles más especiales del tocadiscos, como el brazo automático, los acabados en color blanquecino y cómo brillaba el plato al girar. Hugo abrió la caja deprisa, sacó el protector de corcho en el que venía embalado y lo puso encima de la mesa del salón. Lo observó atentamente y se quedó enamorado de él.

—Muchísimas gracias, de verdad —dijo emocionado.

Me acerqué hasta él con las manos en la espalda, que sostenían algo más.

—Un tocadiscos sin música no tiene ningún sentido. Espero que te guste.

Detrás de mí, descubrí su último regalo. Él abrió de nuevo los ojos y supe que aquello lo haría todavía más feliz. Hugo abrió el papel y no le hizo falta romperlo más para saber lo que había allí. Se levantó de nuevo y me abrazó.

—No sé qué decir… —murmuró mientras me abrazaba y yo a él.

El vinilo de *Guapa* de La Oreja de Van Gogh estaba allí. En él se encontraba su canción favorita. La de «Apareces tú». Hugo lo abrió y conectamos el tocadiscos a la luz. Sacamos el vinilo rojo y conté las líneas que separaban cada canción hasta llegar a la número diez. Esta comenzó a sonar, apagué las lámparas del salón y la única luz que entraba era por las cristaleras, que provenía de las farolas de la calle. Hugo y yo nos miramos, los dos nos encontrábamos en mitad del salón; me agarró las manos y las llevó hasta su cintura, como si fuera mi guía. Después llevó las suyas detrás de mi cuello y las entrelazó mientras la voz de la canción nos mecía lentamente. Fui a hablar para decirle que yo no sabía bailar, pero me pidió que estuviera callado. «Tú entiendes mis silencios, solo tú conoces mis secretos, solo tú comprendes cada gesto, solo tú». Nunca me había parado a escuchar la letra; cada vez que sonaba en la radio, cambiaba de emisora porque todo el mundo era fanático de ella, pero, ahora que estaba escuchándola, sentía que la voz de aquella mujer era realmente bonita. Hugo y yo nos mirábamos mientras bailábamos muy lentamente. «Y yo solo quiero entregarme. Comprenderte y cuidarte. Darte mi corazón. Quiero que llegues a ser mi alma y mi intención. Mi vida y mi pasión. Mi historia de amor». Los dos nos sonreíamos emocionados. Aquel momento no lo olvidaría jamás. Sentí una conexión que trascendía el tiempo y el espacio, me atravesó todo el cuerpo y sentí como si nuestros dos corazones hubiesen empezado a latir a la misma vez. «Solo tú me subes hasta el cielo. Solo tú eres mi alma y mi inspiración». La canción fue terminando y los dos sentimos que lo único que necesitábamos en aquel momento era entregarnos el uno al otro. Nos besamos. Lentamente. Como si cada segundo fuese un año vivido de nuestra vida. Nos besamos sabiendo que aquella noche sería especial. Para ambos. Agarré a Hugo y nos tumbamos en la cama. Nos quitamos la camiseta y nos estudiamos con detalle mientras la luz naranja se reflejaba en nuestros cuerpos. Sus pectorales y abdominales. Él recorrió con su dedo los lunares que me llegaban desde el cuello hasta más abajo del ombligo, donde chocó con mi pantalón. Y quitó el botón mientras seguía con la mirada clavada en mis ojos. Bajó la cremallera y, con mi ayuda, me quité los pantalones junto a los suyos. Los dos estábamos en calzoncillos. Yo frente a él. Y él con la cabeza apoyada en el cabecero. Me admiraba de la misma manera que yo lo admiraba a él. Me agarró de la mano cuando se fijó en que temblaba y que para mí esto era distinto. Era la primera vez que estaba así frente a un hombre. Y solamente hizo falta que se incorporase y me susurrase al oído aquellas palabras para conseguir calmarme.

—Vayamos despacio, para que lo recordemos siempre.

Y me tumbé junto a él. Su mano pasó por mi cuerpo y yo llevé la mía hasta su hombro. Nos mirábamos mientras poco a poco nuestras manos bajaban por ambos cuerpos. Sentía todo el calor que desprendía. Hugo se acercó y siguió dándome besos por el pecho, y volvió a mirarme de nuevo mientras su mano y la mía llegaban hasta los calzoncillos. Y los bajamos a la vez. Él me agarró la mano y la llevó hasta su pene, que estaba empalmado. Luego sus manos buscaron el mío. Me besó de nuevo hasta que su cabeza comenzó a descender y llegó hasta él. Y lo besó también para después introducírselo en la boca. Lentamente. Muy despacio. Tanto que cogí aire y salió de mi boca en forma de leve gemido del placer que estaba sintiendo. Lo hacía de una manera tan bien que nunca había sentido tanto placer. Lo miraba y él me miraba también mientras lo hacía; estaba cómodo y seguro de mí mismo. Él siguió y yo cada vez respiraba más y más rápido. Y él disfrutaba más de darme placer a mí.

Me soltó el pene y se llevó la mano a la boca para escupir. Luego se acercó poco a poco a mí y se puso encima. Nuestras miradas conectaron de nuevo y él me sonrió. Todo estaba bien. Y, de repente, estaba dentro de él. Estábamos haciendo el amor.

Comencé a subir mis caderas y él apoyó sus manos en mis hombros. Hugo empezó a gemir y yo me sentí pleno. Inmenso. Infinito. Empezamos a acelerar poco a poco el ritmo y los dos gemíamos de tan inmenso placer que estábamos sintiendo. Él me pedía que siguiese y yo no podía parar. Hubiese estado así toda la noche. Y todo el día. Y toda la vida. Sentí que iba a explotar y él me repitió que se iba a correr. Y lo hizo. En mi pecho. Le dije que me iba a correr y me pidió que no parase. Que siguiese hasta que acabase dentro de él. Y eso fue lo que pasó.

Hugo cayó a mi lado y los dos respiramos sin cesar durante un buen rato. Exhaustos. Agotados. Pero inmensamente afortunados. Nos miramos y nos sonreímos. No había nada que decir porque habíamos sentido tantísimo que no hicieron falta palabras. Nos metimos en la ducha y él me besó la espalda y yo le enjaboné los grandes brazos que tenía. No dijimos ni una palabra mientras nos secamos con las toallas. Ni tampoco cuando le dejé un pantalón corto de chándal que tenía por ahí junto a una camiseta. Él me miró, preguntándose qué hacer. Y quise enseñarle algo. Lo agarré de la mano y desenganché la escalera que había oculta en el techo y que yo descubrí pocos días atrás mientras limpiaba. Esta llegó al suelo y comencé a subir. Él me siguió y, cuando estuvimos arriba, Hugo abrió por completo los ojos.

La casa tenía un acceso a la parte del tejado desde donde se veía todo el manto lleno de estrellas y constelaciones en el cielo de Cabo de Gata. Se acercó paso a paso hacia delante, con la cabeza hacia arriba, y supe que aquello era el mejor broche para este día tan especial para él. Me acerqué junto a él y frente a nosotros dos estrellas fugaces pasaron a la vez. Se cruzaron como si cada una fuera para uno de nosotros. Nos miramos y en aquel lugar me sentí inmensamente vivo. Tanto que me emocioné, porque supe que hacía mucho tiempo que no sentía nada, que pensaba que quizá la vida se había vuelto gris y mi lugar en el mundo era el de siempre y que no iba a poder cambiarlo. Pero todos estos días había sentido tal cantidad de cosas que lo más bonito fue saber que estaba vivo y no apagado. Hugo me miró y rozó su mano con la mía.

—Es como si nosotros fuéramos esas dos estrellas —dijo él.

—Y hubiésemos colisionado a la vez.

GAEL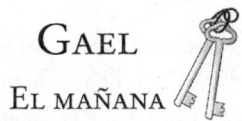
EL MAÑANA

20 de agosto de 2008
08:15

Mis hermanos han estado aporreando la puerta para intentar despertarme, yo estaba ya con una toalla liada en la cintura, después de afeitarme y haberme puesto las cremas para la cara que me habían regalado días antes. Abro la puerta de la suite del hotel en la que me estoy preparando para este gran día. La suite que ha reservado mi padre es inmensa, con una cama *king size* con sábanas de setecientos hilos que abrazan la piel al descansar. El baño está acabado en mármol blanco y cuenta con acceso propio a un jacuzzi con unas vistas privilegiadas de todo Madrid. Nada más abrir, Bosco, Fernando y Olivia se lanzan de inmediato a abrazarme.

—¡Hermanito! —gritan—. Hoy es tu día.

—¡Sonríe y di patata! —exclama mi hermana.

Todos vociferan y corean a mi alrededor y me sacan fotos con una cámara digital. Hoy también es un día muy especial para ellos, ya que se casa el pequeño de la familia. Me dicen que me ponga cualquier cosa y bajemos a desayunar antes de empezar todos a prepararnos, pero antes de que puedan arrastrarme con ellos aparecen mis padres también en la habitación.

—¡Ven aquí! —exclama mi padre dándome un gran abrazo. Lleva una camiseta de Ralph Lauren y un pantalón corto cómodo, seguramente de alguna de sus equipaciones de cuando juega al golf con sus amigos inversores, sus gafas de sol inseparables, las Ray-Ban Aviator, y huele a su perfume que echa para atrás. Me agarra de la cara y me da unas suaves palmadas en los mofletes. Está orgulloso y lo sé.

—Hijo, vamos, dame un beso. —Mi madre también está emocionada y algo nerviosa. Todo debe salir tal y como está previsto—. Las chicas que vienen a peinarme ya están en la recepción, que tenemos trabajo todavía por delante. ¡Vosotros! —grita ella refiriéndose a mis hermanos—. Bajad a desayunar y acompañad a Gael. A las diez en punto estarán aquí los fotógrafos y tenemos que estar todos preparados. ¿Ya tienes aquí el traje, verdad, hijo?

—Sí, lo trajeron ayer por la tarde del taller con los últimos arreglos.

—Perfecto. Todo perfecto. Venga, ¡vamos! Ignacio, hay que ir para nuestra habitación; por cierto, hijo, tienes que llamar a Cayetana.

—¿Llamarla?

—Claro. Es tradición. Dile algo bonito, que la esperas en el altar, que estás deseando descubrir ese maravilloso vestido y darle el sí quiero delante de todos.

Yo asiento. Mis hermanos comienzan a salir de la habitación.

—Te esperamos en el bufet mientras te vas poniendo algo, ¿vale?

—Mamá, una cosa.

Ella, que estaba a punto de salir de la habitación, se detiene.

—Dime, hijo.

—¿Y Flora? —pregunto—. Me gustaría que saliera también en las fotografías familiares.

Ella cierra los ojos y hace un gesto de cansancio.

—Hijo, por favor, es solamente la asistenta. Para qué la vas a hacer venir hasta aquí. Luego ya en la finca, cuando estemos en el banquete, os hacéis las fotografías que queráis.

—No, mamá. Te lo dije. Quiero que esté aquí. Encárgate de avisarla o lo haré yo.

Ella coge aire y después suspira.

—La avisaremos, hijo —responde mi padre.

Los dos cierran la puerta y me quedo a solas en la habitación. La funda del traje la ha abierto mi madre, el color negro de la chaqueta se deja entrever entre la funda. Sobre la mesa de cristal descansan dos gemelos, los que llevó mi padre el día de su boda, y un reloj regalo de mi hermano Bosco hace un par de días. Rozo los gemelos y miro hacia la mesita donde descansa mi móvil. Me acerco y busco su nombre. Lo miro durante unos segundos y cierro los ojos, y, de una manera fugaz, casi a cámara lenta, en aquel instante escucho de fondo las olas del mar, siento sus dedos acariciándome la mejilla y después la barbilla y oigo su voz en mi oído diciendo aquellas palabras que consiguen atravesar las cristaleras de la habitación:

—Si hay un día en el que te preguntas si quizá nuestra historia hubiera podido salir bien, quiero que, por favor, vengas a buscarme.

HUGO
EL HOY

12 de noviembre de 2007
Faltan 282 días para el final de nuestra historia

—Vamos, sube.

Él me esperaba dentro de su todoterreno Mercedes. Estos días atrás habían sido simplemente preciosos. Tras la noche de mi cumpleaños, donde ocurrió lo que ambos llevábamos deseando desde nuestro primer encuentro, Gael y yo nos escribíamos mucho más que antes. Tal y como nos habíamos prometido, fuimos juntos a recorrer la región, lo llevé a calas secretas donde poder ver el atardecer, alquilamos kayaks para adentrarnos mar adentro y nadar y bucear con intimidad, hicimos rutas de senderismo entre barrancos y mares de dunas… Él se emocionaba muchísimo por cada lugar secreto al que lo llevaba. Decía que todos eran únicos, rozaba las paredes de algunas calas con las manos, estudiaba su geología, y yo me quedaba embobado y feliz viendo lo mucho que apreciaba experiencias que para mí formaban parte del día a día. Suponía que su vida en Madrid era incapaz de ofrecerle aquel catálogo de naturaleza y autenticidad. A menudo me preguntaba cuánto quería él mismo volver a ese mundo urbanita y lujoso, pero me daba miedo preguntarle y que su respuesta rompiera el hechizo de nuestra aventura particular. De vez en cuando, se nos escapaba alguna caricia en las manos, algún beso en la mejilla, no sin antes mirar si había alguien por la zona. Pero la gran mayoría de las playas estaban completamente vacías. Los turistas habían abandonado los pueblos y campings cercanos y solo quedábamos por allí los locales de siempre. Eso me hacía pensar en cuando se fuese a acabar. Tuve miedo del día que Gael tuviera que volver a Madrid. Pero no se lo dije. Cada día que lo veía intentaba no pensar que era un día menos, así que permanecía largos ratos en silencio y él me decía: «¿Qué piensas?». Y yo me quedaba mirándolo callado, preguntándome qué haría cuando todo esto se desvaneciese como cuando tienes un puñado de arena en la mano y se te va cayendo de entre los dedos, poco a poco. Subí en el coche y le sonreí. Ese día era importante para mí, y creo que también para él, ya que Gael había conseguido encontrar la dirección de un hombre que al parecer era el Julio Villegas que buscábamos, el que, según las fotografías y los ficheros, había sido el último farero del que había constancia. Me subí en el coche y vi que en el navegador aparecía una dirección de Níjar. Nos encontrábamos a veintiséis kilómetros de distancia, casi media hora en carretera. Me abroché el cinturón y miré a Gael, que estaba sonriente y decidido a llevarme hasta aquel hombre que posiblemente tuviese la llave que me haría tan feliz. La llave del faro de Cabo de Gata.

—Estoy nervioso —le dije.

Me sonrió.

—Es normal. Vamos a ver qué nos encontramos.

—¿Cómo llevas lo del guion para la beca? —me preguntó.

—Estos días he estado escribiendo cerca del faro de mi padre, anoto algunos temas en mi libreta porque sé la historia que quiero contar, pero mezcla realidad y ficción y necesito unirlos y que todo tenga sentido.

—Ve poco a poco, no te apresures y cuéntalo bien. Será la única manera de que el jurado lo pueda entender y emocionarse.

—Creo que es una historia bastante triste.

—¿Y por ello deja de ser bonita?

Lo miré y él me sonreía.

—No lo había pensado así, la verdad. Aunque la semana que viene tengo un trabajo nuevo y tendré que dejar un poco de lado la escritura, quizá pueda continuar cuando acabe, por las noches.

—¿Cómo es eso? No sabía que buscaras empleo... —dijo él mirándome sorprendido.

—Sí. Como camarero en un restaurante en el puerto, sobre todo de cara a las cenas de empresa para las Navidades; pagan bastante bien y así puedo ayudar a mi madre con las facturas. Y ahorrar un poco más para mudarme a Madrid, en caso de que me cogieran en la escuela de cine, claro...

—Entiendo... ¿Es tu primera vez como camarero?

—¡Qué va! —reí—. Todos por aquí hemos ayudado en temporada alta en bares, terrazas o chiringuitos de amigos o familiares mucho antes de cumplir siquiera los dieciséis. Luego, desde los quince empecé ya de forma más constante en el invernadero ayudando a mi madre, cuando ya podía coger peso para las cajas de fruta y demás. También estuve un verano entero en el Carrefour de Almería como azafato en un mostrador ofreciendo a la gente probar aceitunas, queso, ¡lo que tocara ese día! Aunque también he ayudado otras veces como reponedor, mozo de almacén... ¡Hasta ayudé una vez a un conocido de mi madre albañil en una obra! Fue duro, pero me lo pasé en grande, la verdad.

Gael me miró.

—No me lo puedo creer. Pareces un señor de cuarenta años en el cuerpo de un chaval.

—He de decir que la gente a veces es muy cruel. Algunos, en el supermercado, sobre todo, me contestaban de mala manera, otros chavales que me conocían se reían por cómo iba vestido. Yo todo lo hacía por ayudar a mi madre a poder pagar las facturas.

—Eso es algo que dice mucho de ti. Eres muy responsable...

—Ahora que caigo, después del verano en el Carrefour, estuve también trabajando en un puesto de libros que se ponía en el paseo justo pegando a la playa, con libros de todo tipo. En su mayoría antiguos, me pagaban una miseria por estar ahí al sol. Pero, bueno, tampoco podía aspirar a más. ¿Y tú? —pregunté entonces.

Gael se rio. El navegador decía que estábamos solo a seis minutos de distancia. Mi corazón poco a poco se empezaba a acelerar.

—Estudié la carrera de Geografía e Historia, pero a mi padre no le pareció suficiente y me pidió que hiciera un máster en Estados Unidos de finanzas y económicas. Y, bueno, después me incorporé en el banco que preside, formaba parte del consejo de asesores y aunque fue una experiencia privilegiada, sentía que aquello no era lo mío. Intenté buscar algún trabajo como profesor, en alguna academia o instituto, pero no encontré nada, salvo sustituciones temporales de un par de semanas. Después empecé en el banco que preside mi padre. Entré por enchufe y todos sabían que yo era «el hijo de» y por más que hiciera para demostrar que yo sabía de lo que iba todo aquello, por más informes que elaborara, nadie se paraba a leerlos. Fue así como poco a poco empecé a sentir que me estaba desconectando de lo que realmente me gustaba, que era enseñar. Me preparé en secreto el examen de diferentes comunidades autónomas y conseguí entrar en Andalucía. Al poco tiempo me llamaron para trabajar en tu instituto, lo que me dará bastantes puntos para después trasladarme a cualquier centro de Madrid.

Me quedé mirando el horizonte a través de las ventanillas. El desierto, las plantas de agave con sus altas varas llenas de flores, las dunas de arena y el sol constante.

—¿No te parece que a veces el destino es caprichoso? Me refiero, el festival, tu examen, que vengas de un banco, que nos encontremos, que me estés ayudando con lo del faro de mi padre. Si no hubieras encadenado cada una de esas cosas, errores, decisiones y sueños insatisfechos incluidos, no estarías aquí.

El navegador marcaba que habíamos llegado a nuestro destino, pero Gael no apagó el motor.

—Una vez, una persona a la que le tengo mucho cariño me dijo que la vida muchas veces se empeña en hablarnos. Pero que solo nosotros decidimos si prestar atención a lo que nos dice.

Me quedé pensando en aquella frase un momento y después salí del coche. Frente a nosotros teníamos una casa baja de color azulado con muchas flores alrededor. El sol pegaba de lleno en la fachada, el número dos de la puerta estaba desteñido posiblemente del paso del tiempo.

—Vamos, ven —dijo Gael acercándose a la casa.

Apretó el timbre un par de veces, pero de allí no salió nadie. Miró su teléfono y comprobó que tenía bien anotada la dirección. Esperamos un par de minutos y Gael volvió a tocar de nuevo al timbre.

—Déjalo, no parece que haya nadie —le dije.

—Las flores tienen agua —me contestó.

Me fijé y, efectivamente, los platos de las flores estaban todavía con abundante agua, como si alguien las hubiera acabado de regar ese mismo día. Quizá quien vivía allí era una persona muy mayor y no acababa de oír el timbre. Según lo que pensábamos, el Julio Villegas que buscábamos rozaría los noventa y cinco años. De repente, una voz sonó a nuestra espalda e hizo que nos sobresaltáramos de inmediato.

—¿Quiénes sois?

Una mujer de mediana edad llevaba unas bolsas de la compra y nos miraba con cara de pocos amigos. Gael en ese momento se acercó a ella y me miró.

—Hola, perdone que la molestemos. Mi nombre es Gael y él es Hugo. Estábamos buscando a Julio Villegas, no sabemos si sería posible…

—Ya no vive aquí —dijo cortando a Gael en tono serio y se acercó a la puerta de su casa.

—¿Se ha mudado a otro lugar? —pregunté curioso.

—Sí. Al cielo. Murió hace tres años. ¿Qué es lo que quieren? —preguntó ella desde la puerta después de abrir y dejar las bolsas dentro—. Tengo cosas que hacer.

—Vaya. Cuánto lo siento, señora, ¿era su padre…? —Ella cambió el gesto al oír a Gael y yo pensaba que en cualquier momento echaría fuego por la boca—. Mire, este chaval de aquí perdió a su padre hace unos años, se ahogó justo debajo del faro en el que trabajaba el señor Villegas, y desde hace años está abandonado, nadie lo conserva, ni siquiera se han preocupado de si había luz. Lo único que él quiere es poder arreglarlo, él mismo con sus propias manos, y poder hacer que se ilumine de nuevo. Por eso estamos aquí.

Ella nos miraba de arriba abajo. Me fijé en que llevaba una medalla colgada.

—Siento lo de tu padre, chico. Pero me temo que no puedo ayudarte, es mi hermana María quien tiene la única llave del faro. Pero tampoco os va a valer de nada, hace unos meses vinieron aquí unos empresarios y nos ofrecieron una buena cantidad de dinero por el terreno que ocupaba la casa que construyeron mis padres al lado del faro, tienen intención de levantar un complejo hotelero en ese acantilado. El ayuntamiento ofreció aquella ubicación, pero oficialmente la casa es nuestra.

—¿Cómo? —pregunté sin poder creer lo que estaba escuchando—. No entiendo… No puede ser…

—¿Qué es lo que no entiendes? Vamos a ver —dijo ella—: dos hombres bastante trajeados junto con el alcalde de Almería y el delegado de urbanismo vinieron aquí hace unos cuantos meses, trajeron una propuesta de un gran grupo hotelero, me dijeron que estaban muy interesados en hacer un complejo turístico para todas las familias que suelen veranear por la zona. Nos hicieron una oferta muy difícil de rechazar.

—¿Y firmaste? —pregunté.

—Yo sí, pero, al ser un terreno de herencia, mi hermana también tiene que firmar y todavía no lo ha hecho. Dice la muy imbécil que tiene que pensárselo, pero ya les digo yo que firmará en las próximas semanas. El plazo vence en enero.

Me quedé callado y mis ojos se llenaron de rabia al escuchar que aquel faro tan importante para mí iba a ser demolido para construir un hotel.

—No tenéis vergüenza —fue lo único que me salió decir.

—¿Perdona?

—Hugo... —respondió al segundo Gael.

—Estoy seguro de que tu padre se avergonzaría de saber lo que habéis hecho tú y tu hermana con su faro. Sus propias hijas. El lugar en el que pasó media vida trabajando. ¡Si hasta hay una foto suya en el Museo de Historia de Almería delante del faro! Sería un enclave sagrado para él, y ahora vais a vendérselo a unos especuladores hoteleros...

—Mira, niñato, yo no te tengo que dar a ti explicaciones de absolutamente nada de lo que hago o dejo de hacer. —Se acercó a mí y se encaró—. Mi padre y mi madre están muertos, y aquel lugar es nuestra herencia y a ti ni te va ni te viene, así que ya podéis estar saliendo de aquí a meter las narices en otra parte.

—Nos vamos, nos vamos ya —dijo Gael agarrándome de la espalda—. Vamos, Hugo. Vámonos.

Me revolví de sus brazos, pero Gael me hizo meterme en el coche. La mujer nos echó una última mirada desafiante y cerró de un portazo que hizo que se tambalearan las cortinas de madera que había colgadas. Gael arrancó el coche y salió disparado a la carretera principal y yo de la rabia le pegué un puñetazo al salpicadero del coche.

—¡Joder!

Gael me miró y de inmediato frenó el coche bruscamente en un camino apartado que había a la derecha de la carretera. Me quedé en silencio mientras cogía aire y lo expulsaba de la rabia que sentía por dentro.

—No puedes reaccionar así, Hugo...

Lo miré, ahora no tenía tiempo para esto.

—No me vengas ahora con una charla de padre, por favor.

—No es ninguna charla de padre, es un consejo... de amigo.

—¿Pues te digo por dónde te puedes meter el consejo?

Gael me miró y al momento se quitó el cinturón de un golpe.

—Bájate del coche.

Levanté la mirada y no pude creerlo. Me quité el cinturón y abrí la puerta bruscamente para cerrarla de un portazo.

—¡¿Qué cojones te pasa?! —le grité rodeando el coche.

—No, qué cojones te pasa a ti —me gritó él.

El frenazo hizo que se levantase polvo en el camino de invernaderos en el que nos habíamos detenido.

—¡No te das cuenta de que ya no hay nada que hacer, mierda! —me quejé dejando salir toda mi rabia y frustración.

—¡Pero lo hemos intentado, Hugo! Además, todavía podemos pensar en alternativas, buscar otra forma de afrontar esto, contactar con esa empresa hotelera… ¡No lo sé! Pero insultar a una desconocida a la que estamos pidiendo ayuda no es la forma adecuada de llegar a ningún sitio. Además, tenías que saber que a lo mejor todo esto llevaba a un callejón sin salida. En la vida no siempre se gana.

—¡Qué sabrás tú de eso! —le chillé ahora con más rabia—. Tú nunca has perdido nada. Dime una sola cosa a la que hayas renunciado. Tú siempre has estado en el otro lado. ¡Yo estoy harto de perder!

Gael se puso serio, tenía la boca abierta, como si fuera a decir algo, pero luego se arrepintió y negó con la cabeza.

—Voy a hacer como si no hubieras dicho eso. Sé que no eres así.

—¡No sabes nada! —le grité—. Y quiero que me dejes en paz, joder.

Gael, que estaba frente a mí, soportando mis gritos llenos de rabia, me cogió por los brazos y me abrazó. Me abrazó con todas sus fuerzas e intenté apartarlo, pero no pude.

—Ya. Ya está…

—¡Quita! —exclamé—. ¡Quita!

Poco a poco fui perdiendo las fuerzas.

—Cálmate. Cálmate, Hugo. Estoy aquí, contigo.

Entonces me rompí. Los ojos se me llenaron de lágrimas y me salió el llanto por la boca.

—Lo van a destruir —dije sollozando—, lo van a hundir…

—Ya está, Hugo. Ya está. —Gael me abrazaba y yo tenía la cara apoyada en su hombro. Las lágrimas le estaban empapando la sudadera.

—No puede ser…, tiene que haber alguna manera.

Gael siguió abrazándome un buen rato hasta que conseguí calmarme poco a poco.

—Respira hondo… Eso es, escúchame —dijo mientras me levantaba la barbilla para que lo mirase a los ojos—: esa mujer ya ha firmado y no la vamos a convencer de lo contrario, pero ha dicho que su hermana todavía no. Hay una pequeña posibilidad que tenemos que intentar y debemos encontrarla. Por eso me he cabreado contigo, porque solo hemos conseguido sacarle el nombre. Y, si volvemos allí, ya te aseguro que no nos va a dar más información.

Resoplé, confundido, y después avergonzado. Me había comportado como un niño, como un energúmeno, como lo que menos me podía permitir ser.

—Lo siento…, me he portado como un crío —dije— y te he dicho cosas muy feas. Gael, lo siento, lo siento de verdad.

—Vamos a hacer una cosa, ¿te parece si vamos a comer a mi casa y allí pensamos qué hacer? Cuando nos relajemos un poco veremos todo un poquito más claro.

Asentí y Gael condujo de vuelta a Cabo de Gata, estuvimos casi todo el camino en silencio hasta que en un momento dado escuché de nuevo su voz.

—El primer día que llegué a vuestro instituto y os vi en clase, os expliqué que me convertí en profesor gracias a mi abuelo. Él y yo estuvimos muy unidos, quizá porque fui el último en llegar y, por tanto, debía dedicarme más tiempo que a los demás para que pudiese tener unos cuantos recuerdos junto a él en comparación a todos los momentos especiales que había tenido con mis hermanos. Me preparaba expediciones por los bosques de la urbanización en la que vivíamos y se encargaba de sorprenderme en cada una de ellas. Escondía minerales y banderas pequeñas para completar cada una de las misiones. Y poco a poco fue enseñándome que lo más bonito que te llevas de esta vida son los lugares que descubres junto a alguien. Los momentos más especiales ocurren ahí fuera —dijo señalando las ventanillas del coche—, los atardeceres, los faros, tu primera vez montando en avión hacia algún lugar desconocido, las calas donde nos sumergimos; cada uno de esos momentos son tesoros y cada persona traza el mapa de su vida. Mi abuelo me decía que lo más bonito que podía hacer por los demás era enseñarles a que trazaran sus propios mapas, sus mapas de vida. Sé que soy un privilegiado, que he tenido muchas ventajas en esta vida solo por nacer donde he nacido, en el seno de una familia adinerada… Pero eso no quiere decir que no haya echado en falta muchas cosas o que esa situación vaya a ser así para siempre. Las personas, las experiencias que compartimos con ellas, acaban extinguiéndose, tengas más o menos dinero. Perder a mi abuelo fue muy doloroso, era el único que entendía que yo no era como los demás en mi familia, que no me interesaban los negocios como al resto y que sería infeliz si seguía ese camino. De hecho, sigo pensando que aún no me he despedido de él del todo. Así que sí, sí que sé lo que es perder en esta vida.

Iba a contestar que sentía de nuevo haberle dicho aquello tan feo, pero sentí que era mejor no hablar. Simplemente le rocé sus manos en el volante y él me agarró para después sonreírme. Llegamos a su casa y aparcó como de costumbre. Salté del todoterreno y Gael miró a los lados como siempre hacía cada vez que estábamos juntos para asegurarse de que nadie nos veía. Por la noche, yo tenía plan con mis amigos, era el cumpleaños de Naiara. Allí habíamos celebrado también mi cumpleaños, soplé las velas en su gigantesco jardín con el cielo plagado de estrellas y rodeado de mis amigos y compañeros de clase.

—¿Te apetece si hago unas hamburguesas? —preguntó él—. El *risotto* me salió bien porque estuve media tarde viendo vídeos, pero no soy mucho de cocinar.

Saqué una sonrisa porque aquello me pareció muy tierno.

—Unas hamburguesas está bien —contesté.

Me senté en el sofá de Gael mientras él encendía los fuegos para cocinar. De repente su teléfono empezó a sonar.

—¿Quién es? —preguntó él.

Agarré su móvil y en la pequeña pantalla decía FLORA.

—Flora.

Gael se acercó a coger el teléfono y respondió al instante.

—Hola, Flora. ¿Qué tal estás?

Me acerqué a ver las fotografías que había puesto alrededor de su casa y en algunas de ellas aparecía la que iba a ser su esposa, estaban juntos de viaje en una playa caribeña. En otro de los marcos estaba toda su familia al completo y también ellos dos en medio, en un barco navegando. Cada una de las fotos era un recuerdo de ensueño: barcos de lujo, capitales a lo largo y ancho del mundo…

—Ya, vi tus llamadas, pero es que voy a mil con las evaluaciones y todo. Si tienes cualquier duda con lo del banco, sabes que tienes allí a mis padres para poder consultarles.

Me senté delante del ordenador de Gael y moví el ratón para que se quitara el salvapantallas que aparecía. Abrí el navegador y comencé a intentar buscar información mientras él hablaba por teléfono.

—Ya, pero es que yo desde aquí no puedo decirte mucho, ya no tengo acceso. De verdad, llama a mi padre y que te aconseje él. Te tengo que dejar, que se me va a quemar la comida. Te mando un beso grande, nos vemos prontito para Navidades.

Gael colgó el teléfono y siguió cocinando las hamburguesas. Tecleé el nombre de Julio Villegas en Google para ver si aparecía algo relacionado con sus hijas, algún artículo en blogs o periódicos en línea que pudieran darnos algún dato. Pero allí no había nada.

—¿Encuentras algo? —me preguntó Gael poniéndome la mano en el hombro.

Suspiré y dejé caer la espalda en la silla. Al abrir los ojos, Gael me observaba desde detrás.

—Si tu padre fuera farero, tus compañeros de clase lo sabrían. No es como quien trabaja en una tienda o una carnicería. Tus compañeros de clase deberían saberlo, ¿no? —pregunté.

—Y qué vas a hacer, ¿intentar localizar a los compañeros de clase de sus hijas, si es que están aquí? —preguntó Gael.

—Yo no…, pero tú quizá sí puedes. Sabemos su apellido y que más o menos la mujer tenía unos cincuenta y tantos.

Gael terminó de sacar las hamburguesas y ponerlas en pan junto con un poco de tomate y queso.

—A ver, explícate.

—Nuestro instituto es el único que hay en todo Cabo de Gata desde hace más de sesenta años; si estudiaron, tuvieron que venir a este. Y, por lo tanto, sus expedientes deben de constar en algún lugar. Solamente tienes que enterarte de dónde están, llegar hasta esos papeles y buscar entre todos los Villegas comprendidos entre 1965 y 1970.

—Pero ¿tú crees que esos papeles estarán todavía en el instituto?

—Hace unos años recuerdo perfectamente que hicieron como una exposición de archivos antiguos relacionados con el colegio; había fotografías de su construcción, los primeros profesores que trabajaron aquí, y creo que llegué a ver algunos expedientes académicos de algunos estudiantes. Lo recuerdo por la tonalidad del papel. Piensa que es de los primeros institutos que se construyeron en la comunidad.

—Entonces deben de estar allí —dijo él—. El lunes podría empezar a preguntar para ver si puedo acceder a ellos.

—Pregunta a la jefa de estudios, ella lleva ya unos cuantos años en el mismo puesto. Dile que quieres intentar hacer una exposición sobre la importancia del pasado en el presente, yo qué sé, invéntate cualquier excusa, ella con tal de montar un tinglado en el instituto se apunta a un bombardeo. ¿Has hablado con ella alguna vez?

—Solamente para firmar el contrato. Y el día que me encontré contigo de fiesta. Aunque eso que dices podría funcionar.

Me quedé mirándolo con los ojos como platos sin poder creer lo que acababa de decir.

—Pues para liarte conmigo lo haces de puta madre.

—¡Hugo!

—Joder, es que me las dejas a huevo, hijo.

—Venga, vamos a comer, anda.

Bloqueé el ordenador y nos sentamos los dos en la mesa, le di un mordisco a la hamburguesa y estaba realmente buena. El plan podría salir bien, aquella ligera esperanza de que Gael encontrase en los expedientes del instituto a alguna chica con el apellido Villegas podría llevarnos hasta ella. Nos zampamos la hamburguesa en un santiamén, yo más rápido incluso que Gael, que comía más despacio. Me levanté para fregar mi plato y el suyo. Él llegó por detrás y dejó su vaso y yo me giré. Lo agarré del cuello y me subí en la encimera.

—Me gustó tanto lo de la otra noche —dije refiriéndome a la primera vez que habíamos hecho el amor.

—¿Sí? —preguntó—. ¿Aunque fuese un poco desastre?

—Eso es lo que más me gusta de ti.

Empecé a subirle la camiseta y le quité las gafas; las dejé a un lado en la encimera y le rocé el bigote, ese que tan loco me volvía, con los labios. Me miró y, justo cuando nos fuimos a besar, el timbre de la puerta sonó.

—¡¡¡Gaeeeeeel!!! —alguien gritaba detrás de la puerta.

Gael se apartó un segundo y miró hacia la entrada de la casa.

—No puede ser.

—¡Gael, cariño! ¡Sorpresa! —La voz de una mujer y los golpes de una mano que aporreaban la puerta—. Vamos, abre.

—No me jodas —exclamé—. Esa es…

—Corre. Es mi novia —dijo apartándome de la encimera mientras él se ponía la camiseta.

—¿Qué hago? ¿¡Dónde voy!?

—¡Escóndete! ¡Yo qué sé! ¡Haz algo, Hugo!

Gael se puso las gafas y miró alrededor sin saber muy bien qué hacer.

—Escúchame, escúchame. Distráela y llévatela para tu habitación, yo me meto en el baño y cuando te oiga más al fondo salgo pitando de aquí.

—¡Cari! —gritaba su novia desde fuera—. Ábreme ya, por favor, sé que estás ahí, tu coche está en la puerta. Que te he pillado con la casa desordenada, ¿verdad?

—En el baño. Vale. Vale. Perfecto.

—Estate tranquilo. Relájate.

—No hagas ruido, Hugo, por favor.

Salí disparado para el baño y cerré la puerta, me quedé justo detrás con la oreja pegada a la madera. Escuché los pasos de Gael y cómo abría el portón de su casa.

—¡Pero mi amor! —dijo él—. Qué sorpresa.

—¡Hola, cielo! —exclamó ella—. No me esperabas, ¿a que no? —dijo con retintín.

—Pues… no, no, la verdad.

Noté cómo le temblaba la voz y posiblemente todo el cuerpo.

—Qué casa tan bonita, amor. ¿Dónde dejo mis cosas?

—Ven, por aquí está mi habitación. ¿Y cómo es que te has escapado del trabajo para venir?

—Amor, soy la redactora jefa de la revista. Hemos dejado ya cerrado el número de diciembre y les he dicho que me escapaba a Almería hasta Navidades con la excusa de preparar algún reportaje en alguna playa de por aquí de cara a verano.

—¿Hasta Navidades?

Me eché las manos a los ojos y suspiré.

—¿Te viene mal? Prometo no distraerte, sé que estás enfocado en el instituto… Por eso se me ocurrió ponértelo fácil y venir…

—No. No, Cayetana. No es eso. Me alegra infinitamente que estés aquí, ¡pero sigo todavía sorprendido!

—He pensado que desde aquí podríamos avanzar un poco más los preparativos de la boda; sinceramente, amor, a mí sola se me estaba haciendo cuesta arriba y tras hablarlo con mis amigas me propusieron que te acompañase aquí este mes antes de volver en Navidad a Madrid. ¿No te parece una idea deliciosa? Así me enseñas todos esos lugares mágicos que has conocido y que me has dicho en mensajes. Traigo una lista de tareas pendientes para la boda que ni te imaginas… Un poco de playa, arena y mar me vendrán de lujo a mí también para desintoxicarme de la gran ciudad…

—La verdad es que suena muy bien, Caye.

—Pues claro que sí, amorcito. Además, esta casa para ti solo es enorme. Piensa que cuando vengas del instituto de trabajar podemos hacer alguna escapada por aquí.

Aquello no podía estar pasando. Necesitaba salir de allí cuanto antes.

—¿Te preparo algo de comer? —preguntó Gael—. Que estarás cansada del viaje.

—He comido un sándwich por el camino. Si no te importa, voy a dejar el neceser en el baño y de paso me doy una ducha —dijo ella.

Y entonces reaccioné. Iba de camino al baño donde me escondía. Abrí los ojos como platos y miré a mi alrededor, un pequeño ventanuco se encontraba justo encima de la ducha, que conectaba con parte del jardín de la casa, pero no tenía manera de salir por ahí, ya que era demasiado estrecho. Los pasos de Cayetana sonaban cada vez más cercanos. Tanto que su mano se posó en el picaporte de la puerta del baño y abrió. Cerré los ojos y deseé evaporarme de esa casa, dejarles vivir su historia sin estar en medio.

—¡Espera!

La voz de Gael se coló por el hueco que había dejado ella al abrir la puerta. La vi por el reflejo del cristal, pero ella a mí no, ya que Gael le había dado la vuelta y estaba de espaldas.

—¿Qué pasa?

Gael la tenía cogida por la cintura y posó su rostro junto al de ella.

—No te dejaré ir a ningún sitio sin antes besarte un poco más.

—Conque era eso...

Los dos comenzaron a besarse en la puerta del baño y Gael subió a Cayetana en brazos. Ella estaba feliz, sonriente y le brillaba la mirada al encontrarse de nuevo con su hombre. Su pelo brillaba, su piel era perfecta y su cuerpo, Dios mío, tenía un cuerpo realmente bonito. En ese momento, me di cuenta. Hacían la pareja perfecta. Una pareja de revista, que anuncian el embarazo a la vez que estrenan su preciosa mansión a las afueras de la gran ciudad. Yo estaba en una esquina del baño, medio agachado para que nadie me viera, y, en aquel momento, me sentí la persona más pequeña del mundo. Gael y Cayetana entraron en su habitación y oí cómo se cerró la puerta. Aquella era la verdad que nunca quise ver, ese era mi lugar en la historia con Gael: esconderme en el último rincón que encontrase para que su mentira no se viniese abajo. Rompí a llorar con las manos en la boca para que nadie pudiese escucharme. Lloré de rabia, me hice un ovillo y quise romperlo todo. Pero necesitaba salir de allí cuanto antes. Me levanté y me fui del baño con cuidado de no hacer ruido, pasé por delante del salón y miré hacia la puerta de su dormitorio, me paré y escuché cómo Cayetana gemía de placer. Escucharla a ella, en aquella misma cama donde hacía pocas semanas había estado yo, me destruyó por completo. Y es que, a pesar de conocer perfectamente el final de nuestra historia, quizá me había hecho a la idea de que tardaría un poco más en llegar. Abrí la puerta con cuidado y cerré sin hacer el más mínimo ruido. Salí corriendo de allí en dirección a lo que tenía delante: el mar. Corrí sin descanso hasta que llegué hasta la arena, no había nadie en toda la playa. Me senté en mitad de la orilla y miré cómo las olas se deshacían delante de mí. Quise aguantar, pero no pude. Al momento los ojos se me llenaron de lágrimas y comencé a llorar sin descanso. Lloré por él y por lo mucho que significaba para mí en tan poco tiempo. Lloré por creerme que iba a poder decir adiós llegado el momento y no me iba a doler. Porque nunca antes me había dolido decir adiós. Lloré porque, pese a decirle adiós, solamente quería ir de nuevo hasta él para volver a conocerlo. Lloré porque quería saber más de su mundo de mapas y caminos desconocidos para perderme con él. Grité delante del mar. Con fuerza. Con todas mis fuerzas. Temblaba y me sentí absolutamente solo en aquel momento. Saqué el teléfono mientras pensaba que no podía hacerlo. Que se lo había prometido a Gael. Pero los necesitaba. Busqué su nombre y deseé que estuvieran juntos. Me acerqué el móvil a la oreja y sonó un tono. Y después otro. Y otro más. Miré al mar y cerré los ojos. Y, a la vez que dije «Por favor», escuché su voz.

—¡Hugo! —dijo ella con aquella voz que irradiaba alegría—. Es que estoy en casa de Jon y me había dejado el teléfono arriba. Íbamos a ver una peli de amor antes de la fiesta de Naiara. ¿Te apuntas?

—Celia, yo... Yo... —gimoteaba sin poder parar de llorar.

—¿Hugo? —preguntó preocupada—. ¿Qué pasa?

—Os necesito. Me he... equivocado. Pensé que podría guardarlo en secreto, pero... duele demasiado.

—Hugo. Hugo, ¿dónde estás?, ¿qué ocurre?

—En la playa de San Miguel. Enfrente del instituto.

—Vale. Vale. No te muevas, vamos para allá.

Colgué y metí la cabeza entre las rodillas deseando que el tiempo pasase rápido, que cuando levantase la cabeza mis amigos estuvieran allí y fuera un día de junio en el que la playa estuviera llena y pudiéramos bañarnos mientras éramos inmensamente felices antes de marcharnos de viaje de fin de curso y mudarnos juntos a un piso nuevo en Madrid. Donde conoceríamos a mucha gente, haríamos nuevos amigos y donde por fin podría contar historias. En aquel instante, oí sus voces a lo lejos gritando mi nombre.

Me giré y los vi corriendo desde la orilla de la playa. Ahí estaban ellos. Mi chaleco salvavidas. Mis amigos del alma. Los tres inseparables que, mientras faltase uno, no podríamos seguir el resto. Celia se agachó corriendo sobre mí y me abrazó y Jon hizo lo mismo.

—Cielo, cielo —dijo ella mientras yo lloraba sobre ellos—, ya está. Ya está.

Estuve un largo rato abrazado a ellos en silencio mientras me intentaban calmar. Celia sacó un pañuelo de su bolso y me soné los mocos. Noté como si los ojos me pesaran el doble, posiblemente por la hinchazón de llorar.

—Perdón..., no quería asustaros.

—A Celia casi se le sale el corazón —dijo Jon.

Celia me acariciaba las manos y seguí con ella la manera de poder respirar más pausadamente. Poco a poco fui consiguiendo calmarme.

—Pero ¿qué ha pasado, Hugo? —preguntó ella.

Cogí aire de nuevo y miré alrededor para que nadie pudiese escucharme.

—¿Os acordáis de la noche del festival en la que desaparecí de repente? —pregunté mirándolos.

—Sí. La última noche del verano. Estabas cansado por trabajar en el invernadero toda la semana, pero ¿te marchaste a casa, no?

Negué con la cabeza.

—Me tropecé con un tío cuando me iba. Me echó la cerveza encima y se empeñó en comprarme una camiseta nueva para no dejarme con todo empapado.

—¡La camiseta de La Oreja de Van Gogh! —gritó Jon, que empezó a atar cabos.

—Resulta que aquel chico y yo nos acabamos besando en su coche y me llevó de vuelta a casa.

—¿¡Que qué!?

—Pero ¿y por qué no nos lo dijiste al día siguiente? —replicó Celia.

—Claro, tontito —confirmó Jon—. Como siempre hemos hecho cuando ha pasado algo así. Nos juntamos y contamos lo que ocurrió la noche anterior con pelos y señales y después nos reímos de la gentuza que pulula por ahí. Porque ya me huelo yo que ese tipo era gentuza, ¿van por ahí los tiros?

—No es tan fácil, yo… Eso es solo el principio. Al día siguiente iba a contároslo, pero justo cuando llegué a clase no pude creerlo, porque el tío con el que me había besado y el que me había llevado a casa era el mismo que encontré en el aula: Gael. Nuestro profesor de Historia.

Celia y Jon se quedaron de piedra. No reaccionaban.

—Por eso vino a ayudarme la noche que Javi y sus amigos me pegaron —le dije a Celia—, por eso nos trajo a casa y se preocupó tanto. Él es quien me está ayudando con todo lo del faro de mi padre y siento que estoy completamente pillado por él... Y eso no es lo peor...

—No puede ser cierto. —Celia se levantó de una con las manos en la cabeza.

—Estás de coña —dijo Jonathan levantándose él también—. No, no, no puede ser.

—Sentaos. Por favor.

No daban crédito. Y entonces les conté toda la historia. De principio a fin. Sonreía con algunas anécdotas y en otras ocasiones se me saltaron las lágrimas, también acabé contándoles las últimas noticias acerca de lo que había ocurrido con el faro de mi padre y la intención de que lo iban a derribar para hacer un hotel.

—Pero ¡¿cómo has podido callarte esto tanto tiempo, Hugo?! —gruñó Celia.

—Me pidió que fuera nuestro secreto...

—Yo no tengo ni palabras —dijo Jon mirándonos a los dos—. Es un profesor, os lleváis diez años... Y todo este tiempo ha estado ayudándote... ¿No os parece raro?

Celia carraspeó y empezó a hablar:

—Sé que está mal, que seguramente sea un cabrón por lo que le está haciendo a su novia y todo eso, pero es que pensad de dónde viene este hombre. Se nota a la legua que es rico, de una familia de bien. Su coche, su casa, su reloj... Quizá nunca se había preguntado si le podían atraer los chicos porque directamente lo descartó por dónde se crio. Quizá has llegado tú, Hugo, y le has cambiado todos sus esquemas.

—Pero ¿crees que va a dejar todo lo que tiene por Hugo, Celia? Me refiero, no es por menospreciarte, amor, tú lo sabes, pero si él es un tío rico de Madrid, que va con su Mercedes, que vive en La Moraleja esa y que su novia es hija de no sé quién... Es que yo ni me lo plantearía —dijo Jon—. ¿No cabe la posibilidad de que esté jugando con Hugo? De que sea un pasatiempo y nada más.

—Pero al final puedes tener todo eso y sentirte vacío, Jonathan.

Miré a Celia y el teléfono de Jonathan empezó a sonar.

—Es Naiara, voy a cogerlo. ¡Y se piensa que la fiesta es en su casa! Pues la que tenemos aquí montada…

Jonathan se apartó para hablar con Naiara y yo me quedé a solas con Celia.

—¿Qué piensas? —le pregunté con un hilo de voz, medio llorando y medio sonriendo.

Estaba tan seria que me daba miedo lo que pudiera decirme. Ella era, de lejos, la más sensata y sincera de los tres. Suspiró y miró a Jonathan y después a mí.

—Una amiga te diría que te alejaras de ahí porque puedes acabar muy mal.

—Y luego qué me dirías tú —le dije cogiéndole la mano.

—Que cuando has contado tu historia con él te brillaba la cara como hace tiempo que no lo hacía.

Sonreí a pesar de notarme los ojos todavía hinchados.

—¿Crees que debería intentarlo? —pregunté.

—Nosotros siempre estaremos aquí para recogerte si sale mal, pero…

—¿Y si… sale bien?

—Mi abuela decía que la vida es para los valientes que, aun sabiendo que hay un precipicio justo delante, se asoman a contemplar las vistas —dijo ella.

Miré de nuevo al mar. Lo que había vivido con Gael esas últimas semanas había sido genuino y precioso. Ver a Cayetana en persona, con él, y a él con ella, me había mostrado la fragilidad de nuestro pacto, ese que en la teoría quizá tenía sentido, pero en la práctica… Pese a ello, no quería renunciar tan fácilmente a los pocos meses que nos quedasen antes de que él se marchase. Quizá tenía la posibilidad de hacerle ver que no tenía mucho que ofrecerle, pero sí una historia llena de verdad, así como, por supuesto, intentar por última vez dar con las llaves del faro antes de que lo derribasen.

GAEL
EL HOY

22 de diciembre de 2007
Faltan 242 días para el final de nuestra historia

Había conseguido por fin una cita con el secretario general de la Comisión de Faros de Andalucía. Llegué puntual, a las 8:45 ya me encontraba en el edificio de la avenida del Mediterráneo, la arteria principal de la ciudad. Subí después de que comprobasen que, en efecto, me esperaban. Me senté en una de las sillas que había frente al gran despacho y no paré de mover el pie fruto del nerviosismo. Aquella era la última puerta a la que podía llamar por Hugo. Estuve revisando algunos foros para averiguar cuándo y cómo se produciría el derribo del faro y si había la mínima posibilidad de dejar a aquel chico que entrase para, al menos, poder despedirse.

Este mes había sido difícil y distinto, muy distinto.

Cuando Cayetana llegó a casa y Hugo estaba allí conmigo entendí el peligro al que me enfrentaba. Y también encaré la realidad: que, aunque Cayetana estuviera en Madrid y los planes de nuestra boda siguieran adelante, no podía darle la espalda al hecho de que estaba engañándola con Hugo. ¿Cómo se sentiría ella de enterarse de mis sentimientos por el chico? ¿Cómo se había sentido él después de que mi novia nos interrumpiera en casa y lo obligara a largarse de allí mientras Cayetana y yo hacíamos el amor? No podía obviar que yo estaba, de nuevo, en una posición privilegiada: tenía, por un lado, a Caye, y, por otro, a Hugo. Hacerme la víctima o quejarme sobre lo duro que era llevar dos vidas habría sido egoísta y sobre todo injusto. Los verdaderos damnificados eran ellos, que no podían disfrutar del verdadero Gael en ningún caso. ¿Quién era ese Gael ahora? ¿Cuándo era más yo, con Caye o con Hugo? Estos días con ella habían sido realmente especiales. Me había agobiado al verla llegar de improviso, pero luego su energía, su cariño y nuestra complicidad me habían recordado por qué la había querido y aún la quería tanto. Terminamos de organizar las mesas para la boda, entre risas y besos, con ella en ropa interior por mi casa y abrazándonos de pensar en todo lo bonito que nos venía. Hablamos de los posibles destinos de la luna de miel y mi cara se volvió la de un niño emocionado al elegir destino de vacaciones; Cayetana quería que fuese un lugar donde pudiéramos explorar y eso sabía que me hacía muy feliz. Y también de comprarnos una casa un poco más grande a las afueras para cuando llegase el gran momento, ser padres.

—¿Gael Beltrán?

Me levanté de inmediato. Una mujer con una camisa blanca y un pañuelo al cuello me invitó a pasar dentro. La sala era enorme y varios cuadros estaban colgados en la antesala de aquel despacho.

—El señor Ramírez lo recibirá enseguida. Espere aquí.

—Por supuesto. Muy amable.

La mujer se retiró y yo me quedé frente a las grandes puertas del despacho. Minutos después, el secretario general, Miguel Ramírez, abrió las puertas del despacho.

—Usted debe de ser Gael —me dijo él estrechándome la mano—, adelante, pase.

El despacho tenía una gran mesa al fondo; sobre la pared, el retrato del rey de España y multitud de condecoraciones que posiblemente le habían dado. Los dos nos sentamos y al momento me dejó delante un vaso con agua fría.

—Mi secretaria me ha puesto un poco al corriente del caso de ese amigo suyo. Es estremecedor el relato, por supuesto, pero como sabe aquí tratamos otros temas de índole más administrativa y puramente política.

—Solo quería reunirme con usted para ver dos cosas. Una, la posibilidad de paralización del derribo del faro de Cabo de Gata, que, como bien sabe, en su día fue parte indispensable de este territorio y, además, según consta en los informes, es el primer faro del que hay registros en toda la comunidad. Al margen de esa cuestión, ver la posibilidad, si tristemente siguen adelante con el derribo, de dejar a mi alumno, al menos, poder despedirse de aquel lugar.

El señor Ramírez me miraba por encima de sus gafas y observó los papeles que había traído donde se detallaban términos como el año de construcción del faro, el turismo que atrajo en los primeros años desde su instalación y una carta que Hugo había escrito a mano pidiéndole, por favor, que detuviera el derribo.

—Mire, entiendo el ímpetu de ese chaval alumno suyo por querer detener este proyecto, más si cabe al ser tan importante emocionalmente ese faro para él. Pero sabe que, cuando se trata de construir, no podemos hacer mucho más al haber tanta inversión de dinero encima de la mesa. El hotel que levantarán en su lugar tendrá una capacidad de más de doscientas habitaciones, dará trabajo a más de setenta y cinco personas y creará una iniciativa de turismo sin precedentes, nunca antes vista en la comarca. Todo el complejo está previsto realizarse en menos de un año. Por ello le aseguro que la primera de sus cuestiones está completamente resuelta. El hotel se construirá, señor Beltrán.

—¿Y es imprescindible demoler el faro? —le pregunté—. Quizá podrían construirlo alrededor en vez de tirarlo abajo.

—No es el deseo de los arquitectos. Comentaron que les estorbaba y que hacía sombra para los visitantes que quisieran disfrutar del sol en sus apartamentos.

Aquello era un sinsentido.

—Ya veo... ¿Cuándo comenzarán las obras?

—Imaginé que esa iba a ser una de sus cuestiones y, mire, he buscado entre los informes y he encontrado esto —dijo extendiéndome un papel, era un calendario de diferentes colores que empezaba en el mes de enero del año que viene—. Como ve aquí, la fase cero comienza el próximo enero. Ahí se pondrá en marcha la viabilidad del terreno, se procederá a regularizar el suelo para que no haya movimientos de tierra y se harán comprobaciones hasta mediados de febrero, y el siguiente paso, como ve aquí, es el derribo del faro antiguo, que, según la planificación de la propia constructora, se completaría a lo largo del mes de marzo.

—Marzo —repetí—. ¿Y sobre lo segundo? —pregunté sabiendo que la primera de las opciones estaba completamente perdida.

—Lo de que el chaval pueda subir al faro es casi aún más difícil. Verá, a ese faro lleva sin subir nadie desde hace más de diez años, las condiciones en las que se encuentra la edificación y su estructura son bastante peligrosas. No puedo jugarme el puesto por que un chaval suba ahí arriba y le pase algo, se nos caería el pelo a usted y a mí. ¿No le vale con estar en el mismo terreno? ¿Debe subir sí o sí?

—Imagino que, de algún modo, al subir podría despedirse. Piense que su padre se ahogó justo delante de ese faro.

—Está complicado, se lo aseguro. La única forma que se me ocurre —el señor Ramírez comenzó a hablar más flojo— es que consiga las llaves antes de que lo derriben, aquí no guardamos ninguna copia, pero, por lo que tengo entendido, hay dos que el propietario legó a sus hijas: Azucena y María.

—A una ya fuimos a verla, señor, vivía en Níjar. —Él se sorprendió entonces—. Como le digo, hemos intentado todo, pero no nos quiso ayudar.

—Azucena es la más testaruda, se lo aseguro. Es la hija que ya firmó el contrato de venta. Estuvimos con ella aquí mismo el día de la firma. Faltaba su otra hermana, que no vive aquí, sino en Madrid. No quiso venir todavía y nos pidió algo más de tiempo para decidir.

—¿En Madrid? —pregunté extrañado.

—Sí. Se fue hace años y, por lo que tengo entendido, firmará el contrato de venta a lo largo de estos meses. Su relación con su padre y con aquel lugar era más estrecha que con su hermana.

—¿Sabe su teléfono? Podríamos intentar conseguir las llaves en estos meses que todavía nos quedan hasta que empiecen las obras.

—Ni nosotros mismos lo tenemos. No la hemos visto nunca. Todo pasa a través de su hermana, Azucena, ya que es la que tiene estudios. Y, como le he dicho, con ella es imposible, ya que lo único que quiere es que esto se resuelva cuanto antes y poder, seguramente, marcharse de aquí con el dinero que recibirán las dos.

—¿Y cómo podemos encontrar a su hermana María? ¿Se le ocurre alguna manera?

—Ya le he dicho todo lo que sé, señor Beltrán, en esta administración solo damos luz verde a los proyectos. Lo demás es cosa de los propietarios y las empresas hoteleras. Mire, en este punto, creo que lo mejor es que su amigo pase página y, aunque sea doloroso, con el tiempo podrá cicatrizar la herida. Lamento no poder ayudarlo más…

—Lo entiendo, de verdad, muchas gracias igualmente.

No había mucho más que hacer. Me levanté y el señor Ramírez me acompañó a la puerta, su secretaria también se despidió y nos deseamos unas felices fiestas. Miré mi teléfono y tenía un SMS de Hugo donde me preguntaba cómo había ido la reunión. Y otro de Cayetana con temas de la boda. Entré en la conversación con Hugo y le contesté:

Gael
10.22

Hola, Hugo, acabo de salir de la reunión con la
Comisión de Faros de Andalucía.
No hay muy buenas noticias… ¿Quedamos en un rato y
aprovechamos para despedirnos?

Hoy vuelvo a casa con Cayetana
hasta después de vacaciones.

Un abrazo.

Guardé el teléfono y fui hasta la calle de atrás del edificio donde había aparcado el coche. Me subí y justo al arrancar mi móvil se encendió al recibir la contestación de Hugo.

Hugo
10.31

Lo imaginaba…, pero había que intentarlo. Y no sabes cuánto te lo agradezco.
No quiero quitarte más tiempo si estáis ocupados planeando la vuelta a casa, pero al menos sí me gustaría que nos diéramos un último abrazo antes de que termine el año.
Hoy entro a trabajar a las tres en el restaurante.
¿Nos encontramos en un rato en el faro?

Sonreí al leer su mensaje. Pero sobre todo al saber que era una persona que, a pesar de que la vida se empeñara en no sonreírle, él sí que quería sonreírle a la vida. Estos días, al terminar mi clase, habíamos estado hablando de diferentes escuelas de cine de Madrid a las que Hugo quería optar después de hacer la selectividad. Y hubo una que realmente lo fascinó. Lo veía emocionado y centrado en eso y me di cuenta de que no solamente estaba en su vida para pasar el rato y besarnos de vez en cuando, sino que además podía aconsejarle y servirle de ayuda en algunos momentos.

Gael
10.35

Me parece perfecto. Estaré allí en media hora.
No quiero verte triste.

Aceleré y puse en el navegador la dirección del faro. Encendí la radio y en ese momento volvió a sonar la canción de La Oreja de Van Gogh que seguía siendo número uno desde el día que salió y que a Hugo le encantaba. Con los acordes de «Apareces tú», regresé hacia Cabo de Gata. Pensé en que hoy volvía a casa por Navidad, con Cayetana, y en estas semanas terminaríamos los preparativos de la boda. En parte tenía muchas ganas, pero a la vez pensaba en que echaría de menos a Hugo y nuestras escapadas por las playas a simplemente hablar frente al mar mientras caía el atardecer. No tardé en llegar al faro de Cabo de Gata, aparqué el coche al principio del sendero y caminé hacia arriba siguiendo el camino de flores que terminaba en la puerta del faro. Miré hacia el cartel que decía PROPIEDAD PRIVADA y vi como Hugo ya había pasado por el hueco de la verja. Estaba sentado frente al faro, sonreí nada más verlo y me acerqué hasta él. Miraba hacia arriba como deseando que alguien le diera la llave para abrir esa puerta que lo separaba de poder despedirse de su padre.

—¿Cuándo ocurrirá? —me preguntó nada más verme.

—Marzo —dije.

Hugo se frotó los ojos rojos, pues seguramente había llorado. Suspiró y bajó la mirada.

—Eso es… dentro de nada.

—Lo siento mucho, Hugo…

—Lo hemos intentado —me dijo—. ¿Sabes?, hubo un momento en el que creí que podríamos conseguirlo. Que me dejarían estar aquí el tiempo que quedase hasta que lo fueran a tirar abajo y que podría intentar que se iluminara una última vez en su honor.

—Yo también pensaba que podríamos conseguirlo —dije mientras me sentaba a su lado—, pero ya no podemos hacer más. He dedicado tiempo y esfuerzo a intentar encontrar la manera, escribí cientos de correos y conseguí hasta una cita con la Comisión de Faros de Andalucía, y tampoco ha servido de nada. Yo… no puedo dedicar más horas a esto, no llego a tiempo de entregar los exámenes, tengo que volver al trabajo y esta misma tarde regreso a Madrid, están los preparativos de la…

—Lo sé, Gael. De tu boda. Y, de verdad, no quiero entorpecerte más, sin ti no hubiera conseguido nada.

Hubo algo en él que me hizo ver que no estaba triste, al contrario, me hablaba con una sonrisa después de saber que todo había acabado. Que el faro en cuestión de días sería escombros.

—Hemos estado cerca de conseguirlo.

—Creo que hemos conseguido otras cosas quizá hasta más importantes.

—¿Como qué?

Me miró entonces y fijó su mirada en el mar.

—Me has hecho ver que muchas veces en la vida podrás intentarlo todo y ni con eso bastará para lograr lo que quieres. Pero que, si echas la vista atrás y observas los momentos que has ganado por el camino, quizá te das cuenta de que mereció la pena. Que los momentos que hemos pasado juntos mientras buscábamos cómo encontrar la solución han sido preciosos. Fíjate —dijo sonriendo—, te observaba delante del ordenador intentando buscar más información y sonreía al descubrir tus manías; me encanta cuando te muerdes el labio inferior al acercarme a ti, porque te pones nervioso. O tu manera tan peculiar de ordenar la ropa y los libros, por colores.

Lo miré, estábamos solos en aquel lugar tan especial ya no solo para él, sino que también lo era para mí. Estos días en los que Cayetana había estado en casa me escapé varias tardes a correr y vine a este sitio a respirar. Pude sentirme en paz. Me mordí el labio porque realmente estaba nervioso, Hugo hacía que se me tambaleasen todas las cosas que tenía claras antes de llegar y verlo.

—No sé muy bien qué decir.

—Entonces simplemente —Hugo se acercó a mí ahora, muy despacio, me rozó la nariz con la suya y cerró los ojos— no digas nada.

Y después nos besamos muy lentamente, como si tuviéramos toda la vida por delante y aquel lugar fuera el refugio de nuestro cuento perfecto. Aquel beso duró un segundo y a la vez una eternidad.

—Cuídate, ¿vale? —le dije mientras lo miraba y nos levantamos los dos para despedirnos y, al hacerlo, sentimos como el aire corría tanto ahí arriba que costaba mantenerse firme. De alguna manera, sentí que nos empujaba a abrazarnos. Los dos nos miramos unos segundos y abrí mis brazos para coger a Hugo, que me apoyó la cara en el pecho.

—Te voy a echar de menos, Gael —me dijo—; estos días y después.

—Y yo a ti, Hugo. —Miré de nuevo al faro, ya que, posiblemente, la próxima vez que viniéramos ya estaría todo vallado, con máquinas de obra, operarios, albañiles, etc., y no nos permitirían el paso—. Aprovecha estos días para venir aquí a escribir, después de enero quizá no podamos acercarnos.

Él asintió. El viento nos rodeaba y abrazaba bajo el faro mientras el año llegaba a su fin. En aquel lugar, a los pies de ese faro, sentí que llegaría un día, dentro de no muchos meses, en que tendría que decirle adiós. Un adiós para siempre que significaría un punto y final a una historia de dos personas que se encontraron sin buscarse, pero cuyo tiempo compartido merecería la pena.

HUGO
EL HOY

31 de diciembre de 2007
Faltan 233 días para el final de nuestra historia

—¡Feliz 2008! —El presentador de la televisión y su compañera gritaban en directo mientras la Puerta del Sol de Madrid se inundaba de gritos y celebraciones. Mi madre y yo habíamos terminado de comernos las uvas a tiempo y sonreíamos a la vez que brindábamos. En la esquina del salón, nos acompañaba el pequeño árbol de Navidad que ya estaba un poco raído por el paso de los años. Algunas bolas se habían perdido, otras estaban descascarilladas por caerse, pero mi madre y yo siempre lo montábamos con toda la ilusión del mundo. Habíamos cenado los dos solos y habíamos servido, como cada Nochevieja, una copa más de sidra que nadie se bebía y que estaba en el lugar donde siempre se sentaba mi padre.

—Feliz año, hijo —dijo mi madre mientras me daba un abrazo.

—Feliz año, mamá.

Los fuegos artificiales comenzaron a oírse en los alrededores de San José y también por Cabo de Gata. Esa tarde me había sentado en mi habitación y había hecho una lista de cosas que quería cumplir este 2008 que empezaba. Una de ellas era «Conseguir una plaza en la Escuela de Cine de Madrid», otro de los propósitos o deseos era «Tener más paciencia conmigo mismo y con la gente que me rodea, no perder los papeles tan pronto y cuidar las formas con la gente que me quiere». Y en último lugar había anotado algo que me había costado mucho, pero que sabía que sería muy importante tener presente: «Dejar ir».

Necesitaba dejar ir a algunas personas que, a pesar de que eran o habían sido importantes para mí, ese año era el momento de dejarlas marchar. Aunque sabía perfectamente que eso me marcaría, también me daba cuenta de que era el momento para dejar atrás aquello que me hacía reabrir heridas o no dejar que aquellas que estaban cicatrizando curasen del todo. Aquel sería el año en el que dejaría ir a Javi, mi expareja. También el momento en el que comenzaría a despedirme de Gael, sabiendo que en pocos meses tendríamos que decirnos adiós, y, sobre todo, era el momento de despedirme de mi padre, al que siempre tenía presente, pero que, con la demolición de su faro, también debía ir dejándole marchar.

—¿A qué hora viene el padre de Celia a por ti? —preguntó mi madre mientras recogíamos de la mesa lo poco que quedaba del postre: turrón duro y blando, almendras garrapiñadas, mazapanes…

—Hemos quedado a y media. Voy a terminar de prepararme, ¿vale? —dije dándole un beso.

Celia, Jonathan y yo habíamos reservado entradas para todos en una fiesta de fin de año que se iba a celebrar en el puerto de Almería, en una discoteca muy grande que solo abría en ocasiones especiales y que estaba justo delante del mar. También vendrían nuestros compañeros de clase y algunas de sus parejas. Me lavé los dientes, me puse colonia y agarré mi chaqueta y mis llaves. Le di un beso a mi madre y me pidió que tuviese cuidado. Me apoyé en la esquina de casa con el teléfono mientras llegaba el coche de Celia junto con su madre. Fui mirando los SMS que recibía y de vez en cuando se escuchaban los petardos; algunos de los vecinos que conocía de las casas de al lado se subían en sus coches para salir de fiesta seguramente. El color de los fuegos artificiales llenaba el cielo de Cabo de Gata. Todos los mensajes que recibí eran felicitándome el año: uno de mis tíos de Granada, algunos de mis compañeros de cuando jugaba al vóley, iba contestando mientras me fumaba el cigarro y echaba el humo por la boca. Sentía que con Gael las cosas habían cambiado desde que ocurrió lo de Cayetana. Me metí en su chat y vi los cuatro mensajes que le había enviado estos días contándole un poco de todo y de los que no obtuve respuesta alguna. Cogí aire y pulsé la tecla de llamada. Un tono. Dos tonos. Y después el sonido de cuando alguien te cuelga. Sonreí de rabia de saber lo que aquello significaba cuando, al fondo de la calle, las luces de un coche me iluminaron por completo. Eran Celia y su madre. Me subí y madre e hija me felicitaron el año. Celia iba guapísima y con un maquillaje negro superbonito. Empezaron a contarme cómo había ido la cena, habían venido sus abuelos, sus doscientos primos y hasta que su padre casi se ahoga tomándose las doce uvas. Mientras me contaban todo eso entre risas, yo miraba por la ventana del coche con la cabeza apoyada en la ventanilla. Si cerraba los ojos, me imaginaba a Gael, con traje y camisa en aquella gigantesca mansión familiar, padres, hermanos, todos estaban allí, ellos fumaban puros, ellas se servían otra copa de champán y aprovechaban para contarse todo lo que se habían permitido comprar estas Navidades. Gael se sentaba al lado de ella y la besaba, y todo estaba bien. Nunca nadie de ellos sabría lo que ocurrió en realidad aquella noche de verano de 2007 y, en aquel momento, supe que a medida que pasara el tiempo los dos nos iríamos olvidando el uno del otro, dejándonos ir para permitir que todo volviese al lugar donde estaba y hacer como si, por un momento, no hubiera ocurrido nada. Cerré los ojos y mi móvil vibró tras recibir un SMS. Vi su nombre y el corazón se me aceleró.

Gael
0.37

Te pienso.
Feliz Año Nuevo, Hugo.

GAEL
EL MAÑANA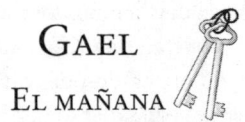

Un tono. Dos tonos. Imagino que estará terminando de peinarse, ya que la semana pasada había hecho las pruebas del peinado y tenía hora para hoy muy temprano. Miro el teléfono y entonces escucho su voz al otro lado.

—Buenos días, amor.

Suena tranquila, pero a la vez llena de nervios, al igual que yo.

—Hola, cielo.

—Qué raro es esto, Gael —me dice ella riéndose—. Estoy rodeada de peines, secadores y planchas, he pedido que paren para poder oírte.

—Disculpa, no quiero entretenerte, era solo para...

—No te preocupes. Me calma escucharte. No he podido pegar ojo en toda la noche.

—Yo tampoco.

—¿Ya está contigo toda tu familia?

Miro a mi alrededor, ahora la habitación se encuentra completamente vacía.

—Sí. Han llegado todos hace un rato para despertarme. Mis hermanos, mis padres, ya sabes...

—A mí me esperan todos en casa. Mis amigas me ayudarán a vestirme para que salgan también en el reportaje.

—Seguro que estarás guapísima. Como siempre.

—Y tú, amor. Estoy deseando verte.

Miro el reloj. Son apenas las diez de la mañana.

—Bueno, te dejo que sigas, ¿vale? Te espero en el altar.

Cayetana se queda en silencio.

—Perdona.

Su voz es de completa emoción.

—No… No llores, cariño.

—No. Ya está, ya está —dice ella ahora riendo—, es simplemente que he recordado cuando éramos unos críos y nos llamábamos al teléfono fijo. Y míranos ahora, a punto de darnos el sí quiero. Ha pasado toda una vida.

—Y todo lo que vendrá, amor.

—Te quiero mucho, Gael.

Yo miro al frente, donde toda la ciudad ya está en marcha. Al fondo, puedo ver cómo despegan algunos aviones del aeropuerto de Madrid. Y en ese momento sé que él cogerá uno de esos horas después y ya no habrá vuelta atrás.

—Y yo a ti, Cayetana.

SEGUNDA PARTE

El mayor acto de amor es dejar ir

GAEL
EL HOY

6 de enero de 2008
Faltan 227 días para el final de nuestra historia

—¿Estás lista, mi amor? —le pregunté a Cayetana.

—Te he dicho que me falta el reloj y estoy, joder —replicó desde el vestidor.

Yo miraba el gran árbol de Navidad que había montado Flora, tal y como le encargó Cayetana. Un abeto de casi dos metros lleno de bolas y figuritas. Hoy comíamos en casa de mis padres junto a mis hermanos y sus parejas. Flora se encargaba, junto con un poco de ayuda, de preparar el gran pavo al horno que era tradición en casa desde hacía años en el mediodía de Reyes. Agarré el abrigo y esperé a Cayetana en la puerta.

—Toma —me dio las llaves del coche a mí—, conduce tú, que tengo que enviar unos emails.

Bajamos al garaje y arranqué el coche para salir a pleno paseo de la Castellana. En estas fechas la ciudad se convertía en un fluir de gente que había venido a pasar el fin de año y las fiestas a la gran ciudad. Todo era un hervidero de turismos y taxis que me hicieron pensar en cuando conducía por el cabo de Gata y, muchas veces, durante algún trayecto a ciertas calas, no me cruzaba con nadie.

—Mañana te marchas, ¿no? —me preguntó Cayetana mientras se miraba en el espejo de la visera del coche.

—Sí. Pasado mañana vuelvo al trabajo.

Cayetana suspiró y subió la visera de nuevo.

—Si quieres, podría ir a verte otra vez en febrero o marzo. Estoy hartándome de estar tanto tiempo sola. Todavía tengo algunos días de vacaciones…

—No te preocupes, lo vamos hablando, ¿vale? Además, quizá puedes irte con algunas amigas de escapada… Bueno, seguro que te tienen montadas varias despedidas de soltera. Vas a estar entretenida, ya verás. Estos meses voy a estar cargado de trabajo con las evaluaciones y preparando las últimas clases antes de la selectividad, así también puedo despedirme del instituto y de mis compañeros y no sentir que te estoy dejando sola en casa —dije haciendo referencia a los días de diciembre que pasó conmigo.

—Ya veré entonces —respondió seria.

—¿Tienes ganas de la prueba del vestido? —le pregunté para cambiar de tema—. Es ya la semana que viene y no queda apenas nada para la boda.

—Estoy nerviosa, emocionada, feliz, asustada. Es una mezcla tan inexplicable. ¿Tú ya fuiste al sastre a que te cogiesen medida, verdad?

—Sí. El otro día. Me acompañó Bosco.

Había sido la tarde del miércoles, pedí a mi hermano que me acompañara.

Cogimos el desvío en La Moraleja donde el jefe de seguridad de la entrada me reconoció al instante y me saludó enérgicamente. Minutos después llegamos a la casa de mis padres, todos los coches de mis hermanos estaban aparcados en el patio delantero. Me di cuenta de que algunos de ellos eran nuevos, grandes todoterrenos para todos los sobrinos nuevos que habían llegado a la familia. Cayetana y yo entramos de la mano y Bruno, que también trabajaba en la casa desde hacía unos años, nos cogió los abrigos.

—¡Tete! —exclamó el pequeño Borja, el hijo de mi hermana Olivia.

—Pero, bueno, cómo es que has crecido tanto ya.

Cayetana abrazó a mi hermana y desde la entrada vi como mi padre bajaba las escaleras.

—Ya están aquí los últimos. Vamos, vamos todos a la mesa.

—Hola, padre —dije acercándome a él.

—¿Cómo estás, hijo? —me preguntó—. Luego tengo que hablar contigo, la otra tarde estuve en una cena y coincidí con el director del instituto Los Montesinos, el nuevo centro que abrirá aquí en La Moraleja. Tienen la mayoría de los puestos cubiertos, pero todavía están en busca del que será jefe de estudios. Quieren a alguien que sea joven y con grandes ideas, pero, sobre todo, alguien de la más estricta confianza que entienda qué tipo de alumnado llegará al centro. Les dije que tú eras perfecto para el puesto, que actualmente te habías ido a enseñar a Almería, pero que tu intención era volver. Y que, además —ahora empezó a hablar más bajo todavía—, te casarías con la hija del señor Mariano Herráiz. Me comentaron que, por favor, tengáis un encuentro antes de regresar a Almería. Esta es su tarjeta, llámalo cuando tengas un momento.

—Yo…, no sé qué decir, papá. El grupo Montesinos es un referente en la enseñanza de este país. De ahí han salido médicos, investigadores, escritores. Tenía pensado optar a algún centro de por aquí, por la carta de recomendación de mi jefa de estudios de Cabo de Gata, o ir de colegio público en colegio público…, no sé muy bien qué decir…

—Hijo, entiendo que quisieras buscarte tú mismo el camino, y lo has hecho, has conseguido tu trabajo como profesor allí, Nos has demostrado tanto a tu madre como a mí que puedes con todo. Ella apostó a que no aguantarías ni tres días en un colegio como al que te habían enviado. Pero, Gael, a todos tus hermanos hemos tenido que echarles una mano para que pudieran estar un poco mejor, y no pasa nada. Y a ti te la debía por haber trabajado a mi lado en el banco estos últimos años.

—Eso significaría que tendría que volver.

—¿Y acaso no quieres? Piensa en que no puedes estar tan lejos de Cayetana, hijo. Y menos ahora, con la boda al caer, es mucho mejor que termines el curso y regreses a casa. Un Beltrán de Castro como tú, siento decirlo así, hijo —subió ahora el tono—, no puede andar en un colegio como ese, con tan poca clase. Debes aspirar a más, siempre a más. Es lo que te he enseñado desde pequeño.

—Ha sido difícil, sobre todo el estar lejos de casa, pero al final también necesitaba salir para valorar todo lo que dejaba aquí. He tenido tiempo para pensar en muchas cosas, pero es cierto que ahora debo centrarme en el futuro, en mi futuro con Cayetana.

—Por supuesto que sí, hijo. Venga, vamos a brindar por todo lo grandioso que viene y esta semana, cuando tengas un rato, acuérdate de llamar a Federico, está avisado de que lo llamarías para que pudierais comentar la propuesta.

—¿Sabías que iba a decir que sí? —le pregunté sorprendido.

—Sería de necios decir que no.

Juntos fuimos hasta el gran cenador acristalado y acondicionado donde solíamos celebrar las comidas o cenas familiares. A través de los cristales entraba toda la magnífica luz, estaba precioso decorado gracias al buen gusto de mi madre. Atravesamos el salón, rodeado de alfombras y obras de arte que colgaban alrededor de todo el espacio. Paisajes bucólicos y retratos de aristócratas del siglo XVII que tanto emocionaban a mi padre. La mesa estaba espléndida, con centros de mesa de flores naturales, peonías y orquídeas. La vajilla era de porcelana fina y en tonos azules, seguramente obra de la marca Wedgwood Florentine, una de las favoritas de mi madre. Y la cubertería brillaba justo encima de las servilletas de lino. Cada uno de nosotros teníamos un cartelito con nuestro nombre escrito en pluma para saber dónde sentarnos. Me acerqué a saludar a mis dos cuñadas, que aprovecharon para preguntarme por mi paso por el instituto de Cabo de Gata; les conté que allí las cosas eran muy distintas, que los alumnos eran magníficos, pero que la mayoría de las familias se dedicaban al campo y que gran parte de ellos se quedarían allí para seguir con la tradición de cultivar en los invernaderos.

—¿Y cuánto tarda en llegar el AVE, Gael? —me preguntó Vero, la mujer de mi hermano Fernando.

—No hay AVE, Verónica. Puedes ir o en coche, o en avión. A mí me gusta conducir, por el rato que paso en la carretera con música y demás.

—Qué vulgaridad, que no haya alta velocidad.

—¿Corte Inglés sí que habrá, no? —preguntó Fernando. Lo miré.

—Si lo hay, no lo he visto…

Verónica soltó una carcajada.

—Caye —dijo Verónica ahora—, ¡tráetelo en cuanto puedas antes de que se le peguen cosas de allí!

Cayetana se rio junto con su cuñada.

—Pues hay unas calas preciosas. Y para bucear. Y dar un paseo hasta el faro de Cabo de Gata es algo espectacular.

—Yo es que donde esté nuestro barquito en Menorca…, ¿verdad, Fer? —dijo ella poniendo el brazo por encima a mi hermano—. Que se quiten los faros esos inservibles. ¡Son un estorbo para las fotos!

—Bueno, teniendo en cuenta que la gran mayoría son patrimonio histórico y que fueron indispensables para la orientación de los barcos que navegaban y navegan todavía por nuestros mares…

—No empieces, Gael. Qué plasta —dijo Cayetana.

—Va, va —añadió mi otro hermano Bosco—. ¿Somos conscientes de que en unos meses estaremos asistiendo a la boda de estas dos personas tan maravillosas? —dijo alzando la copa—. Brindemos, familia. Por todo lo bonito que nos espera este 2008.

—Por Caye y Gael —dijo ahora Verónica guiñándole un ojo a Cayetana.

—¡Por vosotros! —se sumaron mi madre y mi padre elevando la copa.

Miré a Cayetana, que sonreía, la fui a agarrar de la mano y me la separó al momento para después ponerme su cara agria porque decía que tenía los dedos muy secos. Los platos comenzaron a desfilar por la mesa, entrantes, jamón de bellota, ostras, percebes, un poco de caviar para cada uno…, abrieron al menos tres botellas de vino que tenía mi padre guardadas en la vinoteca para ocasiones especiales como esta. No nos desveló el precio porque dijo que eso era una vulgaridad, pero Bosco me susurró al oído que rondaban los dos mil euros cada botella. Cayetana estuvo contando cómo habíamos organizado las mesas y me dejó un poco de lado porque recalcó que casi no la había ayudado en la organización de la boda. Todos estaban deseando que llegase el día y todavía seguían alucinando con que nos hubieran concedido la catedral de la Almudena. Justo cuando nos retiraron el plato principal para traernos los postres, me acerqué al sitio de mi madre.

—¿Oye, y Flora? —le pregunté.

—Está en la cocina, ya sabes que cada vez está más mayor. Nos daba miedo que sirviese la comida y se le cayese algún plato o, lo que sería peor, las botellas de vino de tu padre —dijo suspirando—. Le hemos dicho que se encargase de fregar y preparar las habitaciones de arriba por si alguno de vosotros os quedabais a dormir. Ha preguntado mucho por ti a lo largo de estos días.

Dejé la servilleta encima de la mesa y le di un beso a Cayetana.

—Enseguida vuelvo.

Salí de la parte del comedor y caminé por la casa, entré en la cocina para saludar a los demás. Al abrir me encontré a las personas del servicio. Bruno estaba con Gracia, la chica joven que habían contratado mis padres para que sustituyese a Flora.

—¡Señor! —exclamó Bruno de nuevo nada más verme—. ¿Falta alguna cosa? Enseguida serviremos el postre.

—Hola, Bruno. No, no es eso. No te preocupes, todo está precioso.

—Y que lo diga. La señora de Castro tiene un gusto impecable.

—Quería ver a Flora. ¿Sabes dónde está? —pregunté.

Me sonrío.

—Cuánto lo adora Flora a usted. Está en su habitación, ha subido a terminarla hace nada.

—Muchas gracias.

Me dirigí hacia la entrada y miré hacia arriba a través de las escaleras centrales. Eran de mármol blanco y en la pared, mientras subía escalón a escalón, vi fotografías que mis padres habían colgado: de las bodas de todos mis hermanos, de veranos en familia en Menorca o Ibiza… También vi un marco de madera completamente vacío. Y supe de inmediato lo que eso significaba, y es que aquel portafotos tenía el nombre de Cayetana y mío para el día de nuestra boda. Sonreí y lo rocé con las manos para equilibrarlo y ponerlo recto. Me dirigí hasta mi habitación y allí estaba ella, limpiando el polvo de algunos de mis libros y cuentos infantiles que se encontraban sobre mi estantería.

—Es como si no hubiera pasado el tiempo —le dije nada más entrar.

Se giró y al momento vino corriendo a darme un abrazo.

—Mi niño —exclamó entre mis brazos.

Sus arrugas en el rostro, fruto de todos los años vividos, su cadena de oro colgando de su cofia, el uniforme que mi madre la obligaba a llevar y su pelo recogido, tan característico de ella.

—Recuerdo perfectamente cuando venías a veces a contarme algún cuento antes de irme a dormir. Mis padres siempre estaban liados con alguna cena o en alguna gala importante.

—Te los leía todos. Pero tu favorito siempre fue *Peter Pan*. Querías que te lo leyese noche tras noche.

—Quizá no quería crecer…

—¿Ya habéis terminado de comer? —preguntó—. Quería bajar a saludar, pero tu madre no me deja todavía hasta que no acabe el turno de limpieza.

—Baja y damos un paseo por el jardín —dije—. ¿Te apetece?

Entonces sonrió y volvió a abrazarme.

—Vamos, antes de que terminen de comer y venga tu madre a buscarme.

Juntos bajamos las escaleras deprisa, como si fuéramos dos pequeños rebeldes, salimos por la puerta principal y nos fuimos a la parte de atrás de la casa, donde contábamos con un gran jardín alrededor de la piscina donde habíamos pasado tantos veranos.

—¿Qué tal estás? —me preguntó.

Íbamos de la mano, ella me las miraba y acariciaba con sus dedos.

—Todo va bien, he vuelto a casa, todos están emocionados con la boda, tuve las pruebas del traje la otra tarde. Y en cuestión de unos pocos meses llegará el día, Flora.

—¿Y tú, estás emocionado?

Me quedé callado durante un par de segundos. El cielo completamente despejado de Madrid se dejaba ver entre las ramas de los árboles del jardín.

—Es una sensación extraña, sé que voy a dar uno de los grandes pasos de mi vida. Pero todavía… Todavía no me he hecho a la idea.

—¿Y qué tal llevas —Flora en ese momento se giró para percatarse de que nadie nos escuchaba— lo de aquel muchacho que conociste?

—Hugo —dije sonriendo—. ¿Sabes? Nos hacemos tanto bien cuando nos encontramos y simplemente hablamos. Nos gusta pasear, ver el atardecer, bucear. Siento como que, cuando paso un rato con él, todo es calma. Tranquilidad. Y también paz. Pero creo que cuanto antes vayamos despidiéndonos más fácil será decir adiós.

—¿Crees que es ya la hora?

Asentí. Y en aquel momento nos detuvimos y Flora se puso frente a mí.

—Por el bien de todos, debo dejarlo ir. Él tiene que centrarse en intentar conseguir su beca, en despedirse de su padre y de aquel lugar que es importante para ambos, además del viaje de fin de curso que le espera junto a sus amigos. Yo, simplemente, estaré viéndolo conseguir todo desde un lado.

—Y te alegrarás por él.

—Mucho. Ese chaval se merece todo lo bueno —dije sonriendo.

—Nunca me has dicho qué lugar era especial para él y también para su padre.

—Pues es un antiguo…

—¡Flora! —exclamó Bruno saliendo al jardín—. Te necesitamos dentro.

Flora miró a Bruno ladeada para poder verlo en la puerta de atrás de la casa.

—Tengo que irme…, ¿vienes? —me preguntó agarrándome la mano.

—Ve tú, tengo… Tengo que hacer una llamada.

Me sonrió porque imaginé que entendió a quién iba a llamar. Busqué su nombre, ya que solamente nos habíamos intercambiado dos mensajes desde que me marché de Almería. Sonreía como un idiota mientras sonaba el primer tono. Me puse nervioso cuando escuché el segundo. Y deseé con todas mis fuerzas oír su voz cuando llegase el tercero.

—Gael.

Su voz. Mi nombre pronunciado por él. Nuestro secreto bajo llave.

—Hugo —dije sonriendo al suelo como un auténtico estúpido.

—¿Qué… Qué tal estás? —Estaba nervioso y se le notaba. Pero yo también lo estaba.

—Bien, todo bien. Estoy en el jardín de casa, he salido aquí a tomar un poco el aire y, bueno, simplemente quería escucharte.

Noté como se reía al otro lado.

—Por aquí todo sigue igual, estos días he ido a caminar al faro, a despedirme de alguna manera. Mi madre me acompañó una tarde, quería volver a dejar flores allí antes de que lo derribasen. Fue un momento bastante emocionante y especial para los dos. He visto el amanecer en la playa a la que te llevé por última vez y he cogido algunas conchas que había en la orilla. Te he guardado unas pocas por si las querías para tu casa.

Yo sonreía sin parar solo con escucharle. Y me di cuenta de tantas cosas.

—Las querré todas, Hugo.

—Un día podríamos ir a bucear juntos, estos días quiero tener la cabeza ocupada para intentar no pensar. ¿Sabes que hay unas conchas que brillan bajo el agua y que son como pequeños tesoros? Hace tiempo que no encuentro ninguna, pero, cuando era pequeño, iba al arrecife de las Sirenas con mi padre y veíamos un montón.

—Estoy deseando volver para hacer ese plan y todos los que nos queden, ¿lo sabes, no? —le dije.

—Te noto… Te noto más ilusionado —respondió—, y eso que no te estoy viendo.

Miré a mi alrededor. El sol cruzaba entre las ramas de los árboles y me iluminaba los ojos, el *golden* de mis padres correteaba alrededor jugando con su pelota y sentí que en aquel momento todo empezó a encajar, poco a poco. Me di cuenta de que estos días había estado perdiendo el tiempo en cenas con amigos en común en los que cada minuto que pasaba me preguntaba qué hacía allí, debatiendo cosas absurdas de gente rica. Cada día de esta semana, me había sentido fuera de lugar, motivo por el que Cayetana también se había enfadado y me había dicho que no participaba en las cenas ni en las comidas con la gente con la que nos encontrábamos, pero realmente es que no tenía nada que decir. Tan solo me limitaba a comer y a pensar en que mi lugar no estaba allí, sino exactamente a 568 kilómetros.

—Ahora mismo, Hugo, lo estoy. Lo estoy de verdad.

—¿Cuándo vuelves?

—Mañana, llegaré para el atardecer.

Se quedó callado.

—Al día siguiente tenemos clase…

Y supe por dónde iba.

—Podríamos dormir juntos…

Sonreí y me imaginé en mi cama junto a él.

—Hugo… —le dije riéndome.

—Otra vez será —respondió con un tono más entristecido.

—Pero que sepas que me encantaría abrazarte como la última vez.

—A mí también. Nos vemos el lunes, Gael.

Volví adentro y en uno de los espejos que había en el pasillo antes de llegar al salón me vi con una sonrisa de oreja a oreja, los ojos me brillaban y me morí de ganas por despertarme al día siguiente y marcharme a Almería para aprovechar el poco tiempo que nos quedaba juntos. El uno con el otro.

Nos despedimos de mi familia y mi padre me volvió a recordar que llamase al director del grupo Montesinos. Mi madre me estrechó los mofletes y me dijo que me cuidara y comiese mejor, que, si tenía que contratar a alguien para que me preparase la cocina, ella se podía encargar de buscarla, pero le dije que no, que me apañaba bien solo. Abracé a mis sobrinos y les dije que nos veríamos pronto y que no crecieran tan rápido; después me despedí de mis cuñadas y por último le pedí a Cayetana un minuto para decirle adiós a Flora. Ella suspiró y se dirigió al coche mientras tanto. La encontré en la cocina, terminando de fregar los platos sucios de la comida.

—¿Me das un último abrazo? —le pregunté de sorpresa.

Me sonrió y se secó las manos con el paño que tenía al lado.

—Te daría todos los abrazos que la vida me dejase —dijo con los ojos llorosos.

—Gracias por darme siempre los mejores consejos —respondí intentando no emocionarme—. Tengo miedo de todo lo que pueda pasar.

—Mírame —exclamó entonces cogiéndome fuerte de los brazos—. Una vez, mi padre me dijo una frase que todavía hoy sigo recordando. Gael, vive todas las vidas que puedas en una sola. Vive experiencias, disfrútalas, agárralas con los dedos como si fueran polvo de estrellas. Cuando te quieres dar cuenta… —se miró las manos y se llevó las mías a la cara—, cuando te quieres dar cuenta, ya no te queda tiempo y piensas en todo aquello que no podrás vivir.

—Vive todas las vidas que puedas —repetí agarrando sus manos.

—Eso es, mi niño —dijo ella sonriendo. En aquel momento, una lágrima cayó del rostro de Flora y de inmediato se secó con el pañuelo que tenía en el bolsillo.

—No llores, Flora. Por favor.

El sonido de la puerta de la cocina nos sorprendió. Se trataba de mi madre.

—¡Gael! —exclamó—. Venga, Cayetana te está esperando en el coche. ¡Flora! —gritó ahora aún más fuerte—. Con todo lo que hay por fregar y tú de cháchara. Qué barbaridad.

—Sí. Perdón, señora, solamente estaba despidiéndome de…

—¡Que me da igual! —le gritó de nuevo.

Una rabia me ardió por dentro de ver cómo le gritaba así. Mi madre salió de la cocina y Flora volvió a girarse para fregar los platos mientras vi como seguía llorando. Fui a salir de la cocina cuando escuché de nuevo su voz.

—Gael, Gael.

Vino deprisa mirando hacia la entrada para asegurarse de que mi madre no estaba cerca. Me abrió los brazos y se quitó la cadena que siempre llevaba colgada y me la puso en la mano.

—¿Qué es…? —le pregunté.

—Toma, quiero que la tengas tú. Era de mi padre, me la regaló cuando tenía tu edad.

—Pero, Flora, yo…

—Hagamos un trato. Devuélvemela cuando todo eso que te atormenta haya pasado y estés… completamente feliz, ¿vale? —dijo con los ojos cubiertos en lágrimas—. Como cuando me pedías que me quedase contigo porque te daba miedo la oscuridad.

Y solamente me salió volver a abrazarla mientras pensaba en cuánto bien me había hecho esa mujer a lo largo de toda mi vida. Me guardé su cadena en el bolsillo de la camisa y salí de casa. No quise ni despedirme de mi madre, cerré la puerta y me subí cabreado en el coche. Cayetana estaba contestando unos emails cuando se dirigió a mí:

—Por fin —dijo.

—¿Algún problema? —le pregunté harto de su comportamiento.

Me miró sorprendida.

—Solo que no entiendo que tengas tanta relación con una simple asistenta.

La miré como nunca antes la había mirado. No quise ni contestar a aquel comentario porque tampoco me iba a molestar en explicárselo. Una rabia me subió por el pecho, pero todo se calmó a la altura del corazón, justo donde había guardado su cadena. Pensé en que mañana estaría de nuevo rumbo a Cabo de Gata y que me esperaban unos atardeceres en calma, unas tardes de buceo y la persona que mejor me hacía sentir, que aguardaba mi llegada. Entramos en casa y Cayetana se desmaquilló y se metió de inmediato en la cama mientras yo me lavaba los dientes.

—Buenas noches —me dijo Cayetana girándose para el otro lado en el momento en que me tumbé sobre la almohada.

—Buenas noches —le contesté suspirando y girándome también.

Y mientras ella se dormía, yo, con los ojos abiertos, empecé a entender la frase de Flora de que viviese muchas vidas en una sola. Pero sobre todo me preguntaba si esa vida que estaba viviendo era la que yo realmente quería.

A las tres y media de la madrugada algo me despertó. Era mi teléfono, mi padre me estaba llamando. Cayetana se giró sobresaltada.

—¿Qué pasa? —preguntó encendiendo la luz de la mesita.

—¿Papá? —contesté.

Escuché su suspiro antes de hablar.

—Hola, hijo.

Y entonces me asusté de verdad. El reloj marcaba las 03:35 y desde aquel momento supe que aquella noche nunca jamás se me iba a olvidar.

—¿Papá, qué pasa? —pregunté levantándome de la cama.

—Hijo…, lo siento mucho, de verás.

—¡Papá! ¡Dime qué ha pasado!

Cayetana se levantó y se puso la mano en la boca al saber que algo grave había pasado. Él cogió aire y habló de nuevo:

—Es Flora. La han atropellado cuando estaba yendo a tirar la basura con Bruno. Nos han llamado hace unos segundos. Ha fallecido en el acto.

Me quedé paralizado y el teléfono cayó al suelo. Mis manos temblaban y Cayetana, que con solo escuchar el nombre de Flora entendió lo que pasaba, vino corriendo y se puso frente a mí en la esquina de la cama.

—Gael. Gael —dijo.

Pero yo solo pude hundir mi rabia y mi dolor en un grito que atravesó todo lo que había a su paso.

Grité y volví a gritar. Me llevé las manos a la cara y noté como mi respiración comenzó a acelerarse. Las lágrimas me caían como si de una cascada se tratase y Cayetana me abrazaba muy fuerte. Pero no tenía consuelo alguno.

—Ya está, amor. Ya está.

Al cerrar los ojos, fue como si viajase de su mano. Por un momento me encontré en esa habitación, que era la mía, y los dos estábamos en la cama. Ella me contaba el cuento de *Peter Pan* hasta que me quedaba dormido y se marchaba no sin antes dejar encendido el proyector de estrellas que iluminaba el techo de mi cuarto para que no tuviese miedo por la noche. De su mano, todavía con los ojos cerrados, llegué a cuando me vistió para mi primera comunión, me ajustó el traje de marinerito y me dijo que era el niño más especial que había cuidado nunca. Al oído, me decía algo que, en ese momento, como si estuviese a mi lado, sentí de nuevo: «Sé bueno, Gael. Sé siempre una buena persona». Abrí los ojos y estaba en los brazos de Cayetana mientras la respiración volvía poco a poco a mí. Negaba con la cabeza y pensaba que aquello era simplemente una mala pesadilla, que, en cualquier momento, me despertaría y Flora seguiría en mi vida. Me arrepentí en ese mismo instante de no haber estado más tiempo con ella estos días, de no haberle contestado algunas veces al teléfono porque sabía que la charla se podría alargar y estaba con Hugo en algún lugar especial teniendo conversaciones que me resultaban imposibles de cortar.

—Lo siento mucho, amor —dijo Cayetana en cuanto volví a abrir los ojos.

Yo no podía hablar. No quería decir ni una palabra porque sabía que me rompería. Recibí un par de mensajes de mis hermanos que estaban aterrados por la noticia y me preguntaban por cómo estaba yo, ya que sabían lo especial que era para mí esa mujer. Agarré el teléfono del suelo y salí hasta el balcón para poder tomar un poco el aire y respirar más tranquilamente. Entonces mi hermano Bosco me llamó.

—Bosco…

Escuché cómo sollozaba, al fin y al cabo, nosotros dos habíamos sido los que más tiempo habíamos pasado con Flora. Tras unos minutos, Bosco cogió fuerzas y empezó a contarme.

—El velatorio será mañana a las once en el tanatorio de la M-30. Nosotros nos ocuparemos de los gastos, al parecer nadie de su familia ha querido venir al enterarse.

—¿Cómo? —pregunté sorprendido.

—Ya sabes que Flora no tenía hijos. Nosotros, de algún modo —dijo con una pausa pues sabía que aquello posiblemente me iba a doler, pero a veces las verdades son dolorosas—, éramos como sus hijos. Lo decía siempre. Y la poca familia que le quedaba todavía con vida no tenía relación con ella, ya que no vivían en Madrid, por lo que no han querido saber nada cuando les han comunicado el fallecimiento desde el hospital.

Cogí aire y miré al frente. La ciudad estaba en calma a esas horas, salvo algún taxi que cruzaba la gran avenida. Nadie se merecía morir sola y menos todavía no tener quien lo despidiera.

—¿Solo estaremos nosotros, entonces? —pregunté.

—Vendrán también papá y mamá, Fer se acercará y acabo de llamar a Olivia para ver si puede venir de Londres. Flora dejó por escrito que su última voluntad era que la enterrasen en el cementerio de la Almudena.

—Mañana por la mañana llamaré a la floristería para que puedan preparar dos coronas para el velatorio. Tú deberías avisar a alguno de tus compañeros o a la jefa de estudios para decirles que el lunes no podrás estar en el instituto.

—Es verdad. Las clases…

—Te dejo, hermanito, descansa en la medida de lo que puedas.

Entré de nuevo en la casa y Cayetana estaba en la cama con el cojín apoyado en la espalda.

—¿Sabes algo? —preguntó.

—Mañana será el velatorio, nadie de su familia vendrá, al parecer no tenían relación desde que se vino a trabajar a Madrid. Me da mucha pena…

—Es una lástima, lo sé, amor. Tenemos una suerte tan grande de tener a las familias que tenemos; siempre doy gracias por ello. Sé lo mucho que estabas unido a esa mujer, pero ha tenido una vida preciosa al lado de todos vosotros, debes quedarte con eso, cariño.

—Lo sé… Mañana llamaré a la jefa de estudios para decirle que el lunes lo necesitaré de asuntos propios.

—Vamos a descansar, Gael. Mañana va a ser un día difícil, deja ahora el teléfono…

Le hice caso, me metí de nuevo en la cama y me giré hacia mi lado, las luces de las cuatro torres brillaban a través de la cristalera lateral del dormitorio, desde donde se veía todo Madrid. Cayetana me cogía por detrás y no tardó en quedarse dormida. Pasé más de dos horas recordando anécdotas de Flora, como cuando nos echaba la bronca a Bosco y a mí porque nos colábamos en la cocina a robar tarros de Nocilla para ponernos perdidos de chocolate en el jardín de casa. Me reía en silencio y a la vez algunas lágrimas caían hasta las sábanas. Poco a poco fui cerrando los ojos y supe que, cuando saliese el sol, sería uno de los días más difíciles de mi vida.

Aparcamos el todoterreno en la puerta del tanatorio. El coche de mis padres estaba justo al lado, mi madre ya esperaba en la puerta con unas gafas de sol y mi padre estaba justo al lado hablando por teléfono. Cayetana y yo bajamos y nos acercamos hasta ellos.

—Hijo, ven aquí —dijo mi madre nada más verme llegar.

—Hola, mamá —respondí intentando no romperme de nuevo a llorar. Mi padre me abrazó a la vez y juntos pasamos todos dentro. Allí estaban Bruno y los demás trabajadores de la casa, él estaba roto y no paraba de llorar. Allí también se encontraban algunos de mis hermanos.

—Lo sentimos mucho, Gael —dijo Verónica, la mujer de mi hermano Fernando, junto a su hija.

—Gracias, Vero —contesté cabizbajo—, estoy destrozado.

Ella me pasó la mano por la espalda y a los pocos minutos llegó Bosco, con la cara descompuesta tal y como lo había notado por la noche, cuando nos llamamos. Vino directo hacia mí y supe que, cuando nos abrazásemos, me rompería por completo. Pero aquello era lo único que necesitaba. Los dos nos miramos y supimos que habíamos perdido a una persona muy importante. Un responsable del tanatorio nos facilitó la sala en la que podríamos estar antes de que trasladasen el féretro de Flora al cementerio. Esa misma mañana mi padre se había encargado de pagar el ataúd y los gastos de inhumación. Mi madre tuvo una pequeña discusión porque no entendía por qué nos teníamos que hacer cargo la familia y estuve a punto de contestar, pero Bosco me paró a tiempo. Decidimos pasar por separado a despedirnos donde estaba el ataúd de Flora y así tener nuestro tiempo para poder decirle adiós de una manera más íntima. Uno a uno fuimos pasando. Primero entró mi padre seguido de mi madre. Me fijé en Bruno, que estaba de pie sacando su pañuelo de tela mientras se secaba las lágrimas. Me acerqué a él y le rocé el hombro. Me miró y sonrió al momento, me dijo que me sentase a su lado.

—Hola, Bruno…

—Y pensar que después de la comida que servimos estuvimos hablando de qué íbamos a hacer cada uno este verano… Pasó todo tan rápido, Gael… Fuimos al supermercado que había debajo de la urbanización y, justo en el cruce, cuando quise darme cuenta para avisarla de que venía un coche, ocurrió. No me oyó y no había mucha luz —él se rompió—, lo vi todo con mis propios ojos y no creo que vaya a poder olvidarlo nunca.

—No te quedes con eso, Bruno. De verdad. Flora no lo querría.

—Era la mejor… Nos tenía tanto cariño a todos los que trabajábamos con ella. Decía que no le quedaba mucho para irse a su rinconcito tranquilo en el sur. Eras su favorito ¿lo sabes, no? —dijo emocionado.

—Lo éramos todos, a todos nos decía lo mismo —contesté riéndome.

—No, Gael. Contigo mucho más. A pesar de que te hicieras mayor, ella siempre decía que eras su pequeño. Hoy, mañana y siempre.

Mis padres salieron al poco rato y mi hermano Fernando entró. Me apoyé en Bruno y él me removió el pelo, tal y como me hacía de pequeño junto a Flora. Pasaron unos minutos y mi hermano Fernando salió secándose todavía las lágrimas, su hija fue hacia él y le preguntó por qué lloraba. Bruno me sonrió.

—Mi turno —dijo. Se levantó y fue a la sala para poder despedirse de su compañera, pero sobre todo de su amiga del alma. Yo me quedé ahí sentado sabiendo que mi hora de despedirme no tardaría en llegar. En aquel momento me fijé en que Cayetana estaba fuera fumando junto a mi madre. Cogí mi teléfono y sentí lo mucho que necesitaría un abrazo de él. Escribí un SMS y se lo envié rápidamente.

Gael
12:05

Flora, la mujer de la que te hablé alguna vez y la que me convenció de irme hasta Almería, murió anoche.

Estoy destrozado y necesitaba decirte que lo que más
me hace falta ahora mismo es un abrazo. Pero no uno
de consuelo, sino de los tuyos. De esos abrazos
de verdad.
Vuelvo mañana, pero no llegaré a tiempo de dar clase.
Mientras escribo esto me lloran de nuevo los ojos,
porque ella era la única persona que sabía lo nuestro.

Una lágrima cayó encima de la pantalla de mi BlackBerry. Pero aquello que escribí era lo que realmente sentía. Después de que pasara Bosco, me abrazó y supe que aquel era el momento de decirle adiós. Me armé de valor y fuerza; en aquel pasillo ya no quedaba absolutamente nadie. Entre las cristaleras del patio interior del tanatorio, una mariposa revoloteaba a través de los rayos del sol, era azul y me hizo sonreír antes de entrar en la sala número diez en la que aparecía su nombre. Abrí la puerta y la cerré a mi paso. No quería levantar la mirada porque sabía que me impresionaría mucho verla allí, de esa manera; me quedé paralizado mirando la moqueta granate que había en el suelo. Pero tenía que hacerlo. Di un paso hacia el ataúd, seguido de otro. Y en cada uno de ellos se me iba saltando una lágrima. Y después otra. Y entonces la vi. Y me rompí. Ahí estaba ella, la que fue mi cuidadora, mi confidente, la que me enseñó a atarme los cordones y a lavarme los dientes, la persona de la que aprendí que no es todas las veces que tropiezas, sino todo el empeño que pones en volver a levantarte. Ahí estaba ella, la que sería más madre que mi madre.

—Hola… —dije entre lágrimas. Flora estaba con los ojos cerrados, con un jersey precioso blanco que muchas veces le había visto ponerse. Era tan pequeña que hasta el ataúd le quedaba grande. Sus anillos bien brillantes y sus labios perfectamente pintados. Miré sus arrugas, esas mismas de las que hablamos ayer y que acompañó del mejor consejo que me había dado nunca nadie—. Me dijiste que viviera todas las vidas posibles en una sola, Flora. Pero realmente no sé cómo hacerlo. Ya no voy a tener tus consejos…, ya no voy a poder llamarte y contarte lo que me está pasando, eso que ni yo mismo entiendo. —Mi voz temblaba por el llanto—. Cómo voy a vivir más vidas si ni siquiera entiendo cómo estoy viviendo la mía, Flora. Solo sé que te voy a echar tanto, tanto, tanto de menos. —Mientras hablaba con ella, agarraba la cadena que me había regalado la tarde anterior en casa de mis padres—. Me dijiste que te la devolviera cuando realmente sintiera que todo esto había pasado, pero ahora no sé cómo voy a poder hacerlo, Flora. No sé cómo voy a poder con todo esto sin ti. Creo —dije secándome las lágrimas— que es momento de marcharme ya, esto es muy doloroso…, pero solamente quiero que descanses en paz. —Di un beso a la yema de mis dedos y la acerqué a su pecho, justo donde estaba su corazón—. Gracias por absolutamente todo. —Anduve unos cuantos pasos hacia atrás y miré a Flora por última vez para después salir de aquella sala y cerrar. Avisé al responsable del tanatorio de que era el último y podía trasladar el féretro hasta el cementerio de la Almudena, donde nos esperaban todos los demás. Pedí un taxi hacia allí y, de camino, miré mi teléfono donde, desde hacía rato, tenía un SMS de Hugo.

Hugo
12:44

Lo siento mucho, Gael. He leído tu mensaje ahora mismo.
Llevo toda la mañana en el invernadero ayudando a mi madre…
Me encantaría darte ese abrazo, no solo uno, todos los que hicieran falta para que te sintieses algo mejor. Sé cómo de unido estabas con esa mujer, cuando hablabas de ella se te iluminaban los ojos.
Llámame en cuanto pongas un pie en Cabo de Gata y te doy ese abrazo.
P. D.: Ya han vallado el faro y hay un cartel que anuncia la demolición en las próximas semanas.

Todo estaba viniéndose abajo, poco a poco. Llegué al cementerio de la Almudena y el sol apenas tocaba el suelo entre los cientos de lápidas y las filas de cipreses. El coche fúnebre apareció poco después, con las coronas que habíamos encargado. En una de ellas decía: GRACIAS POR SER UNA MÁS DE LA FAMILIA BELTRÁN DE CASTRO. Y otra la había encargado yo, en la que había grabado lo siguiente: NO TENDRÉ SUFICIENTES VIDAS PARA AGRADECÉRTELO TODO. DESCANSA EN PAZ. Cayetana me agarró de la mano mientras los técnicos de la funeraria traían el ataúd hasta el nicho de Flora; un cura cercano nuestro quiso leer unos pasajes en su memoria y todos mantuvimos la fuerza al estar allí unidos. Bosco me apretaba los hombros para que supiese que él estaba detrás de mí y que nunca me iba a dejar caer. Con ayuda de mis hermanos y mi padre, levantamos el féretro hasta la altura del nicho y lo introdujimos allí. El técnico lo selló y todos empezaron a salir; antes de irme, rocé sus letras con las manos.

FLORA M. VILLEGAS SÁNCHEZ
07-01-2008

Y hubo algo que me hizo quedarme un segundo más delante de aquel lugar. Esa eme. Ese apellido. Lo había visto antes, pero no pude recordarlo y jamás imaginé que la pieza del puzle que tanto buscábamos había estado siempre tan cerca.

HUGO
EL HOY

14 de febrero de 2008
Faltan 188 días para el final de nuestra historia

Las últimas semanas habían sido complicadas, pero, como todo lo que me ocurría con Gael, también habían tenido su proceso, su evolución, su magia. Varias tardes fuimos a pasear por los lugares que tenía pendiente enseñarle aprovechando que ahora no había visitas de turistas. El primero fue el mirador de la Amatista, situado al pie de la carretera. Desde ahí se podían contemplar los acantilados y parte de la sierra de Cabo de Gata, adentrándose en el mar. Juntos observamos cómo el mar se fundía con el cielo, aún más azul del que estábamos acostumbrados a ver. La siguiente parada a mí me fascinaba, la cala del Plomo. Tuvimos que caminar cerca de una hora y cuarto. Pero, una vez que llegas, el premio es una cala de más de doscientos metros de arena virgen abrazada por dunas fósiles. La cara que se le quedó a Gael al llegar no la olvidaré jamás. Señalaba de un lado a otro y después, mientras yo estaba tumbado en la orilla sobre una toalla, lo vi a lo lejos, buscando vete tú a saber qué tipo de minerales. Luego quedamos una mañana de sábado para ver el amanecer en el arrecife de las Sirenas, Gael compró dos neoprenos y me dijo de ir a buscar aquellas famosas conchas que brillaban. Ambos queríamos tener la mente distraída de las cosas que nos producían dolor ahora mismo: el faro y Flora. Hablamos mucho de ambos, lloramos juntos sentados frente a ese amanecer que salía del mar y que admirábamos desde la arena. Teníamos la cabeza apoyada en la del otro y simplemente, en silencio, admirábamos lo que ocurría frente a nosotros.

—Esto es lo único que necesitaba —dijo él.

Lo miré. El naranja se le reflejaba en los ojos.

—Yo también.

—Gracias por traerme aquí, Hugo, por enseñarme tu mundo.

—Ya van quedando pocos de mis sitios secretos en la lista. Me alegra que te gusten.

Gael me miraba y sabía lo que pensaba.

—Dolerá los primeros días, pero estaré ahí como tú has estado aquí.

La demolición del faro había estado prevista para la semana anterior. La empresa constructora había sufrido varios parones en las últimas semanas, ya que cada tarde iba hasta el faro para comprobar que todavía seguía en pie. Las máquinas excavadoras estaban a su alrededor, pero aún no lo habían tocado, aunque todo presagiaba que sería en los próximos días, tal y como le dijeron a Gael cuando se reunió con aquel hombre de urbanismo. Tenía miedo de que cada día, al volver, ya no estuviera ahí; de que lo hubieran destrozado en un momento. Mi madre había vuelto a tomar las pastillas para la depresión, en la que cayó hace años tras lo de mi padre, cuando leyó en la portada del periódico que destruirían el faro en los próximos días para construir un resort cinco estrellas del grupo Iberomar. Algunas de estas noches, iba hasta su cama, con la cena preparada en una bandeja, y me quedaba con ella mientras cenaba. Me abrazaba y lloraba. Y yo estaba ahí para secarle las lágrimas y acunarla por la noche para que supiera que, a veces, la vida no es justa. Sentí impotencia de no haberle podido dar el único sueño que tuvo desde que conoció a mi padre, el de montar su pequeño hotel a los pies del faro que tanto los unió.

—¿Vamos al agua? —me preguntó Gael cuando el sol ya había salido.

—Vamos.

Estuvimos buceando más de dos horas y pudimos ver muchísimos peces: alrededor de unas algas había un grupo de raspallones; oculta entre los huecos de una gran piedra se encontraba una morena; vimos meros, en cuyas pieles rayadas se reflejaba la luz de la superficie, y fue una imagen inolvidable, y pudimos avistar hasta un gallopedro. Después de un rato buceando, Gael me avisó de que se sumergía de nuevo, ya que le había parecido ver unas medusas a nuestro alrededor. Y acertó. Eran unas *Pelagias*, conocidas porque suelen brillar por la noche, y juntos buceamos alrededor de ellas; a Gael le alucinó el color violáceo que tenían y estuvimos observándolas un buen rato. Justo cuando estábamos a punto de salir, vi algo en el fondo que brillaba por los rayos del sol que atravesaban el agua. Ahí estaba. Cogí aire y bajé, extendí mi mano y la agarré. Gael me miraba desde la superficie y cuando subí abrí la mano y descubrí una de las conchas de las que le hablé. Brillante. Y de colores preciosos. Juntos salimos hasta la orilla y nos dirigimos al maletero de su coche, donde dejamos los neoprenos al sol mientras nos cambiábamos. Gael se puso una camiseta blanca y una cadena dorada con una especie de medalla. Su pelo mojado y su piel perfecta hicieron que reiterase que era el chico más guapo del mundo. Al menos para mí. Me acerqué a él mientras se secaba el pelo y le agarré la medalla.

—¿Y esto? —le pregunté.

—Me la regaló Flora, justo el mismo día que ocurrió todo.

—No pone nada —dije fijándome en ella con detalle.

—Ya. Pensé lo mismo. Pero antes se regalaban cosas así. Se la dio su padre.

Me quedé mirando con atención aquella medalla. Era demasiado gruesa como para ser solamente una medalla sin nada. La sostuve en la palma de la mano y con las yemas de los dedos recorrí todo su filo y, en aquel instante, noté algo. Era punzante y sabía que aquello no estaba ahí por casualidad.

—Un momento —dije acercándome aún más a la medalla.

—¿Qué pasa? —preguntó Gael mirando hacia abajo, hacia la propia cadena.

El sol se reflejaba en toda la medalla y Gael se la quitó de inmediato para dejarla en mis manos en cuanto vio que pasaba algo.

—Déjame tu mano.

Agarré el dedo de Gael y seguí el mismo recorrido que había hecho yo por el filo.

—¡Au! —dijo apartando el dedo.

—Creo que es algo que se puede sacar. Es como una especie de bisagra…, de…

—De cierre.

Y entonces lo supe. Agarre esa parte y la estiré para arriba, lo que hizo que la medalla se abriera en la palma de mis manos y mostrase dos partes ocultas. En la de la izquierda, el retrato de una niña pequeña en blanco y negro, sonriente y con unas trenzas; bajo la foto, aparecía su nombre: FLORA MARÍA. Y, al lado, la fotografía de otra niña, esta un poco más seria, con el pelo recogido y un jersey oscuro. Sus brazos cruzados anunciaban que no tenía muchas ganas de ser fotografiada. Justo debajo de ella aparecía su nombre: AZUCENA.

—¿Qué es esto? —preguntó Gael.

—Es… Es una foto de Flora y de… su hermana.

Gael miraba ahora la medalla. Con el dedo rozó el nombre de Flora y después el de Azucena, y entonces caí en ello. Los pelos se me pusieron como escarpias y un escalofrío recorrió mi espalda. Gael y yo nos miramos y no pudimos creerlo.

—No puede ser.

GAEL
EL HOY

14 de febrero de 2008
Faltan 188 días para el final de nuestra historia

—¡Vamos! —grité a Hugo—. Sube, corre. Sube al coche.

—No puede ser, Gael. No es posible.

Arranqué el coche y aceleré con toda la fuerza del mundo. Las ruedas crearon una polvareda inmensa, pero aquello no podía ser verdad.

—Cómo va a ser Flora la hija del farero al que hemos estado buscando todo este tiempo. Eso es… imposible.

—No es imposible, Hugo. Es real, cómo no he sabido verlo, lo he tenido siempre delante de las narices —dije acelerando y sintiendo como si el corazón se me fuera a salir del pecho—. Flora fue quien me habló de este lugar, por ella me vine hasta Cabo de Gata, me relataba recuerdos que tenía de pequeña, como ir paseando con su padre cerca de su casa, frente a un acantilado, y siempre me dijo que este lugar era especial para ella.

—¿Y dónde vamos tan deprisa, Gael? —preguntó Hugo.

Yo suspiraba y negaba con la cabeza.

—Antes de llegar aquí en septiembre, Flora me regaló una pequeña caja, solamente me dijo algo: «Abre esta caja cuando te sientas perdido. Cuando necesites esa luz que te ilumine y te guíe». Tiene que ser la llave, Hugo. Flora me regaló la llave del faro antes de conocerte.

Hugo estaba pálido, estupefacto, con la vista clavada en la carretera que serpenteaba entre dunas y agaves ante nosotros.

—No pensaba abrirla hasta el último día que me quedase aquí. Nunca imaginé que pudiera ser lo que tanto buscabas.

—Corre, Gael —dijo Hugo—, tenemos que llegar antes de que lo tiren abajo.

Pisé de nuevo el acelerador y el cuentakilómetros marcaba ciento cuarenta kilómetros hora. Pasamos por la recta de las Salinas, donde vivía Celia, la amiga de Hugo, y en pocos minutos estábamos pasando por delante del instituto. Bordeamos las calles y llegamos hasta la puerta. Estaba sudando por llevar el sol de frente durante todo el trayecto. Los dos saltamos del coche y metí la llave corriendo para después subir las escaleras.

—¿Dónde dejaste la caja? —me preguntó Hugo nada más entrar.

Cerré un segundo los ojos y pensé en el primer día que llegué aquí. Estaba mi hermano Bosco y, mientras él se echaba la siesta, deshice la maleta y guardé la caja en…

—Mi armario —contesté entrando veloz a mi dormitorio.

Abrí las dos puertas y al fondo, detrás de las camisetas que había en una de las baldas, encontré la cajita que Flora me regaló. Todavía estaba su nota encima. La miré y se la pasé a Hugo. Él leyó por primera vez el mensaje que aquella mujer me dejó escrito a mano.

—Vamos —le dije—, ábrela.

Hugo retiró la nota y rasgó con sus manos el papel que la envolvía. Una caja de color negro se encontraba debajo, era pequeña pero alargada. Hugo me miró una última vez antes de levantar la tapa y, como si el destino decidiera cruzar los caminos de dos personas que siempre se han estado buscando, dos llaves estaban dentro. Una mirando a la otra y dentro una nueva nota manuscrita. Hugo la agarró y me la enseñó, decía lo siguiente:

Aquí tienes tu última expedición.
36º 43" 18,8" N, 2º 11' 34,69" W

—Coordenadas —dije yo.

—Vamos. Tenemos que llegar cuanto antes. Es el faro.

Hugo y yo salimos corriendo de nuevo de casa y nos montamos en el coche. De camino, unas cuantas lágrimas me caían y a Hugo también. Nos miramos y nos agarramos de la mano mientras aceleraba todo lo que podía para llegar cuanto antes a aquel faro. Estábamos cada vez más cerca, bajé de velocidad a medida que nos acercábamos al terreno y comprobamos que las excavadoras seguían allí, pero no había nadie trabajando dentro. Pegué un frenazo y casi derrapamos. Hugo saltó del coche y yo detrás. Había que superar la valla que habían puesto los de la empresa constructora.

—Cuidado, Hugo —le dije viendo cómo se impulsaba poniendo un pie en una roca cercana.

Hice lo mismo que él y pegué un salto para caer dentro. Juntos llegamos hasta los pies del faro, habían tirado todas las flores que allí había dejado Hugo y habían puesto un trozo de cinta alrededor de la puerta del faro que decía: Prohibido el paso. Hugo me miró y supe que era el momento. Agarré la caja que llevaba en la parte de atrás del pantalón y la abrí. Sacamos las dos llaves y Hugo la acercó a la primera cerradura. Giró hacia la izquierda un total de tres veces y abrió la primera puerta. Justo delante, había otra, estas puertas se añadían como medida de refuerzo por si en algún momento había oleaje y el agua intentaba penetrar en el faro. Le di la segunda llave y Hugo repitió el movimiento, pero esta vez le costó un poco más, posiblemente del tiempo que llevaría sin deshacerse el cierre. Tres vueltas a la izquierda y el bloqueo de la cerradura cedió. La puerta se liberó y, antes de abrirla, Hugo se giró hacia mí.

—Vamos, abre.

Me sonrió y me agarró de la mano.

—Juntos.

Pusimos nuestras manos frente a aquella puerta y tiramos de ella. La entrada de aquella casa bajo el faro nos daba la bienvenida. Había algunas telarañas y las ventanas tenían todavía las persianas bajadas. La luz que entraba por la parte trasera iluminaba algunos marcos de fotos que había en el pasillo, poco a poco fuimos avanzando por aquella casa. En el centro de toda la construcción se encontraban unas escaleras de caracol que conducían hasta la cúpula del faro.

—Esta era su casa —dije señalando una de las puertas en las que ponía FLORA. La «o» de su nombre se había caído con el tiempo. Allí vivió la mujer que tanto me había enseñado. Abrí la puerta y vi una cama pegada a una ventana completamente cerrada. Había un escritorio en una de las esquinas y todavía se conservaba un gran armario de madera. Salí de allí y me fijé en que Hugo estaba observando la cocina, abrió un armario que conservaba algunos platos y vasos.

—Sigue todo tal cual estaba —dijo—, solamente le haría falta una limpieza en profundidad y pintar la mayoría de las paredes —siguió refiriéndose a la humedad que había traspasado por alguna posible fuga de las ventanas. Al fondo de la casa había dos habitaciones más, la de la hermana de Flora, Azucena, y la de sus padres. La habitación de Azucena todavía conservaba algunos pósteres de grupos de música de la época, medallas de algún deporte y había libros cubiertos de polvo en una estantería bajo la ventana.

—¿Vamos arriba? —le pregunté a Hugo.

—Es lo que más me ilusiona —me contestó—, intentar devolver la luz a esta maravilla de lugar.

Subimos las escaleras y dejé que Hugo fuera el primero. Escalón a escalón. Antes de que llegase a subirlos todos, vi como Hugo se llevaba la mano a la boca y abría los ojos ante lo que veía. Terminé de subir los escalones y la cúpula acristalada me dio la bienvenida. El cielo azul nos envolvía y las olas del mar rompían frente a nosotros desde una vista privilegiada en la que se veían algunas de las calas donde habíamos estado Hugo y yo estos meses atrás. Y, justo en el centro, se encontraba el sistema rotatorio de la bombilla del faro.

—Mira qué preciosidad —dijo él.

Me señalaba los filamentos de cristales que hacían de coraza de la bombilla que se encontraba en el interior. El armazón de cristal era oblicuo y a la mitad los filamentos se volvían redondos, que era por donde salía la luz tan potente que llegaba muy lejos. Hugo rozó con sus yemas la carcasa y encontró un seguro que, al liberarlo, permitía abrir la coraza de la bombilla. Dentro, se dio cuenta de que la bombilla estaba completamente fundida por los cercos de quemazón que tenía en las paredes de la misma. Terminamos de ver la cúpula y, en uno de los laterales, me fijé en que había una manilla. Abrí con fuerza y descubrí un balcón alrededor de toda la cúpula para poder salir. El viento soplaba en todo su esplendor, pero merecía mucho la pena estar allí. Reconocí algunos lugares y fui señalándolos con el dedo:

—Rodalquilar, Las Negras, la playa de Mónsul, el arrecife de las Sirenas.

—Ya eres todo un experto de este lugar —me dijo Hugo sonriendo a mi lado—. Lo hemos conseguido, Gael.

—Sí. Lo hemos conseguido, Hugo.

Él estaba emocionado y con una sonrisa de oreja a oreja.

—Y todo gracias a ti. Bueno, a ti y a Flora. Siempre estaré en deuda con vosotros.

—Te prometí al menos intentarlo.

Apoyó su cabeza en mi brazo.

—Siempre te estaré en deuda.

Le acaricié el pelo.

—Sabes lo que deberías hacer, ¿no? —le pregunté—. Llámala y dile que venga. Es vuestro momento.

—Lo sé —dijo rozándome la mano con la suya—. Creo que le vendrá muy bien despedirse también.

—Me marcharé a casa, tengo que ponerme al día de corregir exámenes y organizar estos últimos meses que tenemos por delante antes de que os preparéis la selectividad. Al fin y al cabo —dije rozando también sus dedos con los míos—, las llaves son para ti.

Y los dos bajamos aquellas escaleras con cuidado de no caernos. Llegamos hasta abajo y miré a aquel chaval que contenía toda la emoción para llorar en compañía de su madre.

—Nos vemos mañana en clase, Hugo.

—Te has dado cuenta del día que es hoy, ¿verdad?

Ni me había fijado. Miré el móvil y en la fecha ponía «14 feb 2008».

—San Valentín —dije riéndome.

—Sabía que estabas enamorado, pero ¿tanto como para regalarme un faro? —bromeó Hugo.

Solté una carcajada.

—Eres idiota. Me voy, anda. Toma esto, es tuyo.

Me acerqué de nuevo a él y le abrí las manos para dejar sobre ellas las llaves del faro.

—Y tú toma esto. Que también es tuyo.

Hugo no dejó que me soltase de sus manos y me estiró hacia él para plantarme un beso que nunca antes había recibido. Al menos no de esa forma. Al menos nunca con tanta pasión. Con tanta verdad. Con tanto poder. Me marché del faro y me subí en el coche para volver a casa. Salí a la autovía y miré al cielo, intentando encontrar la forma de darle las gracias por haber hecho posible que Hugo estuviese tan feliz como lo estaba ahora. Sonreí tanto que entendí que esa era la única forma de devolvérselo: viéndome feliz. Una lágrima se me escapó pensando en Flora, en mis ratos con ella y sus conversaciones que recordaría siempre. Ella era quien tenía la llave de mis preguntas y, también, de mis respuestas.

Hugo
El mañana

Todavía ni había amanecido cuando el autobús ya nos esperaba a todos en la puerta del instituto. Mi madre me había traído con el coche porque quería aprovechar también para despedirse de Celia y Jonathan. Hoy era el día que tanto habíamos estado esperando estos meses atrás. Este mediodía poníamos rumbo a nuestro viaje de fin de curso y todos estábamos impacientes por llegar ya a Madrid para subirnos al avión. Todos excepto yo, que no estaba todo lo feliz y emocionado que podría estar. Hoy también era el día en el que Gael daría el sí quiero delante de Cayetana en la iglesia más importante de la capital. A partir de hoy nuestra historia quedaría en su olvido, porque en mí seguía siendo presente. Estos dos meses atrás, desde que se marchó en junio, habían cambiado todo. Al principio me contestaba a los mensajes, después pasaban días y a veces hasta semanas sin saber de él. Hasta que, simplemente, dejaron de llegar. Tampoco respondía a mis llamadas y nunca volvió a escribirme ni a llamarme. Celia y Jonathan me pidieron que parase, que aquella historia había acabado y que debía dejarlo ir. Pero siempre me aferraba a la idea de que lo nuestro era diferente, a que la forma en la que nos mirábamos él y yo tenía que significar algo que no podíamos ignorar. Si cerraba los ojos, sentía como si todavía estuviera a mi lado, como si mi cabeza siguiera apoyada en su costado en la toalla frente al mar. Todavía sentía sus labios cerca si me lo proponía, pero poco a poco todo se iba desvaneciendo y mis recuerdos con él empezaban a ser borrosos; y el día de hoy era nuestro final. El final de la historia que supe desde el principio.

—¡Id subiendo, chicos! —gritó la jefa de estudios Loreto mientras el conductor colocaba nuestras maletas en la parte de abajo del autobús.

Me giré y abracé a mi madre.

—Ten cuidado, ¿vale, Hugo? —dijo dándome un gran beso—. Chicos, pasadlo superbien y disfrutad mucho, que os lo merecéis. —Mi madre se acercó y abrazó también a Celia y Jonathan, que andaban despidiéndose de sus padres. Antes de subirme al autobús, miré de nuevo a mi madre, que esperaba entre los padres de Celia y los de Jonathan. Y pensé en que, cuando volviera a casa, estaría sola. No podría contarme, como hacía cada día, cómo le había ido en el invernadero ni podríamos ponernos alguna de sus películas favoritas como *Pretty Woman* o *Cuando Harry encontró a Sally*. La miré y ella me dijo adiós con la mano. Antes de que subieran todos, bajé de nuevo por la puerta del fondo del autobús y corriendo llegué para darle un último abrazo.

—Llámame si necesitas hablar, ¿vale? —le dije—. No me gusta dejarte aquí sola.

Me miró emocionada. Y también los padres de mis amigos, que sabían lo mucho que habíamos pasado.

—Pero, Hugo…, no…, no te preocupes. Estaré bien, ¿vale? —dijo mirando a los padres de Celia y Jon—. Además, estos días iré a visitar a tu tía Silvia, que sabes que nos gusta caminar por la playa y ponernos al día. Tú, hijo, no te preocupes, que estaré bien.

—Vale, mamá —dije dándole un beso antes de marcharme de nuevo.

—Vamos, sube. Te quiero.

Subí de nuevo al autobús y vi que Celia y Jonathan se habían puesto detrás del todo y me habían guardado un sitio a su lado. El autobús arrancó y los padres que se encontraban en las puertas del instituto nos dijeron adiós con las manos. Me despedí de nuevo de mi madre y me senté pegado a la ventana mientras dejábamos atrás Cabo de Gata. Loreto agarró el micrófono y su voz retumbó en todo el autobús.

—¡Buenos días, queridos alumnos! —dijo variando la voz al ver que el volumen estaba muy fuerte—. Disculpad. Bueno, ya vamos oficialmente rumbo a Madrid. Espero que todos os hayáis acordado de traer la documentación necesaria. Llegaremos allí en seis horas, más o menos —explicó mirando al conductor y riéndose—, por lo que podéis aprovechar para echar una cabezadita y no ser folloneros. Tanto yo como mi compañera Clara, vuestra profesora de Música, os vamos a acompañar en este viaje de fin de curso antes de que cada uno toméis vuestros caminos por separado. Y nos hace mucha ilusión estar aquí. Será inolvidable, seguro.

—¡Bravo! —gritó un compañero nuestro y algunos se rieron mientras aplaudían.

Celia se movió hacia mi lado y se apoyó en mi hombro para intentar dormirse un poco; Jon se agarró al cojín que llevaba para que no le doliera el cuello. Miré por el cristal mientras el sol comenzaba a salir por el mar y me pregunté si él estaría recordando lo mismo. Aquel amanecer que vimos juntos en esa cala especial al lado del pueblo de Las Negras, en Cabo de Gata. Miré el teléfono y quise mandarle un último mensaje; ahora que Celia y Jonathan dormían, no podían decirme nada. Tecleé con una mano y antes de darle a enviar cerré los ojos intentando pensar que al menos lo leería.

Hugo
06:55

Hola, Gael. Soy yo, Hugo.
He mirado esta conversación y ya solamente hablo yo.
Me paro a pensar si en realidad estarás leyendo estos mensajes o si simplemente se quedarán en un limbo de

palabras. Estamos de camino a Madrid, hoy nos vamos al viaje de fin curso, justo el mismo día que vas a casarte con Cayetana. Quería desearte lo mejor en esta fecha tan especial para ti, Gael. Celia dijo el otro día que el mayor acto de amor es dejar ir, porque, aun queriendo a esa persona, debes dejar que se marche, y sé que eso es lo que debo hacer. Antes de despedirme, quería recordarte algo. Hace unos meses me prometiste una cosa. Te pedí que, si había un momento, por fugaz que fuese, en el que te preguntaras si quizá nuestra historia hubiera podido salir bien, vinieras a buscarme.

Mi avión despega a las 14:25.

Te quiero, siempre.

GAEL
EL HOY

21 de febrero de 2008
Faltan 181 días para el final de nuestra historia

Sonó el timbre y mi clase de segundo de la ESO salió como un misil del aula. Era viernes y se notaba que los chavales estaban deseando que llegase el fin de semana. Estaba recogiendo mis papeles y metiéndolos en sus respectivas carpetas cuando Marcos, el profesor de Filosofía, tocó a la puerta para que viese que estaba ahí.

—¡Ey, Marcos! —saludé reaccionando a su llegada.

—Hola, per…, perdona, Gael —dijo él subiéndose las gafas que se le caían por delante de la nariz—. Va… vamos a ir a tomar algo al ba… bar de aquí al lado Loreto y yo, que acaba de llegar de prá… prá… prácticas. ¿Te apuntas?

Marcos y yo éramos los nuevos profesores que habíamos llegado este año allí y los dos rondábamos los treinta. De vez en cuando hablábamos en el pasillo de nuestros planes de fines de semana y nos juntábamos en el bar de fuera junto con el resto de los profesores.

—¡Claro! —contesté—. Dejo esto en el despacho y bajo ahora mismo.

—Ge… genial, te esperamos en la puerta —dijo sonriéndome.

Marcos siempre me había parecido alguien especial, no porque fuera tartamudo, sino porque hay personas que irradian bondad.

Él era uno de ellos. Lo encontré una mañana perdido por el pasillo, nervioso porque también era su primer día. Me presenté y cuando me estrechó la mano sudaba muchísimo. Le dije que no se preocupara, que todo saldría bien. Terminé de recoger y eché la llave del aula. Metí mis papeles en la taquilla que tenía en el Departamento de Geografía e Historia, me puse la chaqueta que había colgado en el perchero y bajé las escaleras con ganas de poder tomarme algo tranquilo y disfrutar del fin de semana después de lo bonitos que habían sido estos días pasados junto a Hugo cuando conseguimos, por fin, acceder al faro donde tanto anhelaba entrar. Dejé las llaves a la mujer de conserjería y le deseé un buen fin de semana antes de salir del instituto. Allí fuera me esperaban los dos, sonrientes.

—¡Vamos! —dijo Loreto—. Que siempre entras el primero y sales el último. —Ella llevaba muchos años en aquel centro y como jefa de estudios este era su tercer año. Y tenía razón. Me gustaba ser muy puntual y luego, al terminar, siempre acababa entreteniéndome en el despacho.

—¿Qué tal? —pregunté—. Parece que han vuelto bastante aplicados después de Año Nuevo. Al menos los míos —dije sonriendo al saber que las notas de los exámenes estaban siendo bastante buenas.

—Aunque también tienen las hormonas disparadas —dijo ella—. Los chicos de tercero y cuarto me han preguntado que si tenía novio. ¿Tú qué tal lo llevas, Marcos?

Marcos se subió de nuevo las gafas y comenzó a hablar.

—Bi... bien. Hay veces que me cuesta impo... po... imponerme. Pero siempre pienso en que me estoy tra... trabando y me pongo más nervioso y ellos se rí... ríen.

—Los críos a veces pueden ser muy crueles —dijo Loreto—. Marcos, simplemente intenta estar seguro de lo que haces y de lo que vales.

Los tres íbamos hablando mientras cruzábamos en dirección al bar que había enfrente del instituto. El Bar Naranjero era por excelencia el bar donde a veces nos escapábamos a pedir un café o a tomar algo después de un día de clase. Tenía unas vistas impresionantes de toda la playa de Cabo de Gata y era un lugar muy acogedor; había sido refugio de pescadores y marineros de la zona. Antonio, el camarero, que rozaba los setenta años, ya nos conocía de cuando salíamos en el descanso o algún viernes como el de hoy, que tomábamos algunas cañas.

—¡Bueno! —dijo él viendo que nos sentábamos en una mesa pegada al ventanal que daba al exterior—. Marchando tres cervecitas.

—Gracias, Antonio —dijo Loreto sonriendo.

Las cervezas llegaron, acompañadas de unas tapas: calamares fritos y unas sardinas que tenían una pinta increíble. Estuvimos hablando de los planes de futuro que teníamos cada uno: Loreto quería intentar conseguir algún instituto en Andalucía, ya que era de Motril y le gustaba mucho la zona de la costa. Marcos, en cambio, deseaba prepararse la oposición y conseguir una plaza en aquel centro. Yo les dije que necesitaba cambiar de aires y por eso opté por estar un año en un lugar diferente, muy distinto a Madrid. Les conté que una buena amiga de mis padres, Flora, había pasado parte de su infancia en esta zona y fue quien me recomendó que la tuviese en mente. También les conté que mi plan principal al terminar el curso era volver a Madrid para poder optar a un centro más cercano. Ellos comentaron que en las próximas semanas se haría un claustro extraordinario para saber qué profesores acompañarían a los chavales de segundo de bachiller en su viaje de fin de curso. Estaba a gusto junto a ellos, hablábamos de cosas de trabajo, pero también de nuestra vida, cosas que, dentro del centro con los alumnos, no solíamos hacer. Pero ellos no sabían nada de mi historia con Hugo. Y así debía seguir siendo. Loreto comentó que ese fin de semana iría a un concierto junto con su novio en el Auditorio de Almería. Marcos y yo nos miramos, ya que ambos vivíamos muy cerca.

—¿Tú... Tú tienes algún plan? —me preguntó.

—Ninguno, la verdad —contesté.

No había hablado con Hugo, pero todo parecía apuntar a que saldría de fiesta con sus amigos.

—Podríamos ha... ha... hacer algo.

—A mí me encanta salir a correr, podríamos si quieres irnos a hacer una ruta. No sé si te mola mucho, pero han dado sol para este fin de semana y me han hablado de una ruta que pasas por unas calas increíbles.

—Pu... puede estar bien, me vendría bi... bi... bien hacer algo de deporte —contestó ilusionado. Loreto negaba con la cabeza.

—No me esperéis —dijo ella riéndose.

—Pues, si te parece, Marcos, te recojo mañana a eso de las diez con mi coche y salimos para una zona de Las Negras.

—No lo... lo conozco todavía, así que por mí per... per... perfecto.

Nos terminamos la cerveza y nos fuimos. Le di un abrazo a Marcos y nos despedimos hasta el día siguiente. Al volver a casa, dejé preparadas sobre la mesa del salón las zapatillas de correr y la ropa que llevaría para la ruta.

A las diez de la mañana llegué puntual a la puerta de la casa de Marcos, nos separaban un par de calles solamente. Salió y me hizo gracia la ropa que llevaba puesta, era demasiado llamativa.

—No... no... no vale reírse —dijo subiéndose en el coche.

—Pareces un subrayador Stabilo.

Y rompí a reír.

—No te... tenía camisetas de de... de... deporte.

—Lo bueno es que si te pierdes en la ruta te encontrarán pronto.

—A... arranca.

El sol brillaba en el cielo de Cabo de Gata y los dos estábamos preparados para realizar una buena carrera. De camino, nos pusimos al día, me preguntó por mi vida en Madrid antes de llegar aquí, ya que le llamaba la atención la ciudad; le conté mi día a día junto a Cayetana, con mis hermanos y con algunos de mis amigos, también aproveché para decirle que en agosto me iba a casar y me dio la enhorabuena por ello. Le pregunté si él tenía alguien en su vida, alguna novia por ahí, pero se quedó callado. Aparqué el coche en un mirador desde el que se veía el mar y le señalé a Marcos el pueblo al que tendríamos que llegar después de la ruta que íbamos a hacer. Toda esta zona me la había enseñado Hugo el mes anterior y, a lo lejos, se divisaban un puñado de casas de color blanco y azul. Los dos nos preparamos y, después de beber un largo trago de agua, empezamos a correr. La carretera serpenteaba hasta un camino por el que tuvimos que descender, iba pendiente de Marcos, ya que sabía que llevaba un tiempo sin hacer deporte. Me seguía y fui aminorando la marcha para que fuese junto a mí.

—Vamos, vamos, Marcos, siente el aire puro. ¡Mira qué vistas!

—Solo veo la… la… la muerte.

Bajamos por un camino que llevaba hasta el mar, allí ya no teníamos peligro de ser arrollados, lo que me hizo ir mucho más tranquilo. Íbamos corriendo mientras recordaba algunos de los momentos más especiales de estos días, fui repasándolos uno a uno y me di cuenta, inconscientemente, de que la gran mayoría incluían a Hugo. Las gotas de sudor me caían por dentro de la camiseta y se deslizaban por mi pecho. Marcos me miraba y me preguntaba si quedaba mucho, porque él ya no podía más. Con gran flato, llegamos a la calle principal del pueblo, donde, a lo lejos, vi la playa; fue entonces cuando animé a Marcos, ya que estábamos a punto de terminar.

—¡Vamos, Marcos! —gritaba desde más adelante—. Esto es el final —dije—. ¡Aprieta!

Marcos cerraba los ojos del cansancio y tenía la cara llena de sudor, la camiseta rosa fosforito se había convertido casi en granate oscuro porque iba empapada. Llegué hasta la orilla y observé el lugar donde me senté con Hugo a ver el amanecer. Sonreí de inmediato y me giré para ver cómo iba Marcos. A mitad de la calle, se encontraba trotando al borde de desfallecer. Le quedaban los últimos metros.

—¡Ya casi lo tienes! ¡Vamos!

Y llegó hasta la playa, donde acto seguido se tiró sobre la arena de piedras diminutas que nos rodeaban. El corazón se le iba a salir del pecho y me acerqué a él para chocarle la mano. Al abrir los ojos, me vio de pie tapándome del sol.

—Bien hecho, campeón —le dije tendiéndole la mano para que se pudiera levantar.

La playa del pueblo era realmente bonita, el agua turquesa brillaba por el sol y me pareció un lugar idílico donde pasar un día como hoy. Nos sentamos sobre una gran piedra mientras bebíamos el agua que nos quedaba. Marcos todavía seguía recuperando el aliento. De la mochila sacamos los bocadillos que habíamos preparado cada uno en su casa antes de salir y empezamos a comer frente a aquel lugar tan bonito.

—Oye —dijo Marcos—. Te... te quería decir a... a... algo.

Lo miré extrañado.

—Claro.

Marcos ya tenía otro color y estaba mucho más sereno.

—La... la otra mañana, me levanté pa... para salir a... a hacer fo... fotos a la playa de enfrente de nuestras casas, no era ni de día y... y, sin querer, bu... bueno, fue ca... casualidad, te vi saliendo de casa con... con... con Hugo Vargas, el alumno de se... segun... segundo de bachiller.

Me quedé congelado, iba a darle un mordisco al bocadillo y se me cerró el estómago de inmediato. Poco a poco lo miré y quise improvisar algo. «Vamos, Gael. Rápido».

—Emm —dudé—. Verás, Marcos, creo que igual suena raro, pero...

Me puso la mano en mi hombro.

—No... no... no hace falta, Gael —me cortó de una—, so... solamente quería decírtelo. Es a... algo muy peligroso.

No pude articular palabra, no había tenido en cuenta que cualquier persona podría vernos, y más en aquel lugar tan cerca del instituto.

—No sé qué decir —le dije mirándolo.

Por un momento se me vino el mundo encima.

—Que... quería decírtelo porque Lo... Loreto, la jefa de estudios, vi... vive a dos calles de nosotros y creo que, si se enterase de... de... de algo así, podrías tener un gran problema.

Yo negaba con la cabeza pensando en cómo habíamos podido ser tan estúpidos de no seguir teniendo cuidado como al principio. Nos habíamos relajado porque nunca había pasado nada.

—Marcos, podría explicártelo, pero no serviría de mucho. —Entonces me miró, clavó los ojos en mí y me escuchó—. Sé lo mucho que me juego, sabemos que está totalmente prohibido, pero... es algo mucho más difícil de explicar.

—Pero, Gael —comenzó a preguntar mirándome—, entre... entre vosotros...

Me quedé callado observando el mar, estábamos a tan solo unos metros de la orilla y no había nadie más en aquel lugar.

—Lo único que sé es que no puedo pararlo y que, por más que lo intento, me es imposible distanciarme.

—Jo... joder —dijo apoyando su mano en mi brazo—. Te... te prometo que en mí puedes confiar, ¿va... vale, Gael? Pero también de... debía decirte que andes con ojo. Él cre... creo que ya es mayor de edad, pero si... sigue siendo tu alumno, y eso debes en... en... enten... en...

—Entenderlo —dije terminando su frase—. Lo sé.

Suspiré al sentir miedo de pensar en que alguien más pudiera saberlo; si Marcos nos había visto, también podrían haberlo hecho otras personas. Compañeros de Hugo u otros padres de los alumnos.

Repasé mentalmente cada lugar al que habíamos ido para saber si nos habíamos cruzado con alguien. Marcos vio que me había cambiado la cara.

—Gael, tranqui, ¿vale?

Se levantó de la piedra y me tendió su mano para que me levantase con él. El sol apretaba con fuerza y era hora de volver al coche para que no nos pillase la noche.

—Sé que terminará, Marcos. Más pronto que tarde. Pero solamente te pido que, por favor, no digas nada —dije agarrándole la mano y levantándome.

—No diré nada, Gael. Te lo pro… pro… prometo. Pero es mejor que eso que tenéis termine an… antes de que os descubran.

HUGO
El hoy

12 de marzo de 2008
Faltan 161 días para el final de nuestra historia

Le conté a Celia y Jonathan todas las novedades que habían ocurrido estas semanas con lo del faro de mis padres. Al parecer habían tenido problemas administrativos para conceder la licencia que permitía al Ayuntamiento de Níjar proceder con el derribo del faro y, de momento, la obra se encontraba paralizada. No tenía mucha esperanza de saber por cuánto tiempo, pero al menos, de momento, podía seguir yendo allí, ya que tenía las llaves. Mi madre se emocionó mucho cuando la llamé para que viniera, le tapé los ojos y la pasé dentro. No pudo creerlo cuando subimos hasta la cúpula acristalada. Fue un momento inolvidable, verla allí, tantos años después, los dos juntos. Me preguntó cómo lo había conseguido y le dije que algún día se lo contaría. Ella me miraba todavía emocionada y nos quedamos en el faro un par de horas.

Los días después Celia, Jonathan y yo estábamos histéricos porque empezaban a acercarse los exámenes finales y yo tenía todavía que preparar el guion para la beca de la Escuela de Cine de Madrid. Estuve hablando con mi madre y ella solo podría hacerse cargo de ayudarme a pagar el alquiler si me daban la beca, porque un solo curso en esa escuela rondaba los seis mil euros. Avancé en mi propuesta de guion, ya tenía más o menos claros los personajes y había conseguido escribir las primeras veinte páginas de golpe. Fue una tarde, a los pies del faro, mientras llegaba el atardecer cuando quise continuar esas primeras dos páginas que había escrito hacía un par de meses.

Jonathan nos había llamado para que dejáramos de estudiar por un rato y nos acercásemos Celia y yo a su casa, nos dijo que era importante.

—¡Cerrad los ojos! —gritó Jonathan.

—¡Ya los tenemos cerrados, coño! —le gritaba Celia.

Jonathan reía de puro nervio.

—¿Ya podemos? —pregunté deseando abrirlos.

—Venga. Ahora.

Abrimos los ojos y vimos dos caballetes, cada uno con un lienzo encima. Nos cambió la cara y nos acercamos despacio.

—Jon —dijo Celia—. Esto… Esto es…

Yo me acerqué todavía más al lienzo. Era yo.

—Son los trajes que he diseñado para cada una de vuestras futuras bodas.

Una figura trazada con pincel estaba cubierta de un traje blanco con una camisa y unos detalles unidos a la chaqueta. Eran como…

—Tu traje, Hugo, está compuesto de las flores que crecen bajo el faro de tu padre. Todas juntas se van uniendo y llevan hasta el mismo lugar. Si te fijas —señaló con la mano—, este es el punto de unión de todo el traje.

—El corazón —dije rozando con mis dedos el boceto que Jon había diseñado.

—Quería que todo conectase ahí de alguna manera y con esos detalles en verde y algunos colores puntuales de las flores quedaría un traje verdaderamente precioso.

Contuve la emoción de ver aquel traje, de imaginarme algún día con él puesto. Con el diseño que había realizado mi mejor amigo.

—Y el tuyo, Celia, es un vestido blanco estilo griego con detalles bordados y las mangas descubiertas a la altura del codo. Pero hay un detalle para mí muy especial. Fíjate en esto. —Jon quitó el lienzo y justo detrás había otro, pero la modelo tenía los brazos abiertos, perpendicularmente, y un manto dejaba ver un bordado precioso.

—Jon —dijo ella emocionada—, es como si tuviera...

—Alas para volar —contestó Jon sonriendo—. Exacto.

Yo no podía creerlo. Era el vestido más bonito que había visto nunca.

—Estoy sin palabras, Jon —dijo ella abrazándolo.

—Venid aquí —contestó él agarrándonos a los dos—. Siempre me habéis acompañado en el camino. Desde que os dije que quería intentarlo, me animasteis a que no tirase la toalla. Y es lo menos que podía hacer. Si no entro en esa escuela, quiero al menos haber dejado huella en alguien, y en quién mejor que en vosotros dos, mis mejores amigos.

—Lo vas a conseguir, Jon.

—Y estaremos juntos en ese piso de Madrid.

La madre de Jon se acercó a la habitación cuando estábamos todos abrazados.

—¿Ya os lo ha enseñado? —preguntó ella con el delantal puesto.

—¡Pero cómo tienes un hijo con tanto talento! —le dije.

—Si tan solo fuera un poco más ordenado..., me habría tocado la lotería, pero bueno. Es broma, yo también me lo pregunto, este chico, cómo ha salido tan creativo... Por cierto, he puesto dos platos más por si os queréis quedar a comer, he preparado unas lentejas riquísimas.

Conchi, la madre de Jon, era una mujer fantástica; sus padres también se dedicaban a los invernaderos y a veces quedaban con mi madre para tomar algo y comentar cómo iba saliendo la temporada. Ellos lo pasaron muy mal hace un par de años cuando tuvieron que perder toda una cosecha por un virus. Era el mayor de los temores de la gente que tenía invernaderos, ya que el virus se pegaba de una planta a otra y se arruinaba toda la plantación en cuestión de días. Eso significaba pérdidas y tener que vivir al día, ya que el mundo de los invernaderos era así, precario y de mucho esfuerzo para simplemente conseguir traer comida a casa.

—¿Y tu madre, Hugo? —me preguntó Conchi—. ¿Cómo lo lleva?

Yo soplaba la cuchara de las lentejas, que todavía quemaba.

—Bien, ahí va, poco a poco. Volvió a trabajar en el invernadero cuando recuperó un poco el ánimo, aunque ya se le está haciendo cuesta arriba, y de pensar que quizá me iré en un par de meses a estudiar a Madrid, no sé… No quiero dejarla sola con eso.

—Le dije que aprovechara el momento y vendiese su terreno. Muchos compañeros de mi marido andan buscando tierras para invernaderos y ya no hay ni hueco. Podría sacarse un buen pellizco, total, para vivir ella sola, podría terminar de pagar la casa y quedarse aún una parte para poder estar tranquila.

—Ya…, pienso igual que tú. Además, en Madrid me buscaría algún trabajillo para poder pagar yo solo el alquiler de donde nos vayamos.

—Pues, claro, intenta convencerla, dile que ya es hora de colgar el azadón, que lleva toda la vida allí metida. Es hora de descansar y disfrutar de lo que realmente quiera hacer. Y tú, Celia, ¿cómo llevas lo del curso de aviación?

—La semana que viene hago mi último vuelo de avioneta y si consigo aprobarlo me darán el título y, desde ese momento, podré solicitar la prueba para entrar en la Escuela de Aviación Española. Allí tendría que cursar cuatro años del Grado en Piloto de Aviación Comercial y Operaciones Aéreas.

—Madre mía, qué valor, mujer —dijo Conchi soplándole a la cuchara mientras comía.

—Desde siempre me ha encantado. Pasar de pilotar una avioneta a un avión… —dijo Celia emocionada— llevo esperando este momento tanto tiempo que lo estoy deseando.

—Los tres juntos a Madrid, ¡qué peligro tenéis! Pero qué contenta estaría y qué tranquilidad me daría que estuvierais juntos allí también, que os cuidarais y os tuvierais los unos a los otros —dijo Conchi, emocionada.

—Si todo sale bien y conseguimos pasar todos las pruebas que tenemos —dijo Jon—, Celia la de aviación, Hugo la de cine y yo la de Moda, ya puedes encender velas, mamá.

—Como si tengo que encender la iglesia entera. Vamos, hombre, no tengo duda alguna, confiad en vosotros porque lo vais a conseguir.

Terminamos de comer y Celia quería volver a su casa para repasar la prueba de aviación, yo regresé a la mía para seguir escribiendo y continuar con el guion de la historia que quería presentar al comité de evaluación de la Escuela de Cine de Madrid. Me monté en la moto y, de camino a casa, se levantó algo de viento, me fijé en que a lo largo de toda la playa había unas pocas personas completamente solas en la orilla, mirando al mar; otros caminaban frente al horizonte. Y pensé en como, a veces, solo necesitamos un lugar bonito para sentirnos acompañados y saber hacia dónde ir. Mi abuela siempre decía que la playa y los pueblos costeros, especialmente en los meses de frío, reunían a toda la gente que deseaba encontrar su lugar en el mundo. Llegué a casa y dejé el casco sobre la cama, después encendí una vela y me senté en mi escritorio para seguir escribiendo la historia de aquellos dos protagonistas. Me puse a teclear el viejo ordenador que había en mi habitación y poco a poco la cifra de palabras escritas iba subiendo: tres mil, cuatro mil doscientas, cinco mil…, cada pequeño avance era un logro inmenso para mí. Pensé en las ganas que tenía de volver a ver a Gael, y los dos hablamos de buscar un día para pasar juntos una tarde y una noche para nosotros solos en algún lugar especial. En las próximas semanas íbamos a estar completamente ocupados, él corrigiendo los cientos de exámenes de sus cursos sumado a varias actividades extraescolares que le habían pedido desde la jefatura de estudios y yo preparando los exámenes finales junto a algunos trabajos que debíamos presentar antes de despedirnos para siempre de segundo de bachiller.

Esta noche.

Tú y yo.

Dormir juntos.

Nuestro lugar especial. Sin nadie alrededor

que nos descubra.

¿Cómo lo ves?

Sonreí leyendo el mensaje de nuevo y pensé en que me iba a decir que no porque estas últimas semanas nos habíamos visto con mucho más cuidado que otras veces para que nadie nos pudiera descubrir juntos. Según me contó Gael, el profesor de Educación Física, Marcos, nos vio salir una mañana de su casa. Pero confié en que, quizá, este plan le apeteciese para también poder despejarse un poco. Fui a ver a mi madre al salón para comentarle lo que me había dicho la madre de Jonathan sobre lo del invernadero. Estaba allí, sentada en el sofá y con el botiquín entre las manos, a su alrededor un montón de gasas y vendas teñidas de rojo.

—¿Qué te ha pasado?

—Me he cortado arreglando las ramas altas del invernadero, nada más… —dijo ella que estaba con una gasa cubierta en agua oxigenada.

—Justo de eso quería hablar contigo.

Me miró entonces sin saber a qué me refería mientras se terminaba de curar la herida y de poner un poco de esparadrapo.

—¿Qué ocurre?

—Verás, mamá, tienes… cincuenta y cinco años. Y llevas trabajando prácticamente desde los…

—Dieciséis. Tus abuelos me sacaron del instituto y me llevaron directamente al campo porque había que traer dinero a casa. Empecé recogiendo pimientos y después sandías.

—Pues eso, prácticamente toda una vida. Nunca te has vuelto a ir de vacaciones, no te permites un capricho, sigues teniendo la misma ropa vieja y rota que hace años.

—Pero, hijo, ¿para qué quiero yo ropa nueva si voy cada mañana al invernadero y allí la destrozo?

La miré y supe que se merecía cumplir su sueño, pero no la habían dejado. Ahora solo necesitaba un respiro, un descanso largo para volver con muchas más fuerzas.

—Mamá, lo que intento decirte es que yo, si todo sale bien y consigo esa plaza en la escuela de cine, me iré a vivir a Madrid en septiembre. Y ya no hará falta que sigas ahorrando. Vende el invernadero ahora que es buen momento y coge ese dinero para ti. Para lo que quieras hacer, termina de pagar esta casa y disfruta. Ve de viaje, báñate en la playa de delante de casa a la que llevas sin acercarte años, es la única manera de que pueda estar feliz teniéndote tan lejos.

Me eché en sus brazos como tantas veces había hecho antes. Nuestra relación era especial porque no solo ella cuidaba de mí, sino que yo también cuidaba de ella. Ese cuidado que ambos teníamos el uno por el otro hacía que a la mínima supiéramos cuándo nos ocurría algo. Ella se me quedó mirando mientras asentía con la cabeza.

—Tienes toda la razón, hijo mío, son tantos los recuerdos que tengo en ese invernadero… Cuando lo compré junto con tu padre, cuando trabajaba embarazada de ti y cuando diste tus primeros pasitos por aquella tierra nuestra. Ese invernadero ha sido las raíces de esta familia, Hugo.

—Y, a veces, el mayor acto de amor es dejar ir —le dije cogiéndole las manos y rozándole con cuidado el esparadrapo que protegía su herida.

—Creo que es momento de decirle adiós.

—Gracias por escucharme siempre, mamá.

Ella sonreía ahora. Y sabía que me iba a hacer caso. En ese momento recibí un mensaje en mi teléfono. Era Gael.

Gael
18:42

Acepto tu plan.
Pero hay que tener cuidado, ya sabes que me juego mucho.
Te veo luego donde siempre.

—Hoy, mamá, no cenaré en casa. Bueno y tampoco...
Ella arqueó las cejas.
—¿Me vas a decir de una vez con quién andas quedando?
—preguntó con una sonrisa pícara.
—Yo... Yo no es que esté...
—Hugo, hijo —dijo curiosa—, te he parido. Y sé cuándo te brillan los ojos de una manera diferente. Estas semanas atrás cuando te ibas de casa a las cinco y media de la madrugada para ver el amanecer o que de repente quieras bucear, en pleno mes de marzo. Sé que te ha estado ayudando con lo del faro y que por eso lo has conseguido. Simplemente, dile de mi parte que gracias.
La miré y sonreí avergonzando.
—Se lo diré, mamá —dije mientras me levantaba y le di un beso para después meterme en la ducha deprisa para preparar el plan con Gael.

Eran las diez de la noche y vi cómo su coche aparcaba justo en el camino donde nos encontrábamos siempre. Apagó las luces del vehículo y oí la puerta y comencé a ponerme nervioso; Gael subía los escalones, uno a uno, y yo lo esperaba arriba del todo. Cada vez el sonido de sus zapatos sonaba más y más cerca. Hasta que llegó a la cúpula. Lo había preparado todo para que esa noche fuera perfecta. Nada más salvar los últimos escalones y subir a la última planta del faro, el espacio parecía totalmente otro: había extendido e inflado un colchón, alrededor del cual había puesto un montón de cojines, una mesita que había subido de la casita del farero, luces que iban a pilas y velas aromáticas. Por los muros de cemento desnudo había enganchado también otras tiras de luz que dibujaban constelaciones a nuestro alrededor. En la mesita había una botella de vino blanco en una heladera con hielo, dos copas y hasta un tentempié por si nos entraba hambre, diferentes tipos de queso, uvas, mermelada... Él se quedó sorprendido al ver todo lo que había allí preparado.

—Dios mío —dijo sonriendo—, ¿y esto, Hugo?

—Tenía muchas ganas de pasar una noche contigo aquí arriba. Y más después de lo que me contaste de Marcos, el profe de Educación Física... Quería tener una especie de refugio a tu lado donde nadie nos pueda molestar. Y, bueno, he preparado esto.

Gael se acercó a mí, yo estaba apoyado en el colchón, descalzo porque había dejado las zapatillas a un lado, y me cogió de las manos para que me pusiese de pie.

—Brindemos, ¿no? —dijo.

Gael abrió la botella muy rápido y sirvió el vino en las dos copas que sujetaba con la otra mano. Dejó la botella apoyada en la mesita y me entregó una de las copas.

—Hugo —dijo alzando la copa al aire—, por ti. Vas a ser un gran escritor.

Lo miré, su piel perfecta, que además brillaba por el revolotear de las llamas de las velas; su camisa, remangada e impoluta con sus iniciales en el puño, GBC. Gael Beltrán de Castro.

—Y también por ti, Gael —dije subiendo mi copa a la misma altura que la suya—, por haberme demostrado que, aunque haya sueños y deseos imposibles, hay algo más importante que los hace posibles —me miró con atención y terminé mi frase añadiendo—: el amor.

Y nuestras copas brindaron a la vez. Nos mojamos los labios con aquel vino y nuestros ojos entendieron lo que pensábamos. Agarré su mano y me acerqué a él para quitarle un botón de su camisa mientras confirmaba que no aguantaba ni un segundo más sin poder besarlo. Y lo hice. Lo hice mientras él dejaba las copas en una esquina y me besaba con pasión. Me besaba mientras se quitaba con ayuda de mis manos la camisa. Nos besábamos mientras me tendía en aquel colchón a un paso del cielo. Me besaba con ganas, con fuerza y con amor. Sentía sus labios mientras él se quitaba su cinturón y el pantalón. Lo agarraba fuerte con mis manos sobre su espalda mientras me decía una y otra vez al oído las mismas siete palabras: «Te voy a echar tanto de menos». Una y otra vez. «Te voy a echar tanto de menos». Me pasaba la lengua por el cuello y mientras yo gemía él me susurraba al oído: «Te voy a echar tanto de menos». Y la piel se me erizaba al sentir sus labios, al oír sus palabras. Se acercó con cuidado y me bajó los calzoncillos y escupió en sus manos para ahondar dentro de mí y que no me doliera. Y me miraba con respeto y me repetía. «Te voy a echar tanto de menos». Y comencé a sentirlo en mi interior, primero despacio y luego deprisa. Mientras lo miraba, detrás de él las llamas de las velas iluminaban aquella cúpula repleta de estrellas y supe que aquello no lo olvidaría nunca. Que no se lo contaría a mucha gente, porque tampoco me creerían. Toqué sus brazos con fuerza para saber que no estaba en un sueño. Miré cómo me hacía el amor y supe que siempre volvería a elegirlo a él para que se tropezara en mi camino, lo escogería una y mil veces más para que me llenase la camiseta de cerveza y para volver a buscar las llaves perdidas de un faro que, pese a estar abandonado, se siente vivo. «Te voy a echar tanto de menos».

GAEL
EL HOY

21 de marzo de 2008
Faltan 152 días para el final de nuestra historia

Me presenté en el instituto a tercera hora, ya que las dos anteriores no tenía ninguna clase y aproveché para adelantar trabajo en casa. Llegué al centro y cuando fui a meter la llave en la cerradura de mi despacho la puerta se abrió y me encontré de sopetón con Marcos que me agarró y me metió para dentro.

—Te… te… te voy a matar.

Lo miré sin entender qué hacía allí.

—¡Qué susto, joder, Marcos!

—Le… le… le hiciste un chupetón a Hugo. Se lo he visto en cla… clase. La jefa de estudios lo ha… ha comentado en el descanso también, que vaya bocado llevaba Hugo.

—¡Shhhhhh! —le dije viendo que la puerta estaba entreabierta.

—No, no, es que me di… di… dijiste que se iba a a… acabar. ¿Así acabas tú… tú las cosas?

—Marcos, puede habérselo hecho cualquier persona. Vamos, por favor, tengo clase ahora.

—El problema es que YO sé que se lo has hecho tú —me fijé en que estaba sudando— y no sé mentir, y he empezado a sudar y he tenido que… que… que irme. Me dijiste que se iba a terminar.

—Estamos despidiéndonos —dije—. No te agobies, no pasa nada. Lo tenemos todo controlado, nos vemos normalmente por las noches y en sitios donde nadie nos puede pillar, relájate, ¿vale?

—Pero es que... Ga... Ga... Gael.

—Tengo que irme, Marcos, luego hablamos.

HUGO
El hoy

Entré en casa y me di cuenta de que mi madre todavía estaba en el invernadero, porque las cartas que habían tirado por el hueco de la puerta estaban desperdigadas por el suelo. Me agaché para cogerlas todas, con la certeza de que eran para mi madre: factura de la luz, del teléfono, publicidad de una inmobiliaria…, pero hubo un sobre que me llamó la atención. Estaba escrito a mano y en la parte delantera venía lo siguiente:

Hugo Vargas Soler
Calle Ancla, 51
San José (Almería)

Me lo quedé mirando y por un momento pensé en que quizá era información acerca de la Escuela de Cine de Madrid, pero no aparecía ningún logo y mucho menos vendría manuscrito. Me senté en el sofá y abrí el sobre, al desplegarlo encontré un mensaje recortado con letras distintas.

**CONOZCO VUESTRO SECRETO.
SI NO QUIERES QUE GAEL PAGUE
LAS CONSECUENCIAS,
ALÉJATE DE ÉL Y NO LE CUENTES NADA.
TE ESTOY VIGILANDO.**

Mis manos empezaron a temblar sosteniendo aquel papel, aquello no podía estar pasando. Quién iba a querer hacernos daño de esa manera. Miré el sobre y no venía nada, simplemente letras a boli en el sobre con mi nombre y mi dirección. Sentí miedo, pánico. Sentí terror y necesité llamarlo, pero leí de nuevo el mensaje y vi su advertencia. No podía contárselo. Me levanté de inmediato del sofá y miré por la ventana, por si había alguien allí. Algunos vecinos pasaron por delante de mí y pensé en quién podría habernos visto; pensé en su novia, Cayetana, pero me pareció demasiado retorcido. Además, no sabía de nuestra aventura, aunque quizá pudo verme salir de la casa y fingir que se volvía a Madrid para simplemente espiarnos. También pensé en mi ex, Javier, él había podido enviarme esto, sabe dónde vivo y podría haberme visto con Gael y haber descubierto que era mi profesor simplemente tras esperar un día fuera del instituto escondido en cualquier punto. Empecé a notar que me faltaba el aire, poco a poco, y que el mundo se me iba viniendo cada vez más encima.

GAEL
EL HOY

25 de marzo de 2008
Faltan 148 días para el final de nuestra historia

—¿Gael Beltrán de Castro? —El chico que repartía la mensajería preguntó por mí a través del timbre. Le abrí extrañado preguntándome qué era lo que tenía que entregarme.

—Sí, soy yo —dije recogiendo un sobre de tamaño mediano.

—Si me firma por aquí —añadió el chico entregándome una hoja.

Firmé y me dio aquel sobre en el que venían mis datos al completo.

—Pero quién me ha enviado esto —me pregunté subiendo las escaleras de la casa.

Giré el sobre y no venía ningún tipo de remitente. Cerré la puerta de casa después de pasar y me senté en el sofá con el sobre en la mano. Lo abrí y agarré lo que había dentro. Al sacarlo, me fijé en que era una especie de tarjetón enrollado en papel maché, lo deslié con cuidado sin saber qué era y entonces vi una fotografía de nosotros dos en blanco y negro montados en una moto que nos prestaron en nuestro último viaje a Menorca. Abrí la tarjeta y sobre un fondo blanco se leía lo siguiente:

Tenemos el placer de invitarlo al enlace matrimonial entre

Cayetana Herráiz-Gervás
y
Gael Beltrán de Castro

Tendrá lugar el próximo
20 de agosto a las 14:00 horas
en la catedral de la Almudena.
Oficiará el arzobispo de Madrid.

Acto seguido, se celebrará un banquete
en la finca Los Prados.

Añadimos indicaciones para llegar en el reverso.
Se ruega confirmación en los siguientes teléfonos:

Cayetana   Gael
9721999   9251096

Estamos deseando que nos acompañe
en un día tan especial para nosotros.

Dejé la invitación encima de la mesa y llamé a Cayetana de inmediato.

—¡Amor! —gritó ella al otro lado, tanto que tuve que apartarme de repente el móvil—. ¿A que han quedado bonitas? O sea es que estoy enamorada, te lo prometo. Las recibí ayer y quise enviarte una por correo urgente para que te llevases la sorpresa.

—Hola, cariño. Sí, la tengo aquí en la mano —dije agarrándola de nuevo—. Es… Es muy bonita —me limité a decir—. Lo único que pensaba que íbamos a encargarnos los dos de las invitaciones, ya tenía alguna cosa pensada como poner una de esas fotografías que conservamos juntos en la playa.

—¡Ah! —exclamó ella sorprendida—. Quise encargarme yo porque imaginaba que me dirías que estabas hasta arriba de tus exámenes y tus cosas.

—Bueno, a veces lo estoy, es así casi siempre, soy tutor de varios cursos y me implico mucho en el instituto…, pero te dije que también contaras conmigo para organizar la boda en la medida de lo posible.

—Ya…, ya, pero, a ver, no te ofendas, amor, pero al final yo me dedico a esto, ¿no? Entiéndeme, trabajo en moda, aquí estamos todo el día valorando propuestas de portadas, de fotografías. Preferí no molestarte y encargarme yo porque total no es tan distinto a mi día a día en la revista. Sabía que esa iba a funcionar y a quedar estupenda. ¡Y ha quedado tal cual! —dijo de nuevo.

Suspiré antes de contestar y decidí no darle más importancia.

—Genial, cariño —añadí desganado.

—Faltan solamente ciento cuarenta y ocho días. Es que me he hecho una cuenta atrás en la BlackBerry. Cada día me sale un aviso. ¡Es lo más, instálatela tú también para que podamos contar los días juntos!

—Sí, en otro momento lo hago, amor. Oye, voy a irme a correr por la playa, ha amanecido un día estupendo en Cabo de Gata y quiero aprovechar el sol.

—¡Eso es! —respondió ella—. Poniéndote en forma para estar todavía más guapo el día de la boda.

—Hablamos más tarde. Un beso, Caye.

—¡Te quiero mucho, Gael! —dijo—. Estoy muy feliz por nosotros. Mucho. Mucho.

Y colgué. Me quedé mirando el teléfono pensando en qué estaba ocurriendo. Suponía que eran los nervios de pensar que cada vez faltaba menos para el gran día y ya estaba todo preparado: las mesas, las invitaciones, los arreglos de mi traje, el coche en el que me iba a llevar Bosco a la catedral de la Almudena, la finca —que ya sabían el menú, que nos encantó—, también estaban contratados los violinistas y el coro para cuando entrásemos a la iglesia. Suspiré y me di cuenta de que necesitaba despejar la mente y todo lo que había dentro de ella. Me cambié de ropa, me puse mis deportivas y eché a correr por toda la playa que había enfrente de mi casa. Eran kilómetros y kilómetros de piedrecillas. Quise ir más y más rápido mientras el sol apretaba y me hacía sudar lo más grande. Corrí como si se me fuera la vida en ello, pero necesitaba sacarlo todo. Pegué un último esprint y me detuve poco a poco para, al detenerme por completo, pegar un grito en señal de resistencia. Me apoyé con las manos en las rodillas mientras mis pulmones recuperaban el oxígeno e hice el esfuerzo de no pensar que mi vida cambiaría para siempre en cuestión de semanas. Que en poco tiempo me convertiría en el marido de Cayetana Herráiz-Gervás y ella en mi mujer. Las invitaciones estarían ya de camino a las casas de los cuatrocientos ochenta invitados y ahora sí que escuchaba la manecilla de un reloj que hacía: tic, tac, tic, tac. Todo comenzaba ahora, aunque eso implicase que otras cosas tuvieran que terminar.

Hugo
El mañana

—¡Despierta! —grita Celia—. Ya hemos llegado. Ya hemos llegado —dice sacudiéndome del brazo para que me despierte.

—Au —digo incorporándome en el asiento y noto que se me ha dormido el cuello.

—Bueno, bienvenidos a Madrid —dice Loreto, nuestra jefa de estudios—. Hoy no vamos a poder hacer ninguna parada, pero a nuestra vuelta del viaje aprovecharemos para visitar un par de cosas importantes de la ciudad. —A la vez que habla se intenta dar aire con el abanico que lleva—. Por favor, revisad bien que llevéis todo con vosotros antes de bajar del autobús, ya que, una vez bajemos, el conductor se marchará de nuevo. En unos diez, quince minutos llegaremos a la nueva terminal cuatro del aeropuerto y en pocas horas estaremos volando. ¿Estáis emocionados, mis queridos alumnos? —pregunta la profesora.

—¡Sííí! —gritamos todos al unísono. Son las 11:30 pasadas y miro el teléfono, en el que no obtengo respuesta de Gael. Imagino que estará vistiéndose para su boda. Celia se fija en que no paro de mirar el móvil.

—Hugo, ya —dice—. Déjalo ir, por favor. Ya está.

—¿Qué pasa? —pregunta Jon.

Los miro a los dos sabiendo que tienen razón.

—Pues que está esperando a ver si Gael le contesta —dice Celia—, cuando hoy se casa con su mujer. Es que es demencial, Hugo.

—Solamente quería comprobar que no va a venir.

—Por supuesto que no va a venir, Hugo —dice Jon—. Fue claro contigo: una historia que solamente tú y él podíais conocer y que, llegado el momento, os tendríais que decir adiós porque cada uno teníais vuestra vida. Ya tuvisteis esa despedida y no va a volver, Hugo, por más mensajes que le mandes.

—Y no puedes estar así en el comienzo del viaje de fin de curso, Hugo, te lo decimos por tu bien, porque te queremos y queremos que disfrutes del ahora, no del ayer. Mira a tu alrededor. Todos estamos felices y deseando disfrutar de estos días, vamos a salir de fiesta, a bañarnos y a celebrar que, a la vuelta del viaje, seguiremos estando juntos. Nos hemos esforzado mucho para llegar hasta aquí, no lo olvides —dice ella sonriéndome.

—Gracias por estar siempre, hasta cuando yo no estoy del todo —respondo apoyándome en ellos.

—Venga, vamos a hacernos una foto. —Celia saca una cámara de usar y tirar que se ha traído al viaje, le da la vuelta y estira su brazo mientras Jon y yo nos apoyamos en ella. Jonathan pone sus morros en la mejilla de Celia para darle un beso y yo hago lo mismo. Celia aprieta el botón y el flash salta para capturar la imagen de nosotros tres, los tres amigos que han conseguido lo que se propusieron y que no van a dejar que nada les estropee sus vacaciones. El autobús desciende por el túnel de la M-30 y los carteles que señalan la terminal cuatro del aeropuerto de Madrid-Barajas comienzan a aparecer. Y entiendo de nuevo esa frase que mi amiga me dijo y que ahora cobra más sentido que nunca: «El mayor acto de amor es dejar ir».

GAEL
EL HOY

6 de abril de 2008
Faltan 136 días para el final de nuestra historia

—¿Me vas a explicar ya qué te pasa conmigo?

Hugo estaba muy raro últimamente, no habíamos podido vernos desde hacía semanas. Siempre era él quien me proponía planes, encontrarnos en algún lugar, hacer pequeñas escapadas a algunas calas y, viendo que sus mensajes dejaron de llegarme, le pregunté yo por vernos y por quedar, por hacer alguna excursión los domingos, y dejó de contestarme.

—No me pasa nada, simplemente tengo muchas cosas que hacer.

—¿En serio, Hugo? —le pregunté, y entrecerré un poco los ojos—. No me lo creo.

Él ni me miraba. Estábamos en una esquina del instituto sin que nadie nos pudiera ver.

—No puedo hacer que me creas. Tengo que irme ya.

—Hugo, por favor. Explícame qué te pasa, te he ayudado con todo lo que he podido. ¿Y ahora me haces esto?

Fui a agarrarlo del brazo cuando cruzó por delante de mí, pero me fijé que al fondo estaba otro profesor pasando de espaldas y no quise llamar la atención. Hugo desapareció entre el fondo del pasillo y suspiré intentando encontrar la razón de lo que estaba ocurriendo. Probablemente era que se había cansado de este juego en el que sabía que él siempre salía perdiendo. Estábamos en abril y en cuestión de unas semanas llegaban los exámenes finales y se prepararían las pruebas de la universidad. Cogí aire y entendí que aquello era el principio del fin.

Hugo
El hoy

8 de abril de 2008
Faltan 134 días para el final de nuestra historia

—Pero ¿quién coño te mandaría esto a ti? —preguntó Celia cogiendo el anónimo que me habían enviado a casa días atrás.

—Podría ser cualquiera.

—Pero casi nadie lo sabe, ¿no? —preguntó Jonathan mirándonos en mitad de la habitación.

Me quedé en silencio. Estábamos en la habitación de Celia, habíamos venido después de clase a comer aquí porque necesitaba contarles lo del anónimo para que me ayudasen a saber qué hacer.

—Podría ser Javi, sus amigos pudieron verlo cuando vino a defendernos al callejón —dije mirando a Celia—, aunque también podría ser Cayetana, ella apareció por sorpresa en su casa y yo estaba allí dentro, quizá pudo verme salir de allí o encontrar cualquier mensaje nuestro en el teléfono de Gael.

—Joder —dijo Jonathan.

—¿Y por qué no se lo cuentas a Gael? —me preguntó Celia—. Quizá él puede ayudarte. Te ayudó con lo del faro, es inteligente y tal vez nosotros no vemos algo que él sí.

—No quiero meterlo en esto, ya bastante peligro está corriendo; si quien me mandó esto nos delata sería el fin, y sabéis que no quiero que sea el final hasta que llegue el momento, necesito pararlo a tiempo.

—Pues entonces tenemos que encontrarlo nosotros antes —dijo Celia.

—¿Y cómo podemos encontrarlo? Solamente tenemos esta mierda de carta con letras recortadas de cualquier revista.

—Busquemos en los pequeños detalles. Tiene que haber algo.

Estuvimos un buen rato todos juntos revisando el sobre y aquello era un callejón sin salida. Después de más de dos horas mirando y buscando cualquier cosa que nos arrojase un poco de luz, Jonathan se levantó del suelo y nos miró.

—No es por aguar la ilusión de sentirnos como los de C. S. I., pero la semana que viene tenemos examen de Filosofía y yo todavía no he abierto el libro —dijo Jonathan.

—Yo también debería ponerme a estudiar, Hugo, tengo que preparármelo, es el primero de los últimos exámenes. Y tú deberías hacer lo mismo. Escúchame —dijo acercándose a mí en la cama—, sabías que tarde o temprano ibas a tener que despedirte de Gael, no pongas en peligro todo su trabajo y que puedan expedientarlo. Ya habéis tenido vuestra historia, quédate con eso, ¿vale?

—Vale —respondí cabizbajo.

—Tenemos que irnos.

Me levanté y me despedí de mis amigos, cuando se fueron agarré el sobre y metí el anónimo dentro para llevarlo hasta la papelera no sin antes fijarme en cómo estaba escrito mi nombre. Hugo Vargas. La hache estaba un poco rara y la uve del apellido no era recta del todo, pero juraría haber visto esa letra antes.

La semana siguiente comenzaron los exámenes, yo seguía poniendo distancia con Gael, ya que no quería que todo esto le pudiera salpicar de alguna manera. Pensé que, cuanto más alejado estuviese de él, menos podrían sospechar de nosotros. Llegué al instituto puntual, mi móvil marcaba las 08:10 y las clases no comenzaban hasta y cuarto. Del baúl de la moto saqué los apuntes de Filosofía y por el pasillo seguí repasando el temario de la filosofía contemporánea, el marxismo y también todo el apartado de Nietzsche, y cuando llegué a la puerta del aula leí por última vez la parte del liberalismo, que tenía claro que caería en el examen. Celia y Jonathan ya estaban sentados, habían separado las mesas y repasaban también sus apuntes. Todos estábamos nerviosos por las semanas de exámenes que nos esperaban y que decidían gran parte de nuestro futuro. Los saludé y me senté en la mesa libre que había a su lado, pegada a la pared. Los demás no tardaron en llegar y esperamos a que apareciese nuestro profesor, que seguramente estaría imprimiendo los exámenes. Celia, Jonathan y yo nos miramos y, al momento, llegó Marcos con cientos de folios en la mano, el maletín del portátil en la otra y sudando como un pollo.

—Pe… pe… perdonad —comenzó nervioso—, la má… máquina de las fotocopias se había quedado sin tin… tin… tinta y me he retra… sa… sado. —Dejó todos los bártulos encima de la mesa y a los primeros de cada fila les dio un taco de folios—. Quedaos con dos cada uno y pasad los demás hacia atrás.

—Es fácil, ¿profe? —preguntó Iván, un chulito de nuestra clase.

—Si has estudiado, sí, Iván.

Marcos agarró el otro montón de folios, que eran los exámenes, y se acercó a cada mesa dejando el examen boca abajo. Con el pulgar, se lo acercaba a la boca y mojaba un poco de saliva para poder sacar las hojas. Cuando ya todos tuvimos los exámenes, el profesor volvió a la pizarra y anotó en mayúsculas:

FECHA DE HOY:
VIERNES 8 DE ABRIL

—Anotad la fecha al empezar y vuestros no… no… nombres y apellidos. Tenéis una hora desde este mo… mo… mo… —al profesor le costaban ciertas palabras— momento.

Todos le dimos la vuelta al examen, pero yo me quedé con la mirada clavada en aquello que había escrito Marcos en la pizarra.

Esa hache. Esa uve. No podía ser. Un escalofrío me recorrió la espalda y sentí que me faltaba el aire. Celia me miró y notó que algo iba mal al momento. Intenté mantener la calma, pero no podía. Era él. Había tenido que ser él.

—Hugo, Hugo, qué ocurre —me susurró Celia al otro lado del pasillo que habían dejado para separar las mesas. El profesor no nos miraba, ya que estaba todavía guardando cosas en su maletín.

—Celia, la letra —dije señalando con la mirada a la pizarra—, es la misma, es la misma.

Celia miró hacia donde le dije y entendió lo que pasaba.

—No puede ser.

—¡Chicos! —dijo ahora Marcos—. El examen ya ha empezado. Está terminantemente prohibido hablar.

Celia me miró y me pidió que respirase e hiciese el examen. Pero me quedé del todo en blanco. Algunas lágrimas cayeron en el folio y me sentí diminuto, me di cuenta de que aquella historia no podía salir bien y de que, además, iba a suspender la asignatura y me bajaría la media de todo el curso.

GAEL
EL HOY

16 de abril de 2008
Faltan 126 días para el final de nuestra historia

—¿Estás seguro?

Hugo se había presentado en mi casa y me lo había contado todo. Se echó a llorar de recordar el momento en el que estaba haciendo el examen de Filosofía y descubrió quién lo había amenazado con contarlo. El muy cabrón. Me contó la razón por la que intentó alejarse de mí, no quería que todo esto me pudiera afectar de alguna manera, y le dije que tenía que haber acudido a mí desde el principio. Pero que había sido un gesto que todavía decía más de lo buena persona que era. Estuvimos juntos aquella tarde en casa y pusimos una película en mi televisión. Era *Una pareja de tres,* algo que después pensé que no era muy apropiado, dadas las circunstancias…, pero era la historia de una pareja que tenía un cachorro y vivía la vida a su lado hasta que el perro fallecía. Antes de que pudiera darme cuenta, Hugo estaba dormido en el sofá, entre mis brazos, y yo apagué la tele y lo desperté poco a poco para que se marchase a casa. Al día siguiente ambos teníamos clase y yo, muchas cosas que hacer. Hugo agarró el casco de su moto y se despidió dándome un abrazo, no sin antes decirme lo mucho que le gustaba dormir sobre mi pecho.

Al día siguiente llegué al instituto temprano, le pedí a Marcos si podía acercarse un segundo a mi despacho antes de que empezasen las clases, porque tenía que contarle algo. Lo preparé todo para que el plan no hiciese aguas por ningún lado: no habría profesores por los pasillos, los alumnos todavía no habrían entrado y, lo más importante, hasta las 08:15 que sonaba el timbre las cámaras de los pasillos no grabarían nada, por lo que en ningún momento se nos vería entrando a mi despacho. Eran las ocho en punto de la mañana cuando tocó a la puerta.

—¡Marcos! —dije agarrándolo por la espalda—. Pasa, hombre, pasa.

—Gael, tengo bastantes exámenes que corregir, si… si… si… si me has hecho que venga antes para contarme cómo va tu historia de amor con ese crío, de verdad que no… no… no tengo tiempo para…

—Justo te quería hablar de eso —dije cambiando ahora mi tono de voz—. Hugo y yo hemos terminado —dije muy serio—. Llevabas razón, y no sé cómo no pude hacerte caso antes. Todo esto no iba a ningún lado y al final nos jugamos mucho.

Su cara entonces cambió.

—Claro que sí, Gael —dijo acercándose a mí—. Ya no como compañero, como amigo, te lo digo: tú… tú… tú podrías estar con cualquier persona, y más si te apetece probar cosas…. ya sabes, nue… nuevas —dijo sonriendo.

Miré el reloj. Eran las 08:05. Tenía muy poco tiempo para hacer todo lo que había planeado. Fue entonces cuando, teniendo a Marcos muy cerca de mí, dejé que se acercase más. Tanto como él quiso.

—Tú y yo. Marcos…

Suspiró. Estaba excitado. Le puse la mano en su paquete y estaba completamente empalmado.

—Gael —dijo sonriendo.

Y entonces lo hice. Le agarré tan fuerte de los huevos que sus ojos se abrieron e inflaron como si fueran dos globos. Lo llevé hasta la estantería y lo estampé.

—Sé lo que le has hecho a Hugo, hijo de la gran puta. Lo de enviar anónimos a alumnos no te va a venir nada bien si quieres que la directora te renueve el contrato —mientras hablaba le seguía apretando sus genitales—, porque has rebuscado en los datos de un alumno para enviarle amenazas y la letra es exactamente la misma, por no decir que eres tan sumamente imbécil que en ese maletín guardas los siguientes sobres que ibas a enviarle. Así que no solo vas a dejar de hacerlo, sino que además resulta que a Hugo no le salió muy bien el examen porque le dio un ataque de pánico cuando descubrió que eras tú. —Su rostro era de terror absoluto, así como de dolor, porque yo no relajaba mi mano en sus partes.

—Ga... Ga... Gael, por favor. Escúchame.

—No —dije cortándolo y acercándome más a él—. Le vas a poner una buena nota. Y como te vuelva a ver acercarte a nosotros, espiarnos o husmear, los huevos que tengo en la mano me encargaré personalmente de que te los comas. ¿Me has oído?

—Sí. Sí. Gael. Por favor, suéltame. Suéltame.

—Qué nota le vas a poner —dije sin soltarlo todavía.

El reloj marcaba las 08:12.

—Un nue... nue... nue...

—¿Un nueve? —le pregunté apretando todavía más fuerte.

—¡UN DIEZ!

—Así me gusta. Confié en ti pensando que eras alguien en quien poder apoyarme. Pero eres una simple rata. Ojalá algún día sientas algo de amor por alguien, Marcos. Porque lo único que me das es pena.

Lo saqué de mi despacho y se fue, el timbre sonó a los pocos segundos y cerré con llave mi despacho y crucé el pasillo; justo entonces me topé con Hugo, Jonathan y Celia, que me miraron, y yo le sonreí a él para después guiñarle el ojo. Ya no tendría de qué preocuparse.

Hugo
El hoy

23 de abril de 2008
Faltan 119 días para el final de nuestra historia

—Guardad to... todos silencio. Voy a daros las notas.

Marcos agarró el folio que tenía delante y fue por orden de lista con su característica tartamudez:

—Carlos Díaz, dos y medio.

—¡Cómo! —exclamó Carlos—. ¡Eso es imposible!

—Silencio. Por favor.

—Sofía García, cuatro y medio.

Sofía se echó las manos a la cabeza. Aquello estaba siendo una auténtica escabechina.

—Naiara Gutiérrez, cero.

—¿No puse bien ni la fecha o qué? —le gritó Naiara.

—Fue lo único —dijo Marcos.

El profesor siguió dando notas y llegó a Celia, que sacó un ocho. El siguiente era Jonathan, que también aprobó con otro ocho. Y al poco llegaría yo, que habría suspendido con otro cero como Naiara.

—Hugo Vargas.

Agarré la mano de Celia y también la de Jonathan, ya que me daría mucha vergüenza escuchar como había sacado un cero.

—Un diez.

—¡Qué! —gritaron algunos de mis compañeros.

—Espera, ¿cómo ha dicho? —insistió Celia.

—No puede ser —dije—, no puede ser.

—Es co... co... como habéis oído —carraspeó Marcos, y siguió leyendo la lista.

GAEL
EL HOY

23 de abril de 2008
Faltan 119 días para el final de nuestra historia

Gael
13:21

¿Qué tal la nota de Filosofía?
Bien ¿no?
Besos.

Hugo
13:25

¿Se puede saber qué has hecho?
Te voy a matar…

Gael
13:26

Saqué mi lado chungo, te hubiera encantado verme.
Dos números de nota. Bravo.
Una por cada huevo que le estrujé.
Tengo ganas de verte.

Hugo
13:31

Me estoy descojonando en clase. Para.
Yo también tengo ganas de verte.
Te quiero.

HUGO
EL HOY

Llegué al instituto en mi moto y aparqué donde siempre. A mis espaldas, llevaba una gran carpeta con todo el trabajo final que había estado preparando estas semanas atrás. Conseguí aprobar todos los exámenes, pero en Geografía no teníamos examen final, sino que, como nos dijo el primer día de clase, para Gael era más importante que contásemos nuestra propia historia relacionada con algún lugar de la geografía cercana. Tenía que ser un lugar especial y que significara algo destacable en nuestra vida; pasé gran parte del mes preparando solamente aquel trabajo y necesitaba, de una vez por todas, presentarlo. Celia llegó al poco tiempo, también con un tubo bajo el brazo en el que imaginaba que estaba su trabajo.

—¿Vamos? —me preguntó dándome un abrazo.

—Me acosté ayer a las tres de la mañana preparándolo.

—Yo también. Quiero mi diez en la asignatura.

—Y yo matrícula de honor —dije sonriéndole mientras pasábamos por la secretaría del instituto.

—Tú lo tienes mucho más fácil —respondió guiñándome el ojo—. Vamos, pasa —dijo abriendo la puerta.

En clase, todos estaban hablando sobre el viaje de fin de curso, ya que el día anterior nos habían mandado los vuelos; fue la jefa de estudios, Loreto, quien subió a nuestra aula antes de salir al recreo para darnos los billetes a cada uno. Iríamos con ella y con otra de nuestras profesoras, Clara, la nueva que había entrado en el instituto junto con Gael. En los billetes, venía toda la información: salíamos de Madrid el próximo 20 de agosto, a las 13:30 horas, y el hotel que habían reservado era increíble; nos enseñaron las fotografías de la agencia de viajes y vimos que tenía varias piscinas, justo delante del mar y en plena zona de marcha. Compartiría habitación con Jonathan y Celia lo haría con Naiara, pero, conociéndonos a los cuatro, lo más probable sería que acabáramos durmiendo todos juntos en una misma habitación. Todos estábamos entusiasmados y en aquel instante Gael entró en clase. Puntual, como siempre.

—¡Buenos días a todos! —exclamó—. Espero que estéis fenomenal, vamos a abrir un poquito la ventana —abrió la que estaba al lado de su mesa—, qué calor tenéis ya por aquí.

—Y lo que nos queda —dijo Naiara.

Aunque la clase estaba a punto de empezar, Jonathan, Celia y yo seguimos hablando.

—El otro día fue supersimpático con nosotros, nos estuvo preguntando que cuáles eran nuestros planes —dijo refiriéndose a Jon y a ella—, le contamos que nos queríamos ir contigo a vivir a Madrid, que Jon iba a presentarse a una prueba para la Escuela de Diseño de Moda y yo para la de aviación, y nos animó a que hiciéramos el último esfuerzo para conseguirlo. Y también nos dijo varios barrios de Madrid para empezar a mirar donde poder alquilar un apartamento para los tres, las zonas más de moda —continuó Celia sonriendo—. Me pareció muy majo.

—Creo que sabe que lo sabemos —dijo Jon.

—¿Tú crees? —le pregunté.

—Estamos todo el día juntos, Hugo —susurró—. Aunque tampoco lo vi demasiado preocupado. Al fin y al cabo, ya has cumplido los dieciocho.

—Ya, pero sigo siendo su alumno.

—Bueno, para quince días que os quedan en el convento…

—¡Pues a follar dentro! —dijo demasiado alto Jon.

La clase entera se giró hacia nosotros.

—¿Perdona? —preguntó Gael.

—No, no, nada —respondió Jon—. Perdón, ya me callo.

—Te voy a matar, Jonathan —dije mirándolo.

Celia se tapaba la cara con el archivador muerta de la risa y la vergüenza a la vez.

—Bueno, ya sabéis que hoy vais a tener que exponer vuestros trabajos finales de Geografía. Es un día muy emotivo para mí porque veré esas localizaciones tan personales que hablan de vosotros. Me parece muy bonito terminar de esta manera el curso y no con los nervios por las pruebas de la universidad. Vamos a ir por orden de lista, si os parece, ya que he unido la clase de Geografía con la tutoría que teníamos después y así tenemos más tiempo. Empezamos por —dijo mirando a la lista— Kilian Álvarez.

Nuestro compañero Kilian sacó su trabajo y sobre un caballete que nos había preparado Gael lo expuso. Habló de la importancia de un lugar muy característico y especial para él: la playa de la Romanilla; era la playa que había delante de su casa, allí bajaba siempre con su madre desde que era niño hasta que tuvieron que dejar de ir porque a ella no podía darle el sol después de la operación, ya que le diagnosticaron cáncer de mama. Dos años después su madre consiguió superarlo y ahora, poco a poco, estaba volviendo a bajar a la playa con él. Dijo que verla allí, después de todo lo malo que había pasado, sonriéndole, era el mayor regalo que tenía. Nos enseñó un tatuaje en su hombro, que eran las flores que crecían delante de su casa. Celia se secó las lágrimas y yo también, nunca habíamos hablado con aquel chaval, ya que era bastante reservado, pero pensé que era una persona muy sensible como yo.

—Precioso, Kilian, muchas gracias por compartir ese lugar con nosotros y también la historia de superación de tu madre. De corazón.

Gael leyó de nuevo la lista y dijo el siguiente nombre. Poco a poco fuimos saliendo todos. Celia habló del sitio donde más tiempo había pasado en sus dos años de bachiller después del instituto: el aeródromo de Almería. Nos habló de lo que significaba para ella estar allí, de cómo se sentía cada vez que hacía volar la avioneta y se paseaba por el cielo. En concreto nos contó una vez que ella sola, sin supervisor, se atrevió a sacar la avioneta del hangar a las cinco y media de la mañana, colocarla en la pista de despegue y mirar su reloj para justamente hacerla volar mientras el sol salía frente a ella. Todos la aplaudimos y Gael le dijo que iba a convertirse en una gran piloto. Y, después de ella, Gael miró la lista y dijo:

—Hugo.

Me levanté nervioso, a nadie le había contado de qué trataba mi trabajo final. Abrí mi gran carpeta y puse la lámina pegada en el caballete frente a toda la clase para después, alrededor de ella, sobre la pizarra, ir pegando pequeñas fotografías, tarjetas de visita, el *tracklist* de un vinilo, entradas de un museo, una bolsita de conchas brillantes y un mapa con diferentes marcas en cada uno de los emplazamientos.

—Mi trabajo final no es solamente un lugar —comencé—. Mi presentación se llama «Los lugares de los besos escondidos». —Todos estaban completamente atentos a lo que había clavado en la pizarra. Sabían que mi trabajo sería diferente, pero porque simplemente yo también lo era. Me gustaba escribir y sabían que pelearía por conseguir la matrícula de honor—. Voy a hablar de los lugares que fueron importantes para dos personas que se querían y que también fueron los lugares por donde se quisieron. —Quité la primera lámina en la que venía el título y apareció el primer lugar, la playa de Mónsul—. Este rincón, conocido por todos, no es solo una playa de arena fina con agua turquesa, también puede ser el sitio donde tu vida cambie por completo, donde en un festival tropieces con la persona que siempre parecías estar buscando. Desde ahí, los últimos días de verano, la luna se refleja en el mar creando una postal digna de película de amor. —Aparté esa lámina y descubrí la segunda, la playa de los Muertos—. Hay muchas ocasiones en las que no nos detenemos realmente a observar la belleza de los lugares por los que pasamos, unas veces no los vemos y otras, simplemente, nos quedamos dormidos. Por eso, de cuando en cuando el destino se empeña en que contemplemos esos sitios que siempre parecían estar esperándonos, aunque eso implique pedir ayuda cuando no sepas cómo salir de ellos. —Celia no podía creerlo y se tapaba la boca con la mano; Gael estaba justo a mi lado, sentado observándome y escuchando todo lo que decía, pero no quise mirarlo porque sabía que, en cualquier momento, me emocionaría. Di paso a la siguiente lámina, el Museo de Historia de Almería—. Quizá habéis ido al museo de pequeños, acompañados de vuestros padres o abuelos. Seguramente contemplabais las exposiciones aburridos y pensabais que queríais salir de allí e ir a jugar con vuestros amigos al parque. Pero, veréis, este año he aprendido que para poder avanzar siempre hay que retroceder un poco antes. Poder mirar lo que fueron tus abuelos para ser capaz de entender quiénes son tus padres y quedarte solamente con todo lo bueno que te enseñaron. —Algunas de mis compañeras se emocionaron, ya que la gran mayoría conocía la historia de mi padre. Aparté la lámina y se vio la siguiente, bajo el dibujo de un amanecer: el arrecife de la Sirenas—. Siempre he tenido una teoría y es que los momentos más especiales son los que ocurren justo cuando llega el amanecer: los primeros besos cuando una pareja se despierta en la cama, ese abrazo a tiempo cuando sales de fiesta hasta que se hace de día o, simplemente, salir corriendo y lanzarte al agua en pleno mes de febrero, mirarte y comprender que hay veces que en los silencios se encuentran la mayoría de las palabras. —Quité esa lámina y llegué a la última; miré de repente a Gael, que andaba enjugándose una lágrima del ojo sin que nadie se diese cuenta, nadie salvo yo. Continué con el último lugar de mi trabajo, el faro de Ulises—. Ulises era mi padre. Murió hace diez años, aunque antes me enseñó muchas cosas: a atarme los cordones, a peinarme con gomina, a no andar descalzo y también a saber ver lo bonito de tropezar, que es darte cuenta de toda la gente que te ayuda a levantarte. Él y mi madre iban mucho a visitar el faro que hay aquí cerca. Para él, porque era su especie de guardián en la noche, el que le hacía siempre saber que aquella luz que se veía desde el mar era donde estaba su familia. Para mi madre, aquel lugar se convirtió en la manera de recordar a mi padre y para mí en un empeño imperial de poder entrar, por primera y última vez antes de, vete a saber cuándo, lo derriben. Y ambos lo conseguimos, no gracias a mí ni tampoco a ella…, sino gracias a alguien al que nunca me cansaré de agradecerle todo lo que hizo, a quien echaré de menos cada día cuando todo esto acabe. No solo hoy, ni tampoco mañana, lo echaré de menos siempre. Gracias por escucharme.

La clase se fundió en aplausos, Celia y Jon se levantaron y toda la clase con ellos. Aplaudían y algunos, muchos, se secaban las lágrimas. Yo sonreía, porque aquello no era triste, era simplemente mi historia y la de él. Lo miré en un momento dado y tenía los ojos completamente llenos de lágrimas. Volví a mi sitio, con mis láminas y fotografías de los lugares de los que había hablado, con las entradas del museo, las conchas que recogimos, el disco que él me regaló, y aquello fue la prueba, inequívoca, de que había ocurrido. De que nada de esto lo había soñado. Me senté y él cogió fuerzas para mirarme de nuevo y, desde mi asiento, al fondo del todo, cuando nadie de mis compañeros podía mirarme, le dije sin decir, solamente con los labios, lo que más sentía en ese momento.

—Te quiero.

HUGO
EL HOY

25 de junio de 2008
Faltan 56 días para el final de nuestra historia

El salón de actos se llenó de todos nosotros y, cuando entramos, los padres que habían asistido a la graduación empezaron a aplaudir. Nos sentamos todos en las primeras cuatro filas. Jonathan, Celia y yo, juntos como siempre y hasta el final. Nos agarramos de la mano y nos miramos nerviosos, lo habíamos conseguido. Hacía cinco días había mandado mi prueba para la Escuela de Cine de Madrid, y ellos dos estaban a mi lado cuando envié el documento. Cogiéndome de la mano para hacerlo juntos. Me giré y vi a mi madre, que me saludaba emocionada al lado de la madre de Jonathan. También estaba la hermana de Celia que sostenía una cámara de vídeo para grabarlo todo. Al escenario salió Loreto, nuestra jefa de estudios, arregladísima y con un vestido azul cielo. Se puso frente al atril y todos guardamos silencio.

—Buenas tardes a todos —comenzó—, padres, madres, alumnos. Gracias por estar aquí hoy, acompañándolos en un día tan importante para todos ellos. Hoy es el último día que estaréis aquí, gracias a vuestro incansable esfuerzo, habéis podido conseguirlo. Y por ello hoy es un día de celebración. Atrás dejaréis vuestros seis años en este centro tan especial. Siempre he dicho que el IES Cabo de Gata no es un instituto más. Nosotros damos clase frente al mar, en un paraje que amamos y que es especial. Me consta que, además, habéis podido hacer bandera de ello gracias a nuestro profesor Gael Beltrán, que os encargó un trabajo final muy enriquecedor. —Lo busqué con la mirada, pero no lo encontré, quizá no había podido asistir por todo el trabajo que había tenido estas semanas atrás y también por preparar su vuelta a Madrid—. A partir de ahora iniciáis un camino en busca de cumplir vuestros sueños y tengo claro que lo conseguiréis. No me quiero enrollar más, por lo que vamos a pasar ya al acto de graduación y lectura de la matrícula de honor, que este año ha estado muy reñido. —Celia en ese momento me agarró todavía más fuerte la mano—. Voy a pedir a nuestro compañero Gael que se acerque para leer el acta que firmamos el pasado lunes el claustro de profesores.

Y ahí estaba él. Con un traje de color beis y una camisa blanca. Me puse nervioso y Jonathan y Celia me miraron al segundo de que él saliese al escenario. Gael se acercó al micrófono del atril y noté que el corazón se me iba a salir por la boca.

—Hola —saludó sonriente—. Antes de hacer lectura de la matrícula de honor de esta promoción 2002-2008, me gustaría decir unas palabras a mis chicos y chicas que están aquí sentados. Hoy no solo es vuestro último día, también es el mío. Llegué a este instituto con muchos nervios, pero, sobre todo, con muchas ganas de intentar transmitiros mi amor por la geografía y la historia. Ha sido un año magnífico, pero, si he de destacar algo en concreto, ha sido mi segundo de bachiller, del que, además, he tenido la suerte de ser tutor. Chicos, chicas —dijo mirando a donde estábamos sentados—, gracias por ser como sois cada uno de vosotros, ha sido un año realmente magnífico y me acordaré de vosotros siempre.

—De unos más que de otros —nos susurró Jon a Celia y a mí.

—Cállate —dijo Celia riéndose.

No quise ni contestar porque, realmente, solo pensaba en lo guapo que estaba Gael y en lo especial que había sido encontrarnos en el camino.

—Y ya no me enrollo más, vamos a dar paso a lo importante —dijo desdoblando un folio que tenía en un bolsillo del traje—. Vamos a hacer entrega de la matrícula de honor. Y aquí vamos —dijo él mirando a todos los alumnos; yo miré a mi madre, que apretó los puños como si estuviera a mi lado agarrándome de la mano, Celia sí me agarraba la mía y pensaba que, en cualquier momento, iba a cortarme la circulación—. Desde la dirección del centro junto al claustro de profesores, el IES Cabo de Gata otorga la matrícula de honor en bachillerato a Celia Espinosa Gutiérrez.

Jon y yo nos levantamos al segundo de escuchar su nombre, todos nuestros compañeros se fundieron en aplausos y Celia se quedó completamente sorprendida en su sitio. Jon y yo la levantamos del asiento para que reaccionara y lo primero que hizo fue abrazarnos mientras le decíamos que era la mejor, que lo había conseguido. Ella salió de nuestra fila de asientos todavía aturdida por lo que acababa de ocurrir y miró a sus padres, que estaban sentados junto a mi madre. No se lo podían creer. Ella abrazó a Gael y también a Loreto, que le hacía entrega de su diploma de Bachillerato con mención especial de ser la matrícula de honor del año. Celia no paraba de agarrarse su collar, ese que era de su abuelo, y me emocioné de verla sonreír hacia el techo del salón de actos acordándose de él y de lo orgulloso que estaría de verla ahí. Celia se fue con Loreto a la esquina del escenario y Gael volvió a acercarse al micrófono.

—Todos estos años atrás se ha hecho entrega solamente de una matrícula de honor por promoción —comenzó—, pero este año el claustro de profesores decidió, de forma unánime, premiar a un alumno con, al menos, una mención de honor. Un alumno que forma ya parte de la historia de este centro, posiblemente no por sus notas, pero sí por la alegría y los buenos momentos que ha regalado durante todos estos años, además de haber dado una lección de superación tanto a profesores como a compañeros. No queríamos cerrar esta promoción sin poder reconocerle su valentía y superación. El IES Cabo de Gata otorga una mención de honor —me miró y entendí todo— a Hugo Vargas Soler.

La tromba de aplausos que brotó se fue suavizando en mi cabeza hasta que todo se quedó en silencio. Jon corrió a agarrarme y zarandearme para que reaccionase mientras todos aplaudían y celebraban. Me acababan de dar la matrícula de honor. Lo había conseguido y estaba ocurriendo. Gael me sonreía desde el escenario y me giré y vi que mi madre se había levantado para darme un abrazo. La abracé mientras ella me comía a besos y el sonido volvió a mis oídos. Caminé hasta las escaleras que subían al escenario y allí me esperaban Gael y Loreto; ella me dio un abrazo y me colocó la beca de paño alrededor de mi cuello con el escudo del instituto y mi curso. Fui hasta Gael, que sostenía mi diploma, y le di un abrazo que duró unos segundos, pero que me hicieron sentirme la persona más plena del mundo. Lo había conseguido. Solamente le dio tiempo a decirme una cosa al oído:

—Conseguirás todo lo que te propongas.

Lo miré y él me agarró fuerte de los brazos. Loreto me indicó que fuera junto a Celia, hacia la que fui corriendo, y nos fundimos en un abrazo inmenso. Todos nuestros compañeros fueron subiendo por orden a recoger sus títulos y becas y, antes de finalizar, nos hicimos una fotografía todos juntos. En ese momento, nunca pude llegar a imaginar cuándo volvería a ver esa fotografía. Contemplar sus caras y decir sus nombres. Uno a uno. Nuestros padres nos aplaudieron y todos bajamos a celebrarlo con ellos. Y fue una tarde bonita de principios de verano, una tarde que olía a Pepsi con hielo en vasos de plástico, a empanadas recién sacadas del horno de la madre de Jon y, sobre todo, a una despedida a la que tenía que hacer frente, porque a todas las historias debíamos ponerle un punto y final.

GAEL
EL HOY

26 de junio de 2008
Faltan 55 días para el final de nuestra historia

El timbre sonó diez minutos antes de la hora. Y sonreí sabiendo que también extrañaría eso de él, que cuando quedábamos a una hora él siempre llegaba antes porque decía que eran minutos que ganaba conmigo. Tenía las maletas preparadas en el salón, los armarios completamente vacíos y todo lo que un día traje guardado en algunas cajas que ya estaban en el coche. Debía salir antes de las tres de la tarde porque llegaba una familia alemana para quedarse todo el verano. Saqué mis fotografías, mis libros, todas las cosas que hacían de esa casa el hogar temporal que alquilé y, antes de que Hugo llegase, me quedé de pie, en silencio en el centro del salón. Pensé en todo lo que había vivido en esa casa, las noches que me quedaba con Hugo hablando en el jardín señalando constelaciones en el cielo. Recordé mi catástrofe con el lavavajillas al principio de conocernos. Miré mi sofá y también pensé en cuando Cayetana apareció y organizamos las mesas de invitados de la boda, que tendría lugar en apenas dos meses. Y, por último, antes de irme, agarré la nota que tenía en mi mesita de noche, junto a mi reloj; era la nota que me dejó Flora y que, cada mañana, desde que se marchó, miraba pensando en lo que la echaba de menos. Me acerqué a la puerta y abrí y ahí estaba él. Tan guapo, tan pícaro, con su sonrisa inconfundible y unos ojos azules en los que uno podría nadar si se lo propusiera.

—Hola —me dijo cabizbajo.

Me acerqué lentamente y lo abracé para que se apoyara en mi pecho.

—No quiero verte triste, no al menos antes de que me vaya —le dije.

Él asintió y me miró con aquella bondad que lo caracterizaba.

—Te he traído una cosa —me dijo echando mano a una bolsa que llevaba y que no había visto—. Necesitaba escribirlo para, de alguna manera, saber que lo había vivido, que no todo había sido un sueño.

Hugo me entregó algo encuadernado que tenía unas cuantas páginas y no supe entender qué era.

—Es el guion que he escrito para intentar entrar en la escuela de cine.

Me quedé sorprendido de ver que me había regalado aquello tan personal y especial para él. Fui pasando las páginas y llegué hasta la primera, que me hizo emocionarme, porque era algo que nos habíamos dicho, tantas veces.

—¿Hoy, mañana y siempre? —pregunté con el corazón encogido.

—Sí. Es la historia de dos personas que se encuentran en un momento muy difícil para ambos y hacen que el tiempo que está uno en la vida del otro sea como un día soleado en pleno verano —dijo abrazándome. Yo me reía mientras le tocaba el pelo y le daba besos en la frente.

—Dicen que lo que está escrito en las páginas de los libros nunca se olvida —le contesté—, y yo a ti nunca te voy a olvidar, Hugo.

Nos quedamos abrazados un largo rato y supimos que no hacía falta nada más. Que, después de montarme en el coche, cada uno haría su vida y nos alegraríamos de todo lo bueno que le ocurriera al otro.

—¿Te ayudo a bajar esto? —me preguntó secándose las lágrimas.

—Sí, por favor —contesté—. No tardará en llegar la familia que se queda en verano.

Hugo y yo bajamos las maletas y, antes de cerrar, eché un último vistazo a aquella casa. Sonreí por cada una de las estancias, dejé las llaves encima de la mesa del salón y cerré recordando el momento en el que abrí esa puerta por primera vez.

—Bueno, pues ya está todo —dijo él terminando de colocar una mochila mía en el maletero.

—Cuéntame si te aceptan en la escuela, ¿vale? —le dije.

—Y tú cuéntame todo lo que quieras. Sabes que siempre estaré ahí, al otro lado del teléfono a pesar de lo que nos prometimos.

—Lo sé, Hugo.

Nos miramos los dos en silencio y nos besamos. Antes siempre echábamos un vistazo alrededor, pero en aquel momento nada importaba. Nos besamos como el que está pensando en volver antes incluso de irse. Fue un beso especial, pero también el último. Me subí al coche y él se quedó ahí, en aquella acera de una casa que ya no era mía. Me dijo adiós con la mano y yo lo vi desde el reflejo del retrovisor. Sentí una especie de vacío dentro que pensé que, con los días, cuando volviese a casa y estuviera junto a Cayetana y mis amigos, se arreglaría, pero aquello no ocurrió. Ese vacío se quedó conmigo, al menos por un tiempo.

HUGO
EL HOY

—Dos entradas para *Posdata: Te quiero*.

Mi mirada estaba clavada en el teléfono, que lo tenía encima del mostrador, para ver si me contestaba al mensaje que le envié hacía unas horas.

—¿Hola? —Levanté la vista y tenía a una pareja delante de mí.

—Disculpe. ¿Qué? —pregunté.

El chico resopló.

—Dos entradas. Para *Posdata: Te quiero* —dijo señalando al cartel que teníamos pegado justo al lado de la cristalera.

—Sí. Perfecto. Dos para *Posdata: Te quiero*. Os puedo poner en la fila…12 —dije mirando el mapa y viendo que quedaban muy pocas butacas libres, ya que era un estreno de hacía un par de días.

—Vale.

—Pues serían diez con ochenta —continué sonriendo.

Había empezado a trabajar en el cine a principios de julio, fue por la hermana de Celia, que nos contó que necesitaban gente para el verano, y yo me ofrecí el primero con tal de ahorrar un poco más y llevarme algo de dinero al viaje de fin de curso y así no pedirle a mi madre. Lo bueno es que, cuando los días eran más tranquilos, me asomaba a las salas y pensaba que ojalá, algún día, alguna de las historias que quería contar pudiera llegar tan lejos como para ser proyectada también allí. De aquella manera había visto *Las Crónicas de Narnia* y la película de *Sexo en Nueva York* que había arrasado en la taquilla. La que ahora estaba en cartelera también me llamaba la atención, porque muchísimas parejas como a la que acababa de atender venían a verla. Los días en el cine del centro comercial de Almería se hacían llevaderos cuando, en el descanso, me iba a por merienda a cualquiera de las tiendas que había por allí. Aprovechaba para comprobar que de nuevo mi conversación con Gael seguía igual y pensaba en qué estaría haciendo él. Yo iba manteniéndolo al día de las cosas que pasaban en mi vida: por las mañanas ayudaba a mi madre en el invernadero que no se decidía a vender y por la tarde trabajaba en el cine. Mientras tanto todavía no me había llegado la carta de resolución de la beca de la Escuela de Cine de Madrid. El faro de mi padre todavía seguía intacto y, tras hablar con Celia y Jonathan, pensamos que, quizá, al morir Flora no pudo firmar el contrato del grupo hotelero y se paralizó la demolición. A Jonathan lo llamaron el pasado viernes para decirle que estaba dentro de la Escuela de Diseño de Moda y que la idea de diseñar los trajes de boda de sus mejores amigos había gustado mucho al equipo directivo de la escuela y tenían muchas ganas de conocerlo. Lo celebramos por todo lo alto, salimos de fiesta y cruzamos los dedos porque faltábamos todavía nosotros dos por conocer nuestros resultados.

—¿Cierras tú, Mikel? —le pregunté a mi compañero.

—Sí, tranqui, tú vete, que todavía tienes que llegar hasta San José.

—Genial. Muchas gracias, tío —le dije—. ¡Hasta mañana!

Llegué a la moto, que estaba en la planta -1 del centro comercial, y me puse el casco. Hasta mi casa tenía cerca de cuarenta minutos, era un viaje largo, pero aquel curro estaba muy bien pagado en los meses de verano. Mientras conducía, me fijaba en como en los pueblos por los que iba pasando la gente mayor tomaba el fresco en la puerta de sus casas, otros cenaban en los porches de sus cortijos, mientras que, en la playa, muchos jóvenes bailaban y bebían con música de algún coche. Llegué a casa y al abrir la puerta vi que mi madre estaba sentada en el sofá fumándose un cigarro.

—Por fin, hijo —dijo apagándolo y se levantó.

—¿Qué ocurre? —pregunté extrañado por verla así de nerviosa.

Me sonrió.

—Mira —dijo haciéndome un gesto para que me sentara en el sofá—, hoy ha llegado esto. Fue al poco de irte al cine.

Encima de la mesa descansaba un sobre blanco. En la esquina superior izquierda venía el logo con sus cuatro iniciales y una claqueta alrededor: ECAM, Escuela de Cine y Audiovisual de Madrid. Miré a mi madre y empecé a temblar.

—Hostias…

—Esa boca… —sonrió—. Pero ¿a qué esperas? Vamos, ábrelo, hijo.

Yo contemplaba el sobre y el corazón se me aceleró por segundos.

—¿Qué dice! Lee, lee —me animó mi madre casi encima de mí.

—Estimado señor Vargas —dije leyendo—, nos complace informarle de que su guion *Hoy, mañana y siempre* ha sido —y entonces no pude creer las siguientes palabras— el ganador para obtener la beca de estudios de nuestra escuela en la modalidad de narrativa, cubriendo los costes completos de sus tres años lectivos. Con gusto, la presidenta de la escuela, Laura Pedro Albiol.

—¡HIJO!

Los ojos se me llenaron de lágrimas que comenzaron a caer encima de la propia carta. Habían seleccionado la historia que yo había escrito. Me puse con mi madre a saltar por el salón y me tapé los ojos con las manos. ¡ESTABA DENTRO DE LA ESCUELA DE CINE! Dios mío. Tenía que llamar a Celia y a Jonathan.

—Toma, toma, corre —dijo mi madre pasándome el fijo. Primero telefoneé a Celia y después a Jonathan. Ambos se pusieron a chillar como si no hubiera un mañana y mi madre me miró con una sonrisa de oreja a oreja. Me levanté y agarré mi teléfono.

—Ahora vengo —le dije—, voy a hacer otra llamada.

Salí a la puerta de casa. Necesitaba llamarlo para decirle que lo había conseguido, que aquella historia que había escrito, y que ahora él tenía en su poder, me había dado la beca para poder contar historias nada más y nada menos que en la Escuela de Cine de Madrid. Busqué su contacto y pulsé la tecla de llamada. Un tono. Dos tonos. Tres tonos. Cuatro tonos. Y así hasta seis hasta que escuché una voz que no era la suya.

—El teléfono marcado no se encuentra disponible en este momento. Por favor, si quiere dejar un mensaje, espere a la señal.

Y colgué antes de que sonara. Y volví a probar. Seleccioné de nuevo su nombre y apreté el botón verde. Un tono. Dos tonos. Y entonces sonaron los tres tonos de cuando alguien te cuelga. Me quedé mirando la pantalla del móvil y pensé en que quizá no podía cogerlo porque estaba con su familia, con Cayetana o con sus amigos. O que, simplemente, no quería responder ahora. Abrí mi conversación por mensajes con él y le escribí la noticia. Mientras lo hacía, sonreía sin cesar. Lo comprobé y se lo envié acompañado de un «Te echo de menos» que siempre iba al final de cada mensaje. Volví a entrar y mi madre estaba contándoselo a algunas de sus amigas por teléfono. No fui consciente de que lo había conseguido hasta un rato después, cuando estaba en la cama tumbado antes de dormir. Había dejado la carta sobre la mesita de noche para que cuando me despertara al día siguiente viese que no lo había soñado, que realmente me habían admitido. Cerré los ojos y sonreí como un estúpido de imaginarme ya cumpliendo el sueño de contar historias al lado de mis amigos.

GAEL
EL HOY

2 de agosto de 2008
Faltan 18 días para el final de nuestra historia

Faltaban poco más de dos semanas para el gran día. Cayetana y yo andábamos como locos de un lado a otro junto a Paloma, nuestra *wedding planner*. Caye se había empeñado en que fuese ella, ya que había organizado las bodas de muchos de nuestros amigos. Y era realmente buena, no se le escapaba ningún detalle. Fuimos a dar la aprobación al taller floral que estaba preparando los centros de mesa de la finca, las flores que estarían en los bancos de la catedral de la Almudena, las que decorarían los coches y, por supuesto, el ramo que llevaría Cayetana. Todas y cada una de las flores estaban preparadas en forma de muestras delante de nosotros. Los centros de mesa habían sido realizados con lirios y flores de azahar, manteniendo en el centro varias lavandas que daban el distintivo de color. Los bancos de la catedral estaban armados con hortensias y margaritas a su alrededor. Nuestros coches llevarían un centro en el capó y los laterales unidos por orquídeas blancas y ramilletes alrededor de color azul cielo. Y lo último. El más elegante. Un ramo de diecinueve peonías con un cordel alrededor en el que se entrelazaban nuestras iniciales: C & G. A Cayetana se le saltaron las lágrimas cuando lo agarró con sus manos, ya que era verdaderamente precioso. Y, para que no faltara detalle, mandaron hacer un ramillete minúsculo con la última peonía del ramo, que haría un total de veinte, el día que nos casábamos, para que lo llevara en el frontal de mi traje. Ahí me di cuenta de que había cuidado hasta el más mínimo detalle; ambos llevaríamos la misma flor, ella en un ramo incompleto, que se completaría cuando la tuviese justo delante en el altar. Por la tarde visitamos la finca Los Prados, un lugar a las afueras de Madrid que era propiedad de tres hermanas muy aficionadas a los caballos. Marta, la más joven, fue la que nos ayudó con todas las dudas y estaba impaciente por el gran día para que viéramos lo bonito que iba a quedar todo. Sin duda, nos dijo, era la boda del año. Llegamos a casa agotados, pero por dentro sentíamos que todo estaba listo. Repasamos, tumbados en la cama, que no nos habíamos dejado nada. Su vestido, mi traje, los anillos, las flores, los fotógrafos, los coches antiguos que nos llevarían hasta la catedral, los regalos de los invitados, los puros, los saquitos de arroz para nuestra salida de la iglesia y algunas sorpresas que nuestra familia no nos había desvelado porque estaban previstas para el gran día.

—¿Tienes ganas? —me preguntó Cayetana mientras ambos nos quedamos en silencio mirando al techo.

—Qué pregunta es esa —respondí.

Ella se giró en la cama y me miró con dulzura y gesto melancólico.

—Estos días, después de que volvieras de Cabo de Gata, te he notado algo raro. Más distante, ¿sabes? Y por eso quería hablarlo contigo.

Me quedé en silencio unos minutos mientras seguía mirando al techo.

—No es nada, imagino que será la mezcla de nervios junto a que aquel lugar me hizo mucho bien. Despertar frente al mar me serenaba, era como si borrara todos mis pensamientos desagradables.

—Bueno, siempre podemos irnos los tres meses de verano a la casita de Menorca. Mis padres están felices con que volvamos.

—No es eso, Caye. Era aquel lugar, que tenía algo especial.

—Gael, por favor. Hemos estado en sitios mucho más bonitos que aquello... No sé, amor. Me pediste que te apoyase mientras estabas fuera y lo hice, me pediste que te esperara y, aunque no fueron unos meses nada fáciles, lo hice también por ti y por nosotros. Pero, ahora que has vuelto, veo que no eres...

Entonces me giré para mirarla a ella, que me rozó la cara con la mano.

—¿No soy? —le pregunté mirándola ahora a los ojos.

—No eres el mismo que cuando te marchaste.

Y Cayetana se giró hacia el otro lado, no tardó mucho en quedarse dormida, pero yo mantuve la mirada clavada en el techo. Trataba de encontrar las respuestas a todas las preguntas que se hacía mi cabeza. Me levanté de la cama y fui para el salón; en la gran librería que teníamos guardé en uno de los archivadores aquel documento encuadernado. Me asomé para comprobar que Cayetana estaba completamente dormida y cerré la puerta con cuidado. Me senté en el sofá y lo comencé a leer mientras el silencio reinaba en nuestro ático. Capítulo tras capítulo. Me reí al descubrir el momento del lavavajillas y me emocioné al leer aquel primer beso, que también fue el nuestro. Pero, sobre todo, no pude seguir leyendo a partir del momento en el que uno de los protagonistas le decía al otro aquella frase que él me dijo a mí. «La única condición que te pongo es que, si hay un día en el que te preguntas si quizá nuestra historia hubiera podido salir bien, quiero que, por favor, vengas a buscarme. Me da igual dónde estés y con quién. Cueste lo que cueste, ven a por mí». Y la leí una y otra vez. Hasta casi sabérmela de memoria. Busqué mi móvil y tenía archivados más de seis mensajes de Hugo, que no había desistido de escribirme a pesar de que no le había contestado a ninguno porque necesitaba cerrar esa historia. Pero él siguió intentándolo. Una y otra vez. Los archivaba en otra carpeta para hacer el esfuerzo de no leerlos y forzarme a olvidarlo. A él y a nosotros. Pero entré, y quise leer uno. Y después otro. Me emocioné al saber que le habían dado la beca en la escuela de cine, y también al descubrir que todavía no habían derribado su faro.

Me dijo que ahora trabajaba en la taquilla de un cine, vendiendo palomitas y entradas de películas como las que él, quizá, escribiría y rodaría alguna vez. Suspiré pensando que, aun habiéndome despedido de él hacía unos meses, todavía, si cerraba los ojos y me mordía los labios, sentía los suyos. Sentía el olor característico de su ropa, y sus manos llenas de heridas por el invernadero. Sus ojos azules y su sonrisa intacta. Y quise escribirle, quise decirle que lo echaba de menos, pero de qué hubiera servido. Pensé en aquel secreto que todavía no le había confesado. El regalo que tenía guardado para él y que, tal y como había planeado, quería entregárselo cuando volviese de su viaje de fin de curso. ¿Qué había hecho? ¿Qué me había pasado? Al principio de nuestro romance, tenía claro que seguía queriendo a Cayetana, de una forma distinta, claro, pero nuestro cariño y compromiso era real, lo sentía como parte de mí. Almería, sin embargo, el cabo de Gata, el instituto, el faro, Hugo, todo eso le había ido quitando capas a la idea que tenía de mi propia vida e incluso de mi relación con Cayetana. ¿Era realmente genuina? ¿Era libre? ¿O todo mi alrededor, mi condición, mi lugar de nacimiento, mi estatus, mi familia, la sociedad, todo eso me había acabado empujando a cumplir un papel que sin embargo no me hacía feliz? Agarré de nuevo el guion, pero no me vi con fuerzas de seguir leyendo capítulos que hacían que la herida siguiera abriéndose. Más y más. Quería saber cómo acababa la historia de sus protagonistas, y me preguntaba si lo haría de la misma manera que la nuestra. ¿Había otra posibilidad, acaso? ¿Tenía el personaje de ficción, o yo mismo, una salida distinta al laberinto que me había ido encerrando más y más? Volví al archivador y guardé de nuevo la historia de Hugo mientras su frase me rondaba una y otra vez por la cabeza. «Cueste lo que cueste, ven a por mí».

TERCERA PARTE

Si nuestros ojos se encontraran de nuevo
una última vez, siento que podríamos
encender todos los faros
del mundo

GAEL
EL HOY

20 de agosto de 2008
13:15

Bajé en el ascensor yo solo y, cuando las puertas se abrieron en el vestíbulo del hotel, toda mi familia aplaudió al verme. Mis padres, mis hermanos, sus parejas, mis sobrinos pequeños que estaban guapísimos y que saltaban alrededor. Los fotógrafos me capturaban de camino a abrazar a mi familia mientras sonreía nervioso. Todos estábamos preparados, ellas con tocado y alguna pamela. Ellos con traje largo y los zapatos impolutos, mi padre me abrazó el primero. Todos ya listos para irnos hacia la catedral. En ese momento, llegó la primera sorpresa. Un Bentley de 1929 apareció a las puertas de la Torre Eurostars de Madrid, mi hermano Bosco se bajó de aquel flamante coche, dispuesto a llevarnos a mí y a mi madre a la iglesia. Todos salimos hasta la puerta del hotel, hacía un día maravilloso en Madrid, completamente despejado, pero, eso sí, mucho calor. Mi madre sacó del bolso su abanico y empezó a darme aire como si no hubiera un mañana.

—Vamos bien de tiempo, ¿no? —dijo Bosco encendiéndose un cigarro.

—Sí, nosotros nos vamos adelantando, que tenemos que dejar el coche en el garaje del templo de Debod. Vuestro coche está autorizado para pasar hasta la puerta de la Almudena, Bosco. Nos vemos allí.

—Adiós, papá —le dije.

Y vino a darme un abrazo y un buen apretón antes de marcharse.

—Cambia esa cara de susto, hijo. Todo va a salir bien.

Se marcharon en dos coches, mi padre en uno junto a mi hermana Olivia y su pareja. Y en el otro, el todoterreno de mi hermano Fernando, él y su mujer junto a sus hijos. Mi madre me arreglaba el traje mientras Bosco se terminaba el cigarro y yo le sonreía.

—Qué guapo estás, hijo mío…, ya ha llegado el gran día.

—No le pongas más nervioso, mamá —dijo Bosco apagando el cigarro en el suelo.

—Y tú. —Mi madre ahora miraba a Bosco—. ¡Deberías ir aprendiendo, que se te va a ir la vida en encontrar a alguien!

Bosco puso los ojos en blanco mientras mi madre se metía en el coche. Agarró su pamela con cuidado de no darse con el marco de la puerta y Bosco se me acercó.

—¿Preparado, hermanito?

Hubo un momento en el que sentí que me desplomaría, tragué saliva y lo miré. Me conocía perfectamente y supe que vio algo que le hizo saber que no todo estaba bien.

—Sí, Bosco. Vamos.

Ojalá le hubiera podido decir lo que me pasaba en realidad. Ojalá le hubiera dicho que necesitaba salir corriendo, que, por favor, se desviase del camino y me llevase hasta el lugar donde realmente quería estar. Me monté en el coche y Bosco arrancó el Bentley, que era toda una preciosidad, tanto por dentro como por fuera. Él me miraba por el espejo retrovisor y mi madre me recordaba que debía estirar la espalda para salir bien en las fotografías para la prensa. Que no tenía que encorvarme, como tantas veces me había dicho antes. Su voz se fue desvaneciendo mientras íbamos de camino a la catedral y agarré mi móvil de nuevo. Tenía un mensaje suyo de hacía un par de horas.

Te pedí que, si había un momento, por fugaz que fuese, en el que te preguntabas si quizá nuestra historia hubiera podido salir bien, vinieras a buscarme. Mi avión despega a las 14:25.

Lo leí y hubo algo en mí, una fuerza interior, que pensó en decirle a Bosco que parase el coche, que diese la vuelta y fuera al aeropuerto de Barajas lo más rápido posible; que dejara a la cansina de mi madre en medio de la calle con su inmensa y horrenda pamela mientras me subía delante en el coche junto a mi hermano, que no entendía nada, pero que me hacía caso. Pero eso no fue lo que ocurrió. Lo que hice fue simplemente borrar su mensaje y suspirar porque ya estábamos de camino a la catedral de la Almudena. Y, como si el destino quisiera mandarme una última señal, en la radio comenzó a sonar una canción.

—¡Ah! —gritó mi madre—. Me encanta esta canción.

La voz de ella resonó en el Bentley mientras bajábamos por la Gran Vía. «Me he confesado con mi corazón. Me he enamorado de todo mi amor. Me permití decirle al miedo adiós». Mi madre movía las manos al son de la canción y me agarró de la mano mientras la gente del centro de Madrid miraba el coche, ya que Bosco iba tocando el claxon para celebrar el día tan especial que estábamos viviendo. «Tú entiendes mis silencios, solo tú. Conoces mis secretos, solo tú. Comprendes cada gesto, solo tú». El Bentley entró a través de las puertas del Palacio Real y la Guardia Civil nos dejó continuar cuando vieron aparecer el coche; a lo lejos, vi la catedral y una gran alfombra blanca que llevaba tal y como habíamos acordado hasta el interior de la catedral. «Y yo solo quiero entregarme, comprenderte y cuidarte. Darte mi corazón. Quiero que llegues a ser mi historia de amor». El Bentley iba a entrar hasta el interior del patio de la catedral y a partir de ahí no recuerdo cómo ocurrió, pero sucedió muy rápido. Escuché esa canción y cerré los ojos, por un momento volví a aquella tarde en el festival, a aquellas conversaciones bajo el faro, a nuestras expediciones bajo el agua en busca de conchas que brillasen, recordé sus ojos, sus labios, recordé todo y también recordé a Flora. «Vive todas las vidas que puedas en una sola, Gael». Y, sin pensarlo, continué esa frase en voz alta.

—Pero, sobre todo, vive feliz.

Abrí los ojos y mi madre y Bosco me miraban sin entender qué estaba diciendo.

—¿Cómo dices, hijo? —preguntó ella.

—Bosco, para el coche.

Mi hermano frenó en seco en mitad del camino empedrado entre el Palacio Real y la catedral de la Almudena. Desde el coche, podíamos ver las escaleras que conducían hasta el interior.

—¿Qué pasa, Gael, te has dejado algo en el hotel?

—Mamá, baja del coche. —No era Gael el que estaba haciendo todo esto. No podía estar atreviéndome.

—¿Que baje del coche? —preguntó.

—Gael, ¿qué estás diciendo? —se sorprendió mi hermano.

Me bajé del coche y abrí la puerta del lado de mi madre. Ella me miraba desde dentro, imaginó que quizá quería hacer ese camino andando y me agarró de la mano para salir.

—Dile que lo siento, mamá. Pero no puedo hacerlo.

Bosco salió del coche preocupado sin entender qué estaba pasando.

—Hijo, pero ¿qué estás diciendo? Está todo preparado, Cayetana está a punto de llegar y todos nos esperan. ¿¡Qué estás diciendo?! Vamos, tenemos que entrar cuanto antes.

—Mamá, no voy a entrar. Me he cansado de ser ese Gael. —Ella me miraba y parpadeaba, perpleja—. El que vosotros queríais que fuera.

Su mirada pasó del desconcierto al horror, y del horror a la furia.

—¿Cómo? No puedes hacernos esto.

Me giré antes de subirme de nuevo al coche y la miré una vez más.

—Hasta hace unos segundos también pensaba que no podría. Pero lo estoy haciendo. Y me voy a ir, mamá. —Abrí la puerta y miré a Bosco—. Sube al coche, Bosco. Vamos.

Bosco miró a nuestra madre y no supo qué hacer, yo cerré la puerta y él se subió. Mi madre me gritaba algo por la ventanilla, pero mi cabeza no estaba ya allí, estaba en otro lugar. En otra parte de la ciudad que estaba lejos y, si quería llegar a tiempo, debía darme prisa.

—¿Gael, me puedes explicar qué está pasando? ¿A dónde cojones vamos?

—Al aeropuerto —dije mirando la hora.

Hugo
El hoy

20 de agosto de 2008
13:25

Todos pasamos el control de seguridad y Loreto y Clara, nuestras profesoras, ya estaban viviendo el caos que suponía viajar con veintidós adolescentes. Solamente pensaban en llegar, en intentar disfrutar, y nos rogaron por favor no ponérselo muy difícil. Todos nos dirigimos hacia la puerta D45, desde donde despegaría nuestro avión. La cola de embarque se estaba empezando a formar. En breve abrirían las puertas de acceso. Todos nosotros nos unimos a la fila y miré la hora en mi reloj. Eran las 13:30 y pensé en él, que ya estaría en la iglesia, esperando a que llegase su futura esposa. Seguro que iba guapísimo y ella también, porque realmente lo eran, estaban hechos el uno para el otro y la vida los había juntado para eso, para que fueran felices y comieran perdices; hoy su cuento sería perfecto. Suspiré y me quedé al lado de Jonathan y Celia. Miré mi teléfono una última vez y no había nada. «Ya es demasiado tarde», pensé. El resto de mis compañeros estaban eufóricos. Deseaban hacer este viaje desde hacía mucho tiempo. Un viaje de fin de curso que también, en parte, era una despedida. Después de esto, todos emprenderíamos caminos por separado.

Todos avisaron a sus padres de que ya íbamos a subir al avión y yo, de nuevo, miraba el teléfono solo para ver si me había contestado aquel último mensaje. Era mi última oportunidad antes de que fuese demasiado tarde. Él era la persona más especial que había conocido nunca y merecía saberlo. Él era la clave de todo lo que siempre había buscado. Habíamos pasado momentos inolvidables y tenido conversaciones que me habían permitido entender muchas cosas. Pero sobre todo me había regalado la llave para mi felicidad. Miré nuestra conversación esperando algún mensaje que me dijera aquello que necesitaba leer para no cruzar esas puertas. Para no subirme a aquel avión y poder dar media vuelta e ir hasta el único lugar donde quería estar: en sus brazos. La chica abrió el control de la puerta de embarque y todos mis compañeros se agolparon para entrar los primeros; miré a mi alrededor y me coloqué el último tras un matrimonio. «Vamos. Vamos. Por favor. Hazlo». La chica comenzó a comprobar cada billete. «Adelante. Adelante. Buen vuelo». Su sonrisa amable y la de su compañera hacían que poco a poco todos los pasajeros fueran entrando. Mis compañeros saltaban de camino al avión, estaban felices, pletóricos por los días que nos esperaban. Mi rostro en cambio reflejaba preocupación y puede que algunos se preguntaran el porqué. Yo siempre había sido el alma de la fiesta, pero aquel día era el final para nuestra historia. Suspiraba cada vez más porque sabía que me iba acercando poco a poco hasta aquella chica y que no habría vuelta atrás. Miré una última vez mi teléfono y ni rastro de su mensaje. No estaba su nombre. Sus cuatro letras. Y entonces pensé que hay historias que, por más que quieras estirarlas, el nudo acaba rompiéndose y todo cae. Quizá mi lugar no estaba allí, junto a él. Y, por lo tanto, su destino tampoco era estar aquí junto a mí. Hay personas que solamente pasan por nuestra vida durante un determinado momento en el tiempo, aunque su huella es tan grande que se convierte en imborrable. Yo tenía claro que nunca lo olvidaría. No olvidaría aquel primer beso bajo las estrellas en el mirador de delante de mi casa ni nuestras conversaciones bajo el faro. Recordé aquellos atardeceres en esas calas secretas que le enseñé y los ojos se me llenaron de lágrimas. Apagué el teléfono antes de darle mi billete a la chica de la aerolínea y, mientras lo hacía, cada momento que viví junto a él se me pasó por delante de los ojos. Una historia de amor que nadie podría creer nunca. Pero que sucedió y que, por más tiempo que pasase, él siempre seguiría en mi corazón. Hoy, mañana y siempre. Le entregué mi billete y lo pasó por el lector a la vez que comprobaba mi carnet de identidad. Me deseó un buen vuelo como al resto de mis compañeros con su sonrisa amable y junto con Celia y Jonathan echamos a andar hacia el avión.

—¿Qué asiento tienes? —me preguntó Celia.

—6A. ¿Y vosotros?

—Yo 9A —dijo ella.

—18C —contestó Jonathan—. Joder, a tomar por culo de vosotros.

—Son dos horas y media de vuelo, Jon —le respondió Celia—, tampoco pasa nada.

Entramos al avión y dejamos las mochilas encima de nuestros asientos, a mi lado me había tocado una mujer, ya que eran filas de dos. Pero, a partir de la fila siete, eran asientos de tres.

—¿Qué vas a hacer? —me preguntó Celia con la cabeza por encima del asiento.

—No tengo sueño, he dormido en el bus. Me he traído este libro —dije enseñándole un ejemplar de *El juego del ángel* de Carlos Ruiz Zafón, que se había publicado hacía un par de meses.

—Yo me he traído el MP3 de mi hermana —dijo enseñándome un iPod azul.

A lo lejos se veía a los demás: Naiara y Jonathan más alejados, las profesoras Loreto y Clara que andaban a mitad del pasillo terminando de contar para comprobar que todos estábamos sentados.

—Tengo unas ganas de llegar… —me dijo.

—Y yo, quiero disfrutar con vosotros, en la piscina, en la playa, de fiesta —coincidí sonriéndole.

—Señoras y señores pasajeros —comenzó el comandante.

Le mandé un beso a Celia y me senté. Me abroché el cinturón y vi a la azafata que tenía justo delante que se estaba preparando para hacer la demostración de seguridad mientras el avión comenzaba a moverse camino de la pista de despegue. Recordé que debía apagar el móvil y, antes de hacerlo, le mandé un mensaje a mi madre para decirle que íbamos a despegar con un poco de retraso y que la llamaría cuando llegase. Eso y un «Te quiero» al final. La azafata terminó su demostración, bajó su asiento que estaba pegado a la pared y cruzó su cinturón mientras miraba por la ventana. Hacía mucho calor y solamente pensaba en cuando llegásemos; disfrutaríamos de unos días geniales entre aguas cristalinas.

—Tripulación, listos para despegue.

El comandante del avión habló y yo cerré los ojos mientras notaba como el avión se encaraba de frente a la pista de despegue. Los motores aceleraron a máxima potencia y el avión salió hacia delante. Miré por la ventana y, al fondo, estaban las cuatro torres de Madrid. Y, en algún lugar entre todos esos edificios, se encontraba la iglesia donde en aquel momento se estaría casando Gael. Cerré los ojos para intentar no pensar más mientras el avión seguía acelerando y comenzaba a elevarse.

GAEL

EL HOY

20 de agosto de 2008
14:45

El Bentley estaba en mitad de la M-30, la carretera que llevaba al aeropuerto, y el teléfono de Bosco y el mío no paraban de sonar. Una y otra vez. Le pedí que, por favor, siguiese deprisa hasta allí y no preguntase. Él me miraba seguramente pensando en toda la locura que se iba a desatar en la iglesia cuando supieran que me había ido. Imaginaba a mi madre movilizando al ejército con tal de encontrarme. Miré la hora y vi que no llegaríamos a tiempo. Mientras tanto, colgaba a todos los números que me llamaban cada segundo. Y busqué su contacto. Me reí cuando vi que todavía, después de todo este tiempo, no había cambiado su nombre. Tu ERROR. Pensé que, quizá, realmente era mi acierto y que todo lo que habíamos vivido me había traído hasta este momento. Y hasta este lugar. Lo llamé y deseé que contestase para decirle: «Estoy aquí, he venido a buscarte tal y como te prometí». Pero su teléfono estaba apagado. O bien porque estaba entrando al avión, o bien porque, quizá, ya estaba volando. Estábamos avanzando todo lo rápido que podíamos.

—No sé qué estás haciendo, Gael, pero me estás asustando…

—Yo tampoco lo sé, Bosco. Pero acelera, por favor.

Y Bosco siguió pisándole al acelerador de aquel coche. Algunas de las flores que llevábamos a los lados salieron volando por la carretera de la velocidad a la que íbamos. Lo miré y él conducía sin entender nada.

—¿Sabes lo que me dijo Flora una vez? —comencé mientras adelantábamos a algunos coches a gran velocidad—. Que viviera muchas vidas, y si hay algo que tengo claro es que mi vida no está al lado de Cayetana, Bosco. Llevo todo este tiempo dudando de lo que realmente sentía y me estaba obligando a mí mismo a llegar a esa iglesia, mirar a Cayetana y decir «Sí, quiero», cuando realmente aquello era todo menos lo que quería. Todo cambió en Cabo de Gata, aquella noche que tú y yo llegamos juntos a ese festival. —Bosco me miró entonces trasladándose a aquel día, a aquella noche en la playa.

—Joder… —dijo.

—Aquella noche, Bosco, conocí a un chaval que me puso mi vida patas arriba y todo lo que creía tener claro. Su bondad, su forma de hacerme ver las cosas realmente importantes de esta vida, nuestras conversaciones, los lugares que descubrí junto a él. Podría decirte tantas cosas, Bosco, pero llegado el momento te contaré bien la historia; ahora solamente te pido que, por favor, hagas que este trasto me deje llegar a tiempo. No quiero perder ni un minuto más.

Y en mi cabeza pensé en todos los minutos que había perdido ya y en que, quizá, ya era demasiado tarde. Bosco me miró y supo que aquello era realmente importante; metió sexta y pisó a fondo el acelerador de aquel coche. El Bentley subió hasta los ciento cuarenta kilómetros por hora y fuimos adelantando uno a uno a los coches que circulaban por la M-30 en dirección a la terminal cuatro de Madrid-Barajas. Íbamos en silencio, solamente escuchábamos las canciones que sonaban en la radio, yo miraba por la ventana y veía cada vez más los carteles del aeropuerto, ya estábamos acercándonos. Entramos en el túnel, que nos hizo perder un poco la conexión de la emisora, yo cerraba los ojos y le pedía a Hugo, en la distancia, una y otra vez lo mismo. «Espérame. Por favor, espérame». Salimos del túnel y abrí los ojos y hubo algo que me hizo dirigir la mirada hasta el fondo del paisaje a la derecha.

—No… me… jodas —dijo Bosco—, pero qué cojones…

Una nube negra de humo estaba en mitad del campo, rodeada de llamas de lo que parecía ser un gran incendio. La gran nube se volvía cada vez más y más grande y en aquel momento oímos las sirenas detrás de muchos camiones de bomberos que se dirigían en la misma dirección que nosotros. Nos adelantaban uno tras otro. En ese momento, interrumpieron la música de la radio y Bosco subió el volumen mientras seguíamos avanzando por la carretera a toda velocidad.

—Buenas tardes, sentimos interrumpir la programación —dijo la presentadora—, pero nos acaban de informar de que ha habido un accidente de avión en el aeropuerto de Madrid-Barajas. Al parecer, un avión de la compañía Spanair, con destino a Gran Canaria, se ha salido de la pista y ha impactado contra el suelo. En estos momentos todos los efectivos de emergencias y bomberos se están desplazando hacia el lugar. Además, se ha declarado el estado de emergencia en el aeropuerto de Barajas.

Sentí que el corazón se me había detenido y fijé la mirada en la radio. Aquello era imposible. No podía ser cierto. Agarré mi teléfono y seguí llamándolo. Una y otra vez. Pero su móvil seguía apagado. Negaba con la cabeza mientras cientos de bomberos y ambulancias empezaron a pasar por delante de nosotros. Era su avión. Llegamos al aparcamiento del aeropuerto y aquello era un completo y absoluto caos, la nube negra cubría todo el cielo y me quité la chaqueta del traje y la lancé dentro del coche para salir corriendo hacia dentro del aeropuerto.

—¡Gael! —me gritaba Bosco desde el coche.

Entré y todo el mundo estaba pegado a las ventanas de los laterales del aeropuerto, justo antes de entrar al control de seguridad. Todo fue a cámara lenta desde ese momento. Caminé hacia ellos a la vez que la gente se agolpaba en las grandes cristaleras. Sentía miedo, mucho miedo. La gente que miraba hacia la pista de despegue tenía las manos en la cabeza por la magnitud de lo que estaba viendo. Llegué hasta el ventanal y vi aquella gran nube negra que nunca podría olvidar. Alrededor de la pista había fuego y los camiones de bomberos y emergencias estaban al fondo intentando acceder, pero no podían llegar hasta el lugar exacto por el fuego que los rodeaba. Era su vuelo. Era el vuelo de Hugo y de todos sus compañeros. Spanair. Gran Canaria. 20 de agosto. Eran ellos. Noté como poco a poco me faltaba el aire y me fui quitando la corbata que todavía llevaba anudada en el cuello. Me apoyé sobre una columna mientras mi teléfono no paraba de sonar. Una y otra vez. Eran llamadas de mi familia, de amigos, todos se preguntaban qué hacía que no estaba en la iglesia, casándome con Cayetana. El terror que sentía me asfixiaba poco a poco, en aquel instante miré hacia la puerta y numerosas cámaras de televisión estaban llegando. Di un paso y sentí que me iba a desplomar. Periodistas micro en mano comenzaban las coberturas en directo para todos los canales. Di otro paso y sentí el vacío. Me conseguí apoyar junto a una columna y descendí hasta el suelo. Y hasta el infierno de lo que estaba sucediendo. Apoyé la cabeza entre las rodillas y con las manos me tapé los oídos. Si lo hubiera llamado antes. Si quizá le hubiera contestado sus mensajes diciéndole lo que realmente sentía. Si le hubiera pedido que se esperase. Cerraba los ojos y solamente lo veía a él. Una y otra vez. Hugo. Hugo. Hugo. Y, ahora, no iba a poder verlo nunca más.

En otro lugar...

El hoy

20 de agosto de 2008
14:50

Una mujer está en casa terminando de fregar los platos, mira la hora y piensa que su hijo estará ya volando hacia Canarias. Piensa que todo lo que se ha esforzado este año para sacar sus estudios ha merecido la pena y ahora va de camino a celebrarlo junto a sus amigos. Mientras termina de escurrir los platos, el teléfono suena y ella acude deprisa antes de que cuelguen. Se seca las manos en el mandil que todavía lleva y anda rápido hacia el salón para coger el teléfono. Cuando descuelga y escucha la voz que hay al otro lado sabe que algo no va bien. Se queda completamente paralizada. Cae de la inercia en el sofá y, en la televisión, que la tenía en silencio, ve una imagen en directo. El grito desgarrador de aquella madre cruza las paredes, rompe el aire y atraviesa el mar. Es un grito desolado. El grito de una madre a la que acaban de darle la peor de las noticias. El teléfono cae contra el suelo, y ella con él. Todo es rabia. Y dolor. Sube el volumen del televisor sin poder creerlo con manos temblorosas. En la pantalla, la imagen del terror. Y de la tristeza más absoluta. Una nube negra en mitad del aeropuerto de Madrid. Su llanto la atraviesa y ella grita. Y vuelve a gritar. Y nadie la escucha, porque no hay nadie en esa casa que pueda oírla. Está completamente sola. Agarra como puede el teléfono de nuevo y prueba a marcar el número de su niño. Pero nadie contesta. Y, entonces, todavía temblando, se da cuenta de que tiene un mensaje que no ha leído. Es de él, minutos antes de que el avión despegase. «Mamá, se ha retrasado el despegue, pero parece que ya lo han solucionado. Te llamo cuando llegue. Te quiero». Y la mujer siente un dolor inmenso con el teléfono en la mano. A duras penas, marca el teléfono de otra madre. Y, juntas, comparten el llanto y el terror de lo ocurrido. La mujer se levanta como puede y se quita el mandil que lleva. Tienen que irse cuanto antes a Madrid. Su hijo era uno de los pasajeros del vuelo JK5022 que acaba de estrellarse en el aeropuerto de Madrid. En la televisión ya hablan de más de cincuenta muertos y de algunos heridos, pero también informan de que a bordo del avión iban ciento setenta y dos pasajeros. La madre corre por la casa, saca del armario una blusa y se la pone deprisa, llega de nuevo hasta el salón y agarra su bolso y las llaves y cierra la puerta de un gran portazo. Y dentro de la casa todo se queda a medio hacer. Los platos sin colocar, la mesa sin recoger y la televisión sin apagar.

GAEL
EL HOY

20 de agosto de 2008
15:32

Una chica se acercó a la columna donde estaba tendido y cuando abrí los ojos me di cuenta de que era una trabajadora del Sámur. Me recogió, junto con la ayuda de su compañero, y me dieron agua que llevaban encima. Ella encendió una pequeña linterna que sacó de su chaleco y me alumbró hacia las pupilas, juntos me abrieron poco a poco la camisa y me pidieron que respirase con ellos para tranquilizarme. Entendieron que conocía a alguien del vuelo que se había estrellado y me pidieron que por favor los acompañase a una sala que habían habilitado. Caminé junto a ellos mientras miraba hacia todos los lados. Los sonidos de las ambulancias. Los gritos de algunos padres al llegar al aeropuerto. Las cámaras de televisión. Todo era un caos absoluto. Me llevaron a una sala y me pidieron que esperase allí, poco a poco fue llegando más gente que tenía familiares en el vuelo. Nos fuimos sentando uno a uno y todas las familias estaban pegadas al teléfono, yo probaba cada poco tiempo a llamarlo. Búsqueda de contactos. Pulsaba. Y nada. Seguía estando apagado. Y pensé que mis padres y el resto de mi familia se preguntaban dónde estaría. Le mandé un SMS a Bosco y le pedí que los tranquilizara, que, en cuanto pudiera, les explicaría yo mismo lo que me había ocurrido. Y también a Cayetana, aunque quizá fuera demasiado tarde para que quisiera escucharme. A aquella sala seguían entrando más y más personas, me impactó muchísimo la imagen de un matrimonio mayor, a los que una madre les preguntó a quién tenían en el avión y contestaron que a toda su familia. Su hija, su yerno y sus dos nietos pequeñitos. Se me encogió el corazón y también el alma. No teníamos ninguna noticia porque nos habían pedido que no mirásemos nada, que, en cuestión de minutos, vendría alguien a informarnos. Pero los minutos pasaban y allí no llegaba nadie, solamente más parejas, hermanos o hijos de la gente que iba a bordo de ese avión. Eran pasadas las cuatro de la tarde cuando un hombre se presentó. Venía con una chaqueta del Sámur y se colocó frente a todos nosotros, algunos aguardábamos sentados y otros familiares estaban apoyados de pie alrededor de las paredes de la sala, ya que no cabíamos todos allí. La gente estaba abrazada unos a otros, temiendo la peor de las noticias, a pesar de que no supiéramos absolutamente nada de lo que había ocurrido.

—Buenas tardes a todos. Mi nombre es Francisco Corral, soy coordinador del Sámur y Bomberos en la Comunidad de Madrid. Lamento muchísimo estar aquí hoy, de corazón. Vengo a facilitarles más información acerca de lo sucedido, pero antes que nada quiero decirles que es imprescindible que esperen aquí, el aeropuerto acaba de activar el nivel de emergencia. Les iremos informando de cada detalle nuevo que sepamos para que estén en todo momento al corriente de lo que ocurre antes que nadie —dijo el hombre con tono compungido—. Como saben, el vuelo JK5022 de la compañía Spanair con destino a Gran Canaria se ha salido de la pista y se ha estrellado en los alrededores del aeropuerto. En el vuelo, viajaban ciento setenta y dos personas, seis de ellos tripulantes. A esta hora de la tarde, las únicas cifras que tenemos, ya que nuestros equipos de emergencia están trabajando en la zona, es de cincuenta y cuatro muertos y algunos heridos graves —aquello hizo que algunos gritos se escucharan en la sala—. Quiero decirles que hay supervivientes, hemos conseguido sacar con vida a unas cuantas personas que han sido trasladadas de inmediato a hospitales de la ciudad; de esos heridos dos de ellos son niños y, en cuanto podamos, intentaremos conocer sus identidades. Todavía, como les digo, es muy pronto para poder facilitarles más información, ya que el escenario que nos hemos encontrado al llegar al lugar del siniestro era terrible. Les ruego que permanezcan aquí para en la medida de lo posible ir actualizando toda la información que sepamos. En estos momentos, la Cruz Roja está trasladando un equipo de psicólogos hasta este lugar y llegarán en unos minutos.

El hombre se marchó y cerró las puertas a su paso, todo aquello se convirtió en llantos y mucho vacío. Había silencio. Había gente que rezaba. Había otros que simplemente contestaban el teléfono con esperanza de que alguna de esas llamadas fuera desde algún hospital para decirles que la persona por la que estaban allí había sobrevivido. Pero no llegaron. Nos encontrábamos allí casi cien personas y cada vez iban llegando más y más. Mi nerviosismo hacía que se me volvieran a acelerar las pulsaciones, mi pierna temblaba y daba golpes contra el suelo. El equipo de psicólogos entró en la sala y fue acercándose a cada persona que solicitaba tener asistencia, pero, en definitiva, todo era una gran incertidumbre, nos decían que mantuviéramos la calma, que lo que más necesitábamos eran respuestas y que nos las darían muy pronto. A mi lado, se sentó un matrimonio de ancianos, ella con una mano no soltaba la cadena con un cristo que tenía en el cuello y con la otra sostenía la mano de su marido. Nos miramos y me preguntaron que quién iba en el avión. Me quedé en silencio y, cuando fui a hablar, me emocioné solamente de pensar en su nombre. La miré de nuevo y contesté que a bordo de ese avión iba alguien muy especial para mí. Ella me agarró de la mano y la acarició junto a la suya para hacerme saber que no estaba solo y sentir su calor. Después, me contaron entre lágrimas que ellos habían ido al aeropuerto a despedir a sus hijos, que como cada año se iban de vacaciones a Gran Canaria junto con sus nietos, de doce y siete años. Cada uno de los que estábamos allí teníamos nuestra propia historia y todos necesitábamos despertar de aquella pesadilla.

En otro lugar...

El hoy

20 de agosto de 2008
20:01

El coche que ha salido a toda velocidad desde Almería está ahora entrando en Madrid. Dentro de él una madre rota por saber qué le ha sucedido a su hijo. Se ha pasado la mitad del camino llorando, hablando con otros padres que también han salido para Madrid en cuanto se han enterado de la noticia, y es que en el avión que ha tenido el accidente iba una clase entera de estudiantes de viaje de fin de curso. La mujer ha tenido que quitar la radio, ya que en todas las emisoras no se habla de otra cosa. Y durante todo el camino le ha pedido a su ángel de la guarda que, por favor, no le arrebate lo único que le queda en este mundo. Ya perdió a su marido y no podría soportar quedarse también sin su hijo. Su Hugo. Se le llenan los ojos de lágrimas de pensar en qué ha podido pasar. «Por favor. Por favor», repite una y otra vez a medida que se acerca a su destino. Se pregunta por qué la vida le está haciendo pasar tanto mal, cuando ella solamente hace el bien. El coche llega hasta el aparcamiento del aeropuerto y se baja de inmediato. En el reflejo de las cristaleras de la terminal se ve el naranja del atardecer. Ella corre por las escaleras hasta llegar a la puerta principal donde aguardan cientos de cámaras de televisión y fotógrafos; tras ella van otros padres de las criaturas que iban a bordo de ese avión. Todos juntos son acompañados hasta una sala mientras los flashes de los fotógrafos los captan, rotos, tanto por dentro como por fuera. La sala está llena de familias y gente compungida; en el centro, los espera un señor. Les pide por favor, a ellos que acaban de llegar, que se mantengan de pie, ya que tiene que comunicarles algo importante. El hombre es el director del Sámur, y con rostro serio los va a actualizar las cifras que tienen hasta esta hora. Más de ciento cuarenta fallecidos y al menos diecinueve heridos. Hay una lista de supervivientes, pero tienen que confirmar cada nombre antes de poder ofrecerles esa información tan sensible. Necesitan estar seguros al cien por cien y les hace saber que están trabajando todas las unidades de emergencias sin descanso por poder hacerlo cuanto antes. Por el momento, han descartado encontrar más supervivientes. Todos se abrazan unos a otros, menos ella, que estaba completamente sola. Y destrozada. Solo quería abrazar a su niño. Piensa una y otra vez en el último beso que le dio esa misma madrugada, antes de subirse al autobús. Llora desconsolada mientras el hombre que está en el centro de la sala vuelve a hablar. La aerolínea ha habilitado un pabellón en Ifema para la identificación de los cuerpos y les pide que por favor cojan todas las fuerzas que les queden porque viene el momento más difícil. Identificarlos. Identificar los cuerpos de sus familiares, que, según les advierte, en su mayoría se han quemado por el queroseno que llevaba el avión. Unos trabajadores les piden a todos que, por favor, vayan saliendo de allí hasta la puerta de la terminal, donde unos autobuses les esperan para llevarlos hasta Ifema. A aquella madre le invade el terror, ya tuvo que identificar el cuerpo de su marido hace años y no puede creer que le esté tocando vivir aquella pesadilla de nuevo. Con su Hugo. Una amiga se le abraza, ya que su hija también iba en ese vuelo, y le pide por favor que vayan hasta el autobús. El director sale primero y le pide a la prensa respeto y humanidad ante un suceso tan atroz, y los compañeros que esperan allí bajan las cámaras. Nadie debería sacar ni una foto de ese dolor tan inmenso. Caras de padres, abuelos y hermanos pequeños caminan hasta los autobuses de color negro que los esperan en la puerta de la terminal. Todos juntos salen de allí y se suben. Las puertas del autobús se cierran y el conductor solamente pronuncia una frase que se quedará grabada en su cabeza para siempre: «Señoras y señores, este es el viaje que jamás hubiera querido hacer. Lo siento en el alma».

GAEL
EL HOY

20 de agosto de 2008
20:06

Hace un buen rato que me fui de aquella sala del aeropuerto, ya que no podía soportarlo más, no podía pensar que estaba ahí sin hacer absolutamente nada, esperando a que me diesen la peor de las noticias. Necesitaba buscarlo, al menos confirmar que no estaba en ninguno de los cuatro hospitales a los que habían trasladado a los supervivientes. Me monté en un taxi mientras el caos reinaba en el aeropuerto y le pedí que, por favor, se dirigiera rápido al Hospital de La Paz. En la radio no se hablaba de otra cosa y la cifra de fallecidos cada vez ascendía más. Todo el mundo se preguntaba qué había podido pasar para que el avión se estrellase a los pocos segundos de despegar. En ese momento conectaron en directo con una periodista que, al parecer, estaba a las puertas de un hospital.

—Suba el volumen, por favor —le dije al taxista.

—Sandra —comenzó la periodista—, nos encontramos a las puertas del Hospital Reina Sofía, donde una de las supervivientes de la catástrofe ha sido ya dada de alta y ahora mismo va a poder atendernos. Su nombre es Beatriz Reyes, la escuchamos en directo, compañeros.

—¡Beatriz! —gritaban los periodistas—. Por favor, cuéntenos. ¿Cómo se encuentra? ¿¡Qué es lo que ha pasado?!

—Buenas tardes a todos —dijo la mujer que vestía una camisa blanca—. Lo primero, trasladar el pésame a todas las familias que han perdido a uno de sus seres queridos, todavía pienso que todo esto no nos ha ocurrido, que ha sido una pesadilla. Lo siento en el alma, de corazón.

—Pero, Beatriz, qué fue lo que sucedió. Hablan de un fallo en el motor.

—No lo sé, de veras. Solamente me acuerdo de abrir los ojos y ver que tenía una gran herida en la pierna. Yo misma me hice un torniquete al darme cuenta de que nos habíamos estrellado y salí a ayudar a dos niños muy jóvenes. Recuerdo que el avión hizo el intento de volar y, cuando se elevó, sonaron unas alarmas y el avión viró hacia un lado y luego hacia el otro. Y en ese momento supimos que nos estrellábamos.

—¿Viajaba usted sola? —le preguntó un periodista.

—Sí. Iba a ver a mi madre a Las Palmas, pero el avión estaba lleno de familias, parejas, gente muy joven…, todo esto es terrible. Siento que he vuelto a nacer, que la vida me ha dado otra oportunidad, y desde aquí quiero aprovechar para agradecer públicamente a los que han cuidado de mí. Al primer camión de bomberos que llegó al lugar, a la ambulancia que me trasladó aquí al hospital, que lo único que recuerdo fue cuando entré por urgencias y tener como quince personas a mi lado, todo el mundo me tocaba sin poder creerse que estaba ahí, con vida.

—Beatriz, ¿pudo rescatar a dos jóvenes aun estando en el suelo semiinconsciente?

—Sí…, es lo que cualquier persona haría. Cuando abrí los ojos escuchaba el sonido de un riachuelo cercano y después oí sus voces. Pedían ayuda porque estaban sepultados debajo de unos asientos. Me arrastré hasta ellos y conseguí sacarlos, pero no me quiero poner medallas por eso, repito, es lo que cualquier persona hubiera hecho en mi lugar.

—Si nos disculpan —dijo entonces la voz de otro hombre—, queremos volver a casa. Muchas gracias.

—Como habéis oído, compañeros. Es el relato de Beatriz, la primera superviviente con la que hemos podido hablar de ese vuelo JK5022. A esta hora, tenemos una actualización por parte del Ministerio de Fomento. Por el momento, ciento cincuenta y tres son los fallecidos y diecinueve los heridos. Trece de ellos muy graves. Se descarta, según palabras del portavoz, la aparición de más supervivientes. La aerolínea ya ha avisado a todos los familiares para que, a la mayor brevedad posible, se trasladen hasta el pabellón número seis de Ifema, allí comenzará una noche muy larga intentando identificar a las víctimas.

—Qué catástrofe tan grande —dijo el taxista oyendo la radio.

Las lágrimas se me caían mientras miraba en silencio por el cristal del coche cómo el cielo de Madrid se teñía de todos los colores. El taxi llegó hasta la entrada del Hospital de La Paz, le pagué y me quedé mirando el gran edificio. «Ojalá estés aquí», pensé. Caminé hacia arriba para pasar por la puerta principal. Llegué hasta un mostrador de información detrás del cual se encontraban dos chicas.

—Hola —dije con la voz temblorosa.

Una de ellas me miró a los ojos y supo que algo no iba bien.

—¿Qué ocurre, caballero? —me preguntó poniéndose de pie.

—Quería saber si han trasladado aquí a un chico. Es Hugo Vargas Soler. Tiene dieciocho años y el pelo así cortito, iba a bordo del avión que se ha estrellado…

No conseguía levantar la mirada del suelo. No podía mirarlas a los ojos porque sabía que me rompería. Debía ser fuerte, ya no solo por mí, sino también por él. La chica miró a su compañera, consciente de la gravedad de la situación.

—¿Cómo ha dicho que se llama? —me preguntó la otra mujer.

Me acerqué a su lado y volví a decírselo:

—Hugo Vargas Soler.

En un folio tenía cinco nombres, cinco personas que posiblemente habían trasladado a ese hospital desde el avión. Ella miró una y otra vez la lista para después mirarme a mí de nuevo.

—Lo siento mucho, aquí no está —dijo—. Tenemos cinco pacientes en la UCI por el accidente y ninguno se llama Hugo.

Cerré las manos bien fuerte en los bolsillos y asentí con la cabeza. No había nada que hacer allí. Pero tenía que seguir buscándolo.

—Gracias —respondí dándome media vuelta y salí cabizbajo de aquel hospital. Podía notar sus miradas clavadas en mi espalda sintiendo absoluta tristeza por aquella situación. Solamente me quedaban tres hospitales en los que confirmar que Hugo no se encontraba y, cada minuto que pasaba, sentía más cercana la realidad de aceptar que se había marchado. Pero, esta vez, para siempre.

En otro lugar...

El hoy

20 de agosto de 2008
20:23

Una madre rota de pena baja los escalones del autobús. Ha llegado a ese lugar que está rodeado de prensa, focos y policía. Piensa que todo es un sueño, una mala pesadilla, que cuando se despierte se encontrará en su cama, levantándose para ir a trabajar al invernadero, como siempre. Y que, antes de irse, entrará en la habitación de su hijo y le dará un beso en la frente, como hace cada mañana, y le contará la pesadilla tan horrible que ha tenido. Pero, por más que aquella madre se pellizca en el brazo, siente el dolor, y sobre todo siente un terror absoluto en el interior de su cuerpo. Que le oprime el pecho y no la deja respirar. Todos los familiares, unos cogidos a otros, llegan hasta el pabellón número seis de Ifema. A las puertas, ven algo que les hace romperse todavía más. Cientos de coches y furgonetas funerarias han llegado ya para dejar los cuerpos en el suelo del pabellón para su identificación. El equipo de psicólogos los acompaña en todo momento y la madre se agarra a una chica joven. Hay gente que antes de llegar se desploma en el suelo y tiene que ser atendida por los servicios de emergencias. Aquella madre sigue pellizcándose en el brazo y la muchacha, que se da cuenta de que lo tiene lleno de marcas rojas, la agarra de la mano al saber lo que intenta hacer una y otra vez. Despertar de aquella pesadilla. Antes de entrar les piden que cojan fuerzas. Las pocas que les queden, porque va a ser duro. El peor momento de todos. Uno a uno van entrando todos los familiares. Sobre el suelo del gran pabellón, la imagen que nunca se les borrará de la cabeza. Cientos de bolsas blancas yacen allí separadas por un pequeño espacio entre cada una de ellas, cada bolsa es uno de los cuerpos que han de ser entregados a sus familias. Y aquella mujer siente que ya no le queda nada por lo que vivir. Ya no le queda ninguna razón por la que levantarse cada mañana. Aquella madre mira una de esas bolsas y sabe que ahí está su hijo. Su pequeño. Su Hugo. Y se parte en dos al ver aquella imagen tan terrible, se rompe y grita de dolor al conocer la verdad. Su cuerpo se desploma contra el suelo y, aquella noche de finales de agosto, siente frío. Mucho frío.

GAEL
EL HOY

20 de agosto de 2008
20:32

En el Hospital Reina Sofía tampoco estaba. El médico que miró el parte de ingresos en la UCI me confirmó que ningún Hugo había ingresado allí por el accidente. Me dio un apretón en el hombro mientras me decía que lo sentía en el alma. Salí del hospital y me senté en el escalón de la acera, justo al lado de una parada de autobuses. Lloré pensando en que podía seguir buscándolo, pero había una gran probabilidad de que la respuesta fuera siempre la misma. Hugo se había ido y posiblemente su cuerpo estaba en Ifema. En el pabellón número seis, tal y como habían dicho por la radio. Las lágrimas de la impotencia y de aceptar poco a poco los hechos me caían sin cesar. No sabía qué hacer, si seguir buscando o marcharme hasta Ifema para confirmar que se encontraba allí, donde seguramente su poca familia había llegado ya. Y esa era la mejor opción para asumir la noticia cuanto antes. Me levanté de la acera para pedir un taxi que me llevase hasta allí y, justo cuando estaba a punto de llegar uno que se encontraba libre, me fijé en una marquesina de anuncios que mostraba uno de un perfume de una marca de lujo. En el recipiente se podía leer el nombre de la fragancia: FLORA. Me quedé mirando justo ahí, a su nombre, y sentí que no estaba solo en esto. Sonreí en mitad de la calle al anuncio de la fragancia y pensé en ella y en que no podía tirar la toalla; Flora me había enseñado a no rendirme tan fácilmente, a levantarme y, hasta cuando no me quedasen fuerzas, seguir. Abrí la puerta del taxi y la mujer me miró por el espejo retrovisor.

—Al Hospital Ramón y Cajal —le pedí—. Rápido, por favor.

Iba a seguir mi búsqueda, doliese más o menos. Ella activó el taxímetro y agradecí que, en vez de las noticias, tuviese un canal de música. Sonaba una canción de Coldplay que había salido a principios de verano y ella conducía a gran velocidad. La pierna me seguía dando botes. Uno tras otro. Me miraba por el retrovisor y yo contenía el aire. La canción que sonaba en el coche se llamaba «Viva la Vida» y aquella letra hizo como si estuviera rodeado de gente que me mandaba fuerzas para levantarme y seguir. Sonreía por el cristal al recordar cuando me choqué con él y le tiré toda la cerveza por encima. Sonreí al pensar en lo que ocurrió con el lavavajillas y en cómo me miraba por ser tan desastre. Y al recordar su cara cuando entró por primera vez en el faro de su padre. Pensé en su manera de mirarme y hacerme sentir que podía dejarme llevar junto a él, porque hacía que todo fuese como un lugar en paz al que volver. El viaje hasta el hospital se me pasó rápido al recordar tantos momentos que había vivido junto a él. Le pagué a la mujer y salí deprisa del taxi. Subí trotando la cuesta hasta la entrada del hospital y justo antes de cruzar la puerta cogí aire y miré hacia el cielo. Sabía que ella estaba conmigo, agarrándome de la mano pasara lo que pasase.

En otro lugar...

El hoy

20 de agosto de 2008
21:20

Aquella madre recupera el conocimiento y poco a poco, con la ayuda de sanitarios y del equipo de psicólogos, llega de nuevo hasta las puertas de aquella gran morgue en la que se ha convertido el pabellón número seis de Ifema. Entra despacio de nuevo, y muchos de los familiares que han llegado se sitúan cerca de las bolsas blancas donde están los cuerpos que ya han podido ser identificados gracias a ellos. Todo allí es dolor al descubrir el final de cada uno de los pasajeros que iban a bordo del vuelo JK5022. Pero hay mucha gente agolpada frente a una pared. Y ella no entiende nada. Hasta que decide preguntar a uno de los responsables del Sámur que se encuentra allí. Y él le cuenta la verdad. Hay una lista de supervivientes. Ella mira de nuevo hacia ese lugar de esperanza y ve como delante de ella sale corriendo una madre a lágrima viva y el padre a los que conoce de toda la vida del pueblo, porque son los padres de una amiga de su hijo. Corren al grito de: «¡Está viva, está viva!». La mujer mira de nuevo a aquel trabajador y le pregunta que, si el nombre de su hijo no aparece ahí, dónde está. Y él mira hacia los cientos de bolsas que se encuentran tendidas en el suelo. Hay gente que lee aquella lista y se desploma en el suelo al confirmar que, si no están entre esos nombres, han fallecido. Nadie les ha dicho nada, simplemente han colgado un papel en aquella pared con dieciocho nombres. La mujer siente pánico y terror. Pero necesita saberlo. Camina, paso a paso, y, en cada uno de los que quedan, recuerda la carita de Hugo cuando lo vio nacer. Otro paso. Y entonces lo ve dando sus primeros pasitos en el invernadero. Otro paso. Piensa en cuando bajaban a la playa junto a su padre y señalaba a las gaviotas que sobrevolaban por encima suya. Otro paso. Ya queda muy poco para llegar. Recuerda cuando su hijo tomó la comunión vestido de capitán como su padre y lo feliz que estaba ese día. Otro paso. Al cerrar los ojos ve a su hijo, junto a ella, delante del faro cuando ambos perdieron en esta vida. Ella a su gran amor y él a su gran referente. Otro paso. Ya puede ver el papel colgado de aquella pared. Piensa en todos los besos que le han faltado por darle antes de que se marchase. Piensa en toda la vida que tenía por delante. Y, sobre todo, en poder verlo cumpliendo su sueño de contar historias. Otro paso. Y entonces aquella madre cierra los ojos con fuerza y siente los brazos de su hijo agarrándola por detrás como tantas veces hacía al volver del invernadero, y le pide que abra los ojos. «Mamá, ábrelos». Y la mujer lo hace. Y se acerca a esa lista de nombres y comienza a leer.

GAEL
El hoy

Llegué a la ventanilla de control del hospital y les conté lo mismo que había contado en los dos hospitales anteriores. Les dije su nombre y sus apellidos. Hugo Vargas Soler.

—En la lista que tenemos nosotros, no está, señor. Pero sé que han llegado dos heridos más derivados de otro hospital que no tenemos apuntados. Déjeme que llame al jefe de la unidad de cuidados intensivos para que pueda comprobarlo.

La chica agarró el teléfono y marcó la extensión. Al otro lado contestaron enseguida y les contó lo que pasaba. «Sí. Efectivamente. Pregunta por un chico joven. Ya. Baja tú mejor. Sí. Gracias, Paco». La chica colgó el teléfono y me miró de nuevo con pocas esperanzas.

—En principio va a bajar el jefe de la unidad, espere por aquí unos minutos.

Suspiré al entender que ella quizá no estaba autorizada a darme esa información. Miré hacia las sillas de la sala de espera, pero no quise sentarme, estaba nervioso. Había un reloj justo en lo alto del vestíbulo y cada segundo se me hacía eterno. Tic. Tac. Tic. Tac. La puerta del ascensor se abrió y vi a un hombre que salía en dirección a la ventanilla de información. La chica me señaló y supe que era el hombre con el que había hablado antes por teléfono. Llevaba las manos en su bata y se acercó hasta mí.

—Buenas noches —dijo él—. Venga conmigo. —El hombre me llevó hasta el fondo del vestíbulo donde no había nadie cerca—. Me han comentado mis compañeras por teléfono que buscaba a un chico joven que iba en el avión accidentado.

—Sí. Hugo Vargas Soler —le contesté.

—Mire —dijo él todavía más bajito—, han ingresado dos pacientes hace dos horas, estaban en otro hospital y han sido trasladados aquí a la unidad de cuidados intensivos, uno de ellos es un chico joven, no sabemos sus datos porque no llevaba ningún documento encima y cuanto antes lo identifiquemos antes podremos avisar a la familia.

—Su madre no vive en Madrid, por eso estoy buscándolo, él es de Almería, y hoy viajaba junto con sus compañeros de viaje de fin de curso.

—¿Y cómo es el chaval? —me preguntó—. Descríbamelo físicamente.

—Hugo es joven, tiene el pelo castaño, es algo más alto que yo. Y tiene —dije emocionado al acordarme— un tatuaje en el brazo, que es un faro —intentaba describir un poco más a Hugo para ver si el médico lo podía reconocer.

—No me suena haber visto ningún tatuaje en ese paciente. Tiene gran parte del cuerpo quemado, señor —me contó—, el avión estaba hasta arriba de queroseno, ya que impactó justo en el momento del despegue, por lo que nos está siendo muy difícil. Mire —continuó observando a sus espaldas—, si quiere, puede acompañarme arriba y, por el cristal de la UCI, podemos intentar averiguar si es quien usted busca. Soy padre y no me gustaría ponerme en la piel de la familia de ese chaval. No hemos podido avisar a nadie todavía.

—Por supuesto —respondí al momento—. Vamos.

El hombre me miró, sabiendo perfectamente que si no era Hugo tendría que asumir que estaba muerto. Pero necesitábamos confirmar que aquel chaval que había ingresado no era él. El médico llamó al ascensor y sacó su tarjeta de identificación para después marcar el botón del piso número seis. El ascensor de personal comenzó a subir y el corazón me bombeaba cada vez más y más rápido. Las puertas se abrieron y el hombre salió delante de mí. Lo seguí y pasamos por delante de una mesa de información; la mujer que se encontraba allí y que leía un libro nos miró por encima de sus gafas y el médico le dijo que iba con él. Caminamos por el largo pasillo y llegamos hasta unas puertas enormes de color azul. Arriba, un gran cartel decía:

UNIDAD DE CUIDADOS INTENSIVOS
SOLO PERSONAL AUTORIZADO

—¿Vamos? —me dijo el médico mirándome antes de empujar las grandes puertas.

Cogí aire y asentí. Era el momento.

—Vamos.

Al abrirse las puertas encontré una gran sala acristalada por los lados, había muchos sonidos de pitidos constantes de cada paciente y me fijé en todas las camas que pude ver. Había una mujer mayor con toda la cara hinchada y estaba intubada. Su corazón latía y en el monitor que tenía al lado aparecía su ritmo cardiaco. Supe entonces que aquella sala era la última opción para todos los que entraran en ella. Desde el cristal no podía ver mucho, pero el médico me acompañaba y me señaló una de las camas. Sobre ella, un chico que estaba girado hacia un lado, con toda la boca intubada, cientos de cables alrededor del brazo y gran parte del cuerpo quemado. No parecía Hugo. Tenía la barbilla distinta y la oreja aplastada. Me fijé en los brazos intentando reconocer si veía el faro tatuado, pero no vi ni rastro de él desde el cristal. El médico me miró y negué con la cabeza.

—No es él.

El hombre suspiró.

—Está en coma. Sus lesiones son gravísimas, y, para que no sufriera tanto, hemos tenido que inducírselo. Lo siento muchísimo, de verdad —dijo mirando conmigo frente al cristal—, por un momento pensaba que era quien buscabas.

—Yo también —conseguí decir mientras los ojos se me llenaban de lágrimas.

Me despedí y caminé de nuevo hacia las puertas. Era momento de irme a Ifema. El hombre se quedó allí. Clavado. Viendo cómo poco a poco me iba. Fui a empujar la puerta con mi mano cuando volví a escuchar su voz.

—Solamente sé que tenía buen gusto musical. Llevaba una camiseta de La Oreja de Van Gogh puesta cuando lo trasladaron aquí.

Mi cuerpo se detuvo al instante. No podía ser cierto.

Me giré sobre mí mismo y me di la vuelta para contemplar de nuevo al doctor.

—¿Qué ha dicho? —dije acercándome a él.

El hombre me miró sorprendido.

—Que llevaba una camiseta de La Oreja de Van Gogh —repitió.

Volví a observar la camilla y, como si fuera algo mágico, imaginé cómo la piel de aquel paciente empezó a curarse lentamente, su cara recuperaba de nuevo su forma habitual, los brazos dejaban de estar quemados y el tatuaje le brillaba entre toda la piel quemada. Y entonces supe que era él. Que era Hugo.

—Es Hugo —dije—. ¡Es Hugo! —Comencé a llorar y a no poder creerlo—. ¡Está vivo! —gritaba sin cesar. El médico me miraba atónito y le abracé mientras lloraba, porque no tenía ninguna duda. Era él. Y estaba ahí, delante de mí. Había llegado a tiempo.

En otro lugar...

El hoy

20 de agosto de 2008
21:25

Una madre empieza a leer los nombres de las dieciocho personas.
Uno a uno. Y siente que el corazón se le parte poco a poco por
cada nombre que lee que no es el de su hijo. Y baja con un dedo
tembloroso. Y lee el nombre de Roberto. Y después el de Beatriz.
El de María y también el de Loreto. Lee el nombre de Antonia.
Y el de María. Y el de Celia, la amiga de su hijo. Y el de Ligia.
Baja su dedo por encima de los nombres. Alfredo. Gregoria. Y el
de una mujer que se llama Anne. Sigue por el de Rafael. Y después
el de Pedro. Y llega hasta un José y ve que ya no quedan muchos
más y cierra los ojos con esperanzas. Y lee el de Leandro. Y el de
Ángeles. También el de Kim. Y solamente le queda uno más.
Y cuando llega con su dedo índice hasta el último el corazón se
le encoge. Porque lo ve. Aparece su nombre escrito a boli y con
la tinta aún reciente. Hugo. Está ahí. El último de la lista. Hugo
Vargas Soler. Su hijo. Y grita. «¡Mi hijo! ¡Mi hijo!». Y al momento los sanitarios la ayudan porque sale corriendo hacia la puerta.
¡Su hijo está vivo! Es uno de los supervivientes. Al lado de su
nombre, aparece que está ingresado en el Hospital Ramón y Cajal. Los sanitarios preguntan a las ambulancias que hay fuera y
uno de ellos levanta la mano. La mujer corre como si le fuera la
vida en ello y la llevan en una ambulancia que se dirige para ese

mismo hospital. «¡Vamos, suba!», le dice uno de los conductores.
Y ella se sube delante, como puede, dando gracias a todo lo que
cree porque su hijo está vivo. La ambulancia va muy deprisa y la
chica sentada junto a la madre la agarra de la mano. Ella está
llorando sin cesar y pide que por favor sea verdad. No lo creerá
hasta que no lo vea con sus propios ojos. El conductor habla por
su radio para que despejen la entrada y preparen a alguien para
que acompañe a esa madre arriba. Todos en el hospital pueden
imaginar la emoción de esa mujer. Y se preparan para acompañarla en la puerta. La prensa enciende las cámaras porque saben
que pasa algo importante. «Un reencuentro», les chiva una de las
enfermeras. El conductor acelera cada vez más, porque él también
es padre y no puede ni imaginarse lo que está sintiendo esa señora. La ambulancia encara la última recta donde la madre ya ve
el rótulo de HOSPITAL RAMÓN Y CAJAL y empieza a temblar cada
vez más. La chica que le sostiene la mano le dice que ya están casi
allí. Que se prepare. La mujer se quita el cinturón y mete su
móvil dentro del bolso que lleva cruzado para después cerrarlo
y poner sus manos encima. Porque no sabe ni dónde colocarlas.
La ambulancia frena en la misma puerta, que está repleta de
cámaras a los lados para dejar despejada la entrada del hospital.
La mujer abre la puerta, no sin antes echar una última mirada
al conductor y a la chica que la han traído. «Gracias», les dedica con los ojos llenos de lágrimas. La chica y el conductor de la
ambulancia asisten emocionados a uno de los momentos más
especiales de toda su carrera. La mujer baja de la ambulancia
aprisa y los médicos la recogen al instante. Las cámaras los graban
al entrar y los reporteros en directo informan de la noticia de una
madre que acaba de enterarse de que su hijo es uno de los supervivientes. El vestíbulo del hospital está expectante. La sala de
espera está a rebosar y todos la miran. Se escuchan gritos de ánimo y de fuerza. Ella mira emocionada y un hombre espera con
la puerta del ascensor abierta, para que puedan subir cuanto antes. La planta número seis está marcada y las puertas se cierran.
Y los médicos que la acompañan le piden que se calme y se pre-

pare. Que después de verlo le contarán todo. Y el ascensor pasa por la quinta planta y se detiene en la sexta. Y al abrirse todo ocurre como si el tiempo se hubiera detenido. Aquella madre corre junto a los médicos y la conducen hasta el lugar donde se encuentra su niño, las cristaleras descubren la planta de los enfermos más críticos de todo el hospital. La madre mira hacia todos los lados cuando de repente se rompe porque lo ve a través del cristal. Es él. Su niño. Su Hugo. La agarran entre los médicos porque llora desconsoladamente y le dicen que, si quiere, puede acercarse hasta su cama. Y ella lo hace. Poco a poco. Paso a paso. Hasta que lo ve allí tendido, con parte de su cuerpo quemado y completamente lleno de cables hacia diferentes monitores que controlan parte de su corazón. Le toca la mano y cierra los ojos dando gracias a su ángel de la guarda por haberle dado una segunda oportunidad. Las lágrimas caen en la sábana de aquel hospital y ella se acerca a la frente de su niño y le da un beso. Un beso cálido. Una caricia que es casa. Y todo para que sepa que su madre ya está allí y que puede dejar de tener miedo. Porque no va a soltarlo de la mano, nunca más.

GAEL
EL HOY

20 de agosto de 2008
21:35

Veía desde la cristalera cómo la madre de Hugo se reencontraba con su hijo. Y se abrazaba a él a pesar de que Hugo no pudiera abrir los ojos para saberlo. Pero ya estaban juntos y eso era lo realmente importante. El doctor se acercó a ella para contarle seguramente el estado en el que se encontraba su hijo y, cuando estaba terminando, le contó algo señalando hacia donde yo me encontraba esperando de pie. La madre de Hugo se giró y se levantó de inmediato, le dijo algo al doctor, pero no soltó la mano de Hugo. El doctor salió fuera y se acercó hasta mí.

—Dice que pases. No sabía que había llegado alguien antes.

La miré y ella seguía agarrando la mano de Hugo, que tenía los ojos cerrados. Cogí aire porque nunca la había conocido antes, solamente la había visto de lejos en la graduación de su hijo. Crucé la puerta que separaba la gran cristalera de las camas de los pacientes; nadie se encontraba allí, ya que el horario de visitas era solamente por la mañana según había leído en un cartel. La madre de Hugo me miró y, al momento, me reconoció.

—Pero ¿usted no es...?

Fue a levantarse, pero al momento me apresuré para que no se separase de su hijo. Me senté a su lado, y ella me miró emocionada.

—Soy Gael —dije sonriendo.

—Usted estaba en la graduación de Hugo…, era su profesor de…

—De Geografía e Historia; estuve trabajando en Cabo de Gata este último año. Fui el tutor de su hijo. Encantado de conocerla…

—¿Cómo es que… ha llegado usted antes?

Imaginaba todas las preguntas que tendría esa mujer en la cabeza. Pero disponíamos de todo el tiempo del mundo para hablar.

—Verá, es una historia muy larga. Se la contaré, se lo aseguro. Pero ahora es momento de que descanse y esté con su hijo. Yo —dije mirando la hora— tengo que marcharme a casa. Ha sido un día lleno de emociones. —Estaba exhausto y todavía debía resolver todo con mi familia y con Cayetana.

—¿Cuándo volverá? —me preguntó.

Me acerqué a Hugo y le rocé los dedos de la mano izquierda. «Te prometí que iría a buscarte y no he parado hasta encontrarte». Eso fue lo que pensé al verlo allí, con los ojos cerrados mientras estaba conectado a la ventilación mecánica.

—Todos los días —le respondí a la madre de Hugo.

La mujer me miró, y creo que empezó a entender todo cuando vio cómo miraba a su hijo. Salí de aquella sala y me monté en el ascensor. En el espejo, me observé de arriba abajo y vi que tenía la camisa arrugada —se me había manchado por todos lados—, los zapatos me habían hecho herida en el talón, había perdido uno de los gemelos y mi aspecto era horrible. Solamente necesitaba ducharme y dejarme caer en la cama. Pedí un taxi y llegué hasta el ático del paseo de la Castellana. Desde abajo me fijé en que no había luz e imaginé que Cayetana estaría durmiendo en otro lugar. Abrí la puerta de casa y desconecté la alarma. Todo estaba apagado y no había ni rastro de Cayetana por allí. Llegué al salón y sobre la mesa central del salón había tres ramos de flores en agua. Me acerqué al primero de ellos, que contenía unas peonías, y cuando agarré la tarjeta que estaba sobre la mesa leí: ¡Enhorabuena Cayetana! Que seáis muy felices. Rocé con los dedos esa nota y miré hacia los otros dos cuando entendí que los habían traído esta misma mañana antes de la boda. Me quité la camisa y dejé todo en el suelo del dormitorio para entrar directamente en la ducha. Mientras el agua caía pensé en qué ocurriría a partir de ahora, me pregunté hacia dónde iría, y todas las respuestas me llevaban al mismo lugar: agarrar la mano de Hugo hasta que decidiera despertar.

GAEL
EL MAÑANA

15 de julio de 2016
18:23

Me abrocho el último botón de la camisa y Bosco me ayuda a ponerme la chaqueta del traje mientras me arregla el cuello y pasa sus manos por las mangas blancas para que todo esté perfecto. Él está nervioso, pero yo lo estoy más todavía.

—¿Estás listo?

—Más que nunca.

Me coloco la medalla que me regaló Flora un día hace mucho tiempo y me la meto por dentro de la camisa. Juntos salimos de aquella casa que alquilé diez años antes, cuando fui profesor en Cabo de Gata. Mi hermano y yo nos vestimos aquí juntos para el gran día. Todo está preparado en aquel lugar y, cuando Bosco abre la puerta de la casa, veo mi Peugeot 308, el coche que me he podido comprar a plazos y que está lleno de flores que van enganchadas alrededor de las puertas. Me emociono de inmediato al ver que me ha hecho caso en lo que le pedí. No quería grandes ostentosidades. Deseaba algo sencillo para que todo lo demás lo llenase nuestro amor. Antes de subirme, me pide que espere.

—Gael, esto lo ha traído su madre esta mañana.

Bosco saca un pequeño ramillete de flores que reconozco al instante.

—Son…

—Sí —dice sonriéndome—, son las flores que crecen en el faro.

Bosco las coloca mientras mis ojos se llenan de lágrimas y él me agarra fuerte del brazo.

—Aguanta la emoción —me dice él también emocionado—, es hora de ir para allá.

Asiento cogiendo aire y me subo en la parte de atrás del coche. Bosco me mira por el reflejo del cristal y yo pongo la mano en el hueco que hay a mi izquierda. Allí no hay nadie. Ni mi madre. Ni tampoco mi padre. Ni el resto de mis hermanos. Nadie ha querido venir, salvo él. Mi compañero de aventuras desde bien pequeño y el único que se preocupó de escucharme para poder entenderme. Hace un día increíble con cielo despejado en todo el corazón de Cabo de Gata y el corazón se me acelera cada vez más. El coche encara la recta de la playa de las Salinas y sé que, al otro lado de ese acantilado, está mi destino, el final de esta historia y el principio de la nuestra. Cierro los ojos y disfruto del camino mientras las olas del mar nos acompañan a nuestro paso.

GAEL
EL HOY

3 de septiembre de 2008
10.23

—Buenos días, Ani —le dije a la madre de Hugo mientras entraba en su habitación—. He comprado esto abajo —le enseñé dos napolitanas de chocolate—, imaginaba que no habrías desayunado nada.

—Hola, Gael. La verdad es que no. Te lo agradezco mucho —dijo ella sonriéndome.

—¿Qué tal has pasado la noche, campeón? —pregunté rozando los pies de Hugo.

Él, evidentemente, no respondió. Pero, cada vez que llegaba, le daba los buenos días y por las noches, antes de irme, le decía que esperaba que soñase algo bonito.

Hugo seguía estando en coma, los médicos habían tenido que intervenirle en dos ocasiones por sus heridas después del accidente, pero poco a poco parecía que iba consiguiendo pequeñas mejoras. Mi vida en esos días había cambiado por completo. Intenté hablar con Cayetana al día siguiente del accidente, le pedí que por favor viniese a casa para poder explicarle lo que había pasado. Quería contarle todo, lo que ocurrió cuando conocí a Hugo y por qué la había dejado plantada en el altar. Ese «Sí, quiero» que tanto esperaba que le dijese no iba a ser de verdad ni real. Ella se merecía estar con alguien que, cuando se lo dijera, no lo hiciera por inercia o por miedo a decepcionar a todos esos que habían imaginado para él una vida modélica, predeterminada, ejemplar. Nunca pude hablar con ella. Mandó a una empresa de mudanzas a recoger todas sus cosas del ático que compartíamos y, a través de sus abogados, me llegó una notificación para hacerme saber que, si quería vivir allí, tendría que pagar la parte de Cayetana. Y, si no, venderla y repartirnos a partes iguales el dinero. Mis padres me recibieron en su casa y me pidieron que me sentara en el sofá. Quise hablar con ellos para explicarles cómo me había sentido todo este tiempo, intentar hacerles ver que siempre había seguido su camino sin salirme de lo establecido porque pensaba que aquel era el único que podía tomar. Gracias a Hugo, sin embargo, había entendido que la vida estaba llena de senderos aún por transitar y habitar. Quise explicarles todo eso, pero no pude. La conversación solo sirvió para recibir las quejas, los gritos y los ataques de mi padre, que me recalcó una y otra vez la vergüenza que le había hecho pasar a toda la familia. Me sorprendió que ni siquiera se preguntara qué motivo me había llevado a comportarme así, a tomar una decisión tan radical, sino que lo que le preocupaba era que los había dejado en evidencia delante de todas sus amistades, y que nunca jamás podría recuperar el buen honor de mi apellido. Para ellos, todo lo que había pasado era un antes y un después. Me dijeron que desde que me fui a Cabo de Gata sentían que estaba perdido y que no me reconocían. Y, después de coger aire, les pude contestar por primera vez sin ningún miedo que estaban equivocados, que aquel destino que era Cabo de Gata fue un faro para mí en medio de toda la oscuridad que estaba viviendo allí, que me hizo encontrarme y saber que, si estás dispuesto a vivir una vida de verdad, debes escuchar a las personas que te han acompañado realmente en el camino, y una de esas personas hizo de madre y de padre, pero no tenía un apellido compuesto ni de postín. Sino que vestía con cofia y su nombre era Flora y que, gracias a su consejo, había sido capaz de responder a todas las preguntas que me estaban consumiendo por dentro. Y aquello fue como si estallara una granada en casa. Mi padre se levantó en mitad del salón y me gritó que saliese de su casa. Que yo era un enfermo y que nunca jamás volviese a poner un pie allí. Miré a mi madre, pensando en que haría algo, pero se quedó pasmada, cabizbaja sin decir absolutamente nada mientras veía como su marido echaba a su hijo a la calle. Solamente tuve a Bosco, que, a escondidas de mi padre, venía a visitarme a casa, me abrazaba y me decía que él siempre estaría ahí y respetaría cualquier decisión que yo tomase, ya que, al fin y al cabo, era mi vida.

Cada mañana visitaba a Hugo en el hospital y hablaba con la persona que no se separaba de él, su madre. Ella encajó todas las piezas del puzle y me dijo que, por fin, había encontrado a la razón por la que su hijo ese último año había estado tan distinto. Me dijo que tenía un brillo especial en los ojos, uno que se iluminó como un faro un día que le dijo que había llegado un profesor un poco pijo de Madrid que pronunciaba todas las «eses». Fue así como un día decidí contarle alguna de nuestras historias. Y ella, cada mañana, me pedía que le contara alguna más. Me decía que le recordaba mucho a cuando conoció al padre de Hugo, Ulises. Y le conté la historia del festival. Y la del lavavajillas.

—Gael, ¿qué historia me vas a contar hoy? —me preguntó cuando me senté en el sillón a su lado. Miré a Hugo, que respiraba gracias a la ayuda que le proporcionaban los ventiladores mecánicos, y después a ella.

—La de cuando Cayetana llegó a Cabo de Gata por sorpresa. Te vas a reír…

Ella abrió los ojos como platos.

—Se armó una buena, ¿no?

—Todavía no sabes cómo acaba la historia.

No nos separábamos de Hugo. Cada día, poco a poco, fuimos creando un vínculo y la piedra angular estaba sobre aquella cama. La madre de Hugo me contaba anécdotas de cuando él era pequeño, también de su padre, al que pude conocer todavía más por cuanto ella me fue contando, y juntos pasábamos las horas en aquella habitación 235 del Hospital Ramón y Cajal. Una tarde de principios de septiembre, mientras estaba en la habitación con Hugo, recibí una llamada que lo cambió todo.

GAEL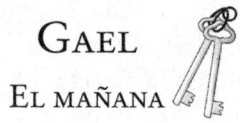
EL MAÑANA

15 de julio de 2016
18:45

Mi hermano abre la puerta del coche y sé que es el momento. Salgo del Peugeot y cuando miro hacia dónde tengo que dirigirme se me encoge el corazón. Todo está precioso. Las sillas blancas que elegimos, unidas por telas también blancas, y una alfombra del mismo color llena de flores a los lados. Los invitados de pie, que se emocionan por mi llegada. Al fin y al cabo, todos conocen nuestra historia. Los músicos junto a sus violines se levantan y todos están preparados para recibirme. Suspiro antes de poner un pie en la tela blanca que lleva hasta el pequeño cenador que hemos construido en los jardines del faro. Voy completamente solo y, cuando doy el primer paso, la veo. Miro a mi lado y ahí está ella.

—No podía perderme este día, mi niño.

Flora me agarra del brazo mientras mira hacia el frente. Está guapísima.

—Pero Flora…

—Vamos, hijo. Todos te esperan.

Los violines comienzan a sonar y, de inmediato, reconozco la canción. «A Thousand Years» de Christina Perri. Del brazo de Flora camino hasta el cenador de madera y telas blancas que se encuentra al fondo del terreno, justo delante del mar. Todo está precioso para este día. Llego junto a Flora y allí se encuentra Celia sonriéndome, ella va a oficiar nuestro enlace tal y como le pedimos. Me emociono al verla, tan guapa y con ese vestido tan bonito. Miro de nuevo a Flora y ella me suelta del brazo.

—No te vayas, Flora —le digo con lágrimas en los ojos.

—Hijo, nunca me he ido —me dice sonriendo—, estaré justo aquí —afirma poniendo su mano en mi corazón.

Y los violines llegan hasta la parte principal de la canción y un coche entra en aquel lugar y se detiene justo al lado del mío. Los invitados se levantan de nuevo y mi corazón se acelera todavía más. Veo a su madre, que lleva un vestido azul cielo precioso. Va hasta la otra puerta del coche y la abre. Él pone su zapato en el suelo y cierro los ojos, deseando por favor no despertarme ahora, quiero vivir este sueño hasta el final. Y, al abrirlos, sé que no me voy a despertar, porque ambos nos merecemos estar aquí y ser felices.

GAEL
EL HOY

—¿Esto es de verdad? —me preguntaba la madre de Hugo con el papel en la mano.

Yo asentía emocionado.

—Lo han certificado ante notario. Fue su última voluntad.

Ella también conocía la historia de aquella mujer.

—¿Y ahora? —preguntaba su madre.

Yo la miraba sonriendo.

—Quizá podríamos comprar la otra parte, ella no lo va a querer para nada ahora que se ha cancelado la obra. Podemos ofrecerle un pellizco y hacer lo que siempre quisiste. —Miré a Hugo, que estaba en la cama con los ojos cerrados—. Él me lo contó. Es el sueño de tu vida.

La madre de Hugo lo miraba a él y le sonreía por saber que le había contado también su historia.

—Tendría que vender el invernadero, Gael. No tengo...

Y entonces me acerqué a ella y la abracé. En aquel momento, llegó a la habitación una gran amiga de Hugo, que también iba en el vuelo y que era una de las supervivientes. Entró con unas muletas y sus padres traían unas flores. Ellos se abrazaron a la madre de Hugo y Celia me miró a mí. Me dio un abrazo y le dije que me alegraba mucho de verla allí. Estuvimos hablando un largo rato y, al final, su madre le contó lo que habíamos pensado. El padre tenía una empresa de obras y se ofrecieron a ayudarnos junto con todos sus trabajadores para que estuviera listo para el día que Hugo despertase. Antes de marcharse, la madre de Hugo vio como Celia me volvía a abrazar y me dijo algo que nunca olvidaré:

—Al final fuiste a buscarlo.

Lo miré emocionado.

—Pero llegué tarde —le contesté.

Y ella antes de marcharse se giró y me susurró algo al oído:

—Nunca es tarde para quien te lleva esperando toda la vida.

Aquella tarde nos pusimos todos en marcha. La madre de Hugo estaba entusiasmada, llamó a un contacto que tenía, corredor de fincas, y que se encargaba de ofrecer tierras como invernaderos a empresarios que las buscaban. El invernadero de la madre de Hugo era pequeñito, pero estaba en una localización muy buena, por lo que le contó que sería cuestión de unas semanas. Fijaron un precio y le dijo que la volvería a llamar cuando tuviera un comprador. Yo me quedé con el teléfono del padre de Celia y llamé a Bosco para que me hiciera un favor. Cuando le conté lo que era, al momento accedió.

—Tendré que marcharme a Cabo de Gata para hablar con ella para conseguirlo.

—Yo mientras me quedaré aquí —afirmó su madre—. Los médicos dicen que va mejorando, pero que todavía debe seguir con el coma inducido. Al menos unas semanas más…

—Quizá lleguemos a tiempo.

La mujer me miraba emocionada y me agarró de la mano antes de que me marchase.

—Gracias por hacer todo esto, Gael. Tanto por él como por mí.

—Él ha sido el faro que me ha hecho volver a encontrar el camino para ser feliz. Es lo mínimo que puedo hacer por él. Y también por ti —dije mirándola a los ojos.

Y salí de aquella habitación, no sin antes darle un beso en la mejilla a Hugo mientras le decía que me marchaba, pero que estaría de vuelta antes de que abriese los ojos.

GAEL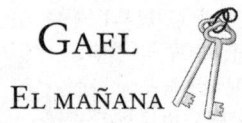
EL MAÑANA

15 de julio de 2016
19:00

Hugo camina junto a su madre por la tela blanca que hay colocada en el suelo mientras los violines interpretan «A Thousand Years». Está tan guapo y me mira con una sonrisa tan de verdad que me siento la persona más afortunada del mundo por haber llegado hasta aquí. El atardecer comienza a tocar el acantilado del faro y Hugo, del brazo de su madre, camina hasta el cenador donde me encuentro yo solo. Su traje es de un color beis precioso que viste en honor a su amigo Jonathan, él fue quien lo diseñó antes de dejarnos aquel 20 de agosto que se quedaría marcado en nuestras vidas para siempre. La combinación de colores hace que sea la unión perfecta con mi traje blanco. Llega hasta mí y lo agarro de las manos, que todavía tiemblan, para después darle un abrazo mientras el coro canta las últimas estrofas de la canción. Me fijo en que, sobre su chaqueta, lleva el mismo ramillete que su madre ha preparado para nosotros tras coger algunas de las flores que crecen bajo el faro. Los asistentes aplauden y se emocionan ante nosotros, y cuando lo miro solo puedo decirle lo que realmente me grita el corazón.

—Estás guapísimo, amor.

Él me mira, de esa manera tan especial, me sonríe y me besa la mano.

—Has venido —me dice.

—Nunca me fui —le respondo.

Nos giramos y vemos a Celia que se está secando las lágrimas de los ojos y cogiendo aire para empezar la ceremonia.

—Buenas tardes a todos —comienza Celia con el micrófono que tiene delante del atril—. Hoy estamos aquí para ser testigos del enlace entre Gael Beltrán y Hugo Vargas. Ha pasado mucho tiempo desde que se conocieron, yo estaba delante —dice ella entre risas leyendo el texto que se ha preparado—, y estar aquí me hace especial ilusión.

—Estás temblando —me susurra Hugo sonriendo.

—Lo sé —le digo y le devuelvo la sonrisa.

En su rostro, todavía puedo ver las cicatrices del accidente del que salió con vida. Aquello ocurrió hace años, pero todavía hoy sigue doliendo, ya que perdió a muchos de sus amigos.

—Hoy, como todo sabéis, no hemos podido estar aquí todos los que éramos en su día el grupo de amigos de Hugo. Pero, especialmente, me quiero acordar de Jonathan. —Celia hace una pausa porque la emoción nos invade a todos los presentes—. Junto a él éramos como los tres mosqueteros —dice haciendo que los ojos de Hugo se llenen de lágrimas—, pero tengo claro, amigo, que él, esté donde esté, estará brindando y pegándose unos buenos bailes al verte aquí de la mano del profesor más guapo que ha pisado nunca el instituto. —Eso hace que algunas carcajadas suenen entre el público y yo me pongo colorado de la vergüenza—. Ahora os pido que unáis vuestras manos. Aquí tenéis vuestras alianzas en señal del compromiso mutuo que hoy estáis realizando. —Celia coge aire y pronuncia bien lo que va a decir—: Hugo Vargas Soler, ¿quieres casarte con Gael Beltrán de Castro?

Hugo me mira y los ojos le brillan por completo.

—Sí, quiero.

Él introduce mi alianza en el dedo y Celia sonríe para a continuación mirarme a mí.

—Gael Beltrán de Castro, ¿quieres casarte con Hugo Vargas Soler?

Y lo miro y siento algo que nunca jamás podré explicar con palabras. El destino nos cruzó en el camino para saber que éramos lo que siempre habíamos estado buscando. Le sonrío una vez más y pronuncio aquellas dos palabras que significan una vida entera y un nuevo comienzo.

—Sí, quiero.

Los dos nos miramos y el faro se enciende justo cuando pronuncio esas palabras. La gente se sorprende y al fondo veo como Bosco me sonríe y alza su pulgar desde los pies del faro, ya que lo hemos conseguido. El faro ha recuperado su luz.

—Yo os declaro unidos en matrimonio. Podéis besaros.

Celia se seca las lágrimas y la madre de Hugo llora desconsolada, el faro refleja su luz alrededor de todo el acantilado y el sol baja justo detrás de nosotros, y yo me siento la persona más dichosa del mundo. Completamente afortunado. Inmensamente feliz. Nos acercamos mientras nuestros labios se unen y nos besamos como quien sabe que ha encontrado todo lo que buscaba, nos besamos sabiendo que nos amábamos desde el principio y hasta el final.

Hoy,
MAÑANA
Y SIEMPRE.

HUGO
EL HOY

12 de noviembre de 2008
08:25

Abrí los ojos poco a poco y no supe muy bien dónde me encontraba. Tenía muchos cables alrededor y al mirar al fondo vi que estaba en una camilla. Alguien me cogía la mano, fui a girar un poco el cuello cuando lo vi durmiendo apoyado en un sillón. Era Gael. Me quedé en silencio y, entonces, fui recordando todo. El despegue. El gran golpe. Abrir los ojos y ver el cielo completamente despejado de un día de agosto en Madrid. Escuchaba el sonido del agua correr de un riachuelo cercano y, después, vi el avión partido en dos. Y el dolor inmenso en el pecho. La sensación de que, por momentos, me ahogaba. Le apreté la mano un poco, para que supiera que estaba ahí, y Gael al instante abrió los ojos y me vio. Se quedó unos segundos paralizado, pero después pronunció mi nombre.

—Hugo —dijo levantándose—. ¡Hugo! ¡Hugo!

Salió de la habitación disparado y fue corriendo a gritar el nombre de mi madre. Y yo pensé que llevaba dormido unos cuantos días hasta que vi que él llevaba un jersey y tenía un abrigo colgado en la esquina.

—¡HIJO! —gritó mi madre nada más entrar.

Los médicos llegaron detrás de ella y vieron cómo Gael y mi madre Ana se abrazaban a mí.

—Hugo, querido —saludó un doctor entrando en la habitación—, ya has despertado.

Lo miraba sin entender nada.

—Ha despertado, doctor —decía mi madre sonriendo.

—¿Cómo te encuentras? —me preguntó.

No supe muy bien qué decir, pero cuando probé a incorporarme un poco en la cama sentí algo de dolor en el pecho y la pierna.

—Tengo molestias en la pierna y también por aquí, en el pecho —dije.

Él miró a mi madre y a Gael. Los médicos en ese momento les pidieron a ella y a Gael que salieran de la habitación. Les dijeron que podrían pasar más tarde, pero antes necesitaban estar conmigo a solas. Una de las chicas cerró la puerta y los acompañó fuera.

—Es normal, Hugo. Te hemos tenido que intervenir hasta en cuatro ocasiones. Tenías la pierna en muy mal estado y estás lleno de tornillos alrededor del hueso. En el pecho también tuvimos que operar, los pulmones se vieron muy afectados el día del accidente y necesitábamos que poco a poco fueses recuperándote.

—Pero… ¿cuánto tiempo llevo aquí? —pregunté.

—Hugo, han pasado casi tres meses del accidente. En un rato vendrá el equipo de psicólogos del hospital para estar contigo. Pero debes saber que es un milagro que estés aquí.

Los médicos se marcharon y al rato llegaron los psicólogos. Ellos se encargaron de contarme todo. El accidente. El tiempo que estuve inconsciente en la pista. El difícil rescate. Sufrí una conmoción al recordar el bandazo que dio el avión y por un momento sentí que estaba dentro. El equipo de psicólogos en todo momento se aseguró de estar ahí cogiéndome de la mano para que pudiera llorar y llorar. Fue entonces cuando pregunté por los demás, por mis amigos.

—Hugo, aquel día murieron ciento cincuenta y ocho personas en el accidente. Solo consiguieron sobrevivir dieciocho. Tú eres uno de ellos.

Y entonces pensé en ellos. En mis amigos.

—¿Y… Jonathan? ¿Y… Celia?

—Solamente sobrevivió Celia. Todos los demás… fallecieron, Hugo.

Sentí dolor. Mucho dolor. Y las lágrimas me cayeron por la piel sin descanso. El equipo me preguntó si quería estar con mi madre y con Hugo y yo les dije que sí entre lágrimas. Ellos llegaron al momento, pues no se habían marchado muy lejos. Mi madre entró primero y me agarró de la mano mientras me daba un beso en la frente.

—Hijo…, hijo…

—Hola, mamá —dije sonriéndole todavía algo dolorido.

—Pensé que te perdía, mi amor —continuó ella mientras se le saltaban todavía las lágrimas.

Gael estaba justo detrás, a los pies de la camilla, rozó la sabana con las manos y me apretó el pie para que supiera que estaba ahí.

—No recuerdo nada…

—Normal, mi amor —contestó mi madre—, por la conmoción. Gael fue quien te encontró primero, ya que te dábamos por… —Mi madre no pudo ni decirlo. Miré a Gael sin entender nada.

—Pero…, Gael, ¿tú qué haces aquí? —le pregunté—. ¿Cómo fue la boda? ¿Cómo está Cayetana?

Mi madre entonces lo miró a él. Y vi como la mano que tenía agarrada a la mía no lucía ningún anillo.

—Hugo, no me casé.

Me quedé mirando sus ojos. Él no estaba triste, al contrario, lo veía feliz y radiante. Tanto que hasta se emocionó.

—Cómo que no te casaste.

—Hijo —dijo su madre—, fue a buscarte.

Lo miraba y no podía creerlo.

—Un día te prometí que, si me preguntaba si lo nuestro podría salir bien, iría a buscarte. Estuviera donde estuviese, costara lo que costase. Fui al aeropuerto, pero llegué tarde.

Las lágrimas le caían ahora por la piel y me agarraba fuerte de la mano.

—¡Fue a toda prisa al aeropuerto en un Bentley que habían pagado para que lo llevara a la iglesia! —dijo su madre— ¡Te lo

333

puedes creer! Y, claro, todo el mundo se preguntaba que dónde estaba porque Cayetana estaba a punto de llegar.

—Hemos tenido muchos ratos tu madre y yo para ponernos al día —dijo Gael con los ojos enternecidos, brillantes, llenos de lágrimas, pero con una sonrisa en el rostro que me recordó a los momentos vividos en Cabo de Gata, y al instante exacto en que me enamoré de él...

Los días pasaron y cada vez era más consciente de todo lo que viví y todo lo que perdí ese 20 de agosto. Celia vino a visitarme en cuanto pudo desde Cabo de Gata junto a sus padres. Me contó cómo lo vivió ella y ambos teníamos las mismas lagunas en algunos momentos. Después Gael contó delante de todos nosotros cómo fue hospital por hospital buscándome y sintiendo que cada vez que le decían que no se tenía que hacer más a la idea de que me había perdido, esta vez para siempre. Nos emocionamos todos de escucharlo. A las dos semanas de aquello, el equipo de doctores me dio el alta y me dijeron que había sido un completo honor cuidar de mí todo este tiempo. Nunca me olvidaré de sus nombres: Miguel, Julián y Ángela. Me vestí con ayuda de mi madre y de Gael y miré una última vez aquella habitación en la que había estado más de tres meses en coma. Cuando salí, caminando por mi propio pie, con ayuda de ellos, me encontré un pasillo lleno de sanitarios y pacientes que me aplaudían. Toda la planta segunda estaba a rebosar de gente. Algunos hacían fotos mientras todos sonreían emocionados de que estuviese marchándome de allí por mi propio pie. Una enfermera que se encontraba al final me entregó unas flores y me abrazó. Al coger el ramo vi que ponía: «De parte de todo el equipo del Hospital Ramón y Cajal». Me despedí de todos mandándoles un beso y, junto a Gael y mi madre, salí del hospital donde había algunas cámaras de televisión y fotógrafos, ya que el caso de nuestro accidente había conmocionado al país entero. Los saludé y me monté en un coche que nos esperaba en la puerta. Al momento reconocí que era el todoterreno de

Gael. Me subí en el asiento delantero y él me puso el cinturón. Mi madre se subió atrás y el coche arrancó. Miré por la ventana hacia aquel edificio y me emocioné tanto de ver a toda esa gente que se despedía de mí. Respiré profundamente y olí las flores tan bonitas que me habían regalado.

—¿Y ahora qué? —pregunté en el coche.

Gael y mi madre sonrieron entre sí, y cinco horas y media después nos encontramos en Cabo de Gata, donde el atardecer estaba regando nuestro pueblo. Reconocí el camino al instante y Gael me pidió algo justo cuando estábamos llegando.

—Cierra los ojos —dijo cogiéndome de la mano.

Sonreí y los cerré. El coche siguió y después se detuvo, mi madre y él salieron del automóvil y después escuché como mi puerta se abría y él me cogía de ambas manos.

—¿Ya? —pregunté.

Pero nadie me respondió. Y fue entonces cuando sentí su voz detrás de la oreja.

—Ya.

Y al abrir los ojos me quedé sin palabras. Un escalofrío me recorrió el cuerpo y las lágrimas me inundaron los ojos. Todo el pueblo estaba bajo el faro, que ahora tenía luz y estaba completamente restaurado. Habían construido pequeñas cabañas circulares que dejaban ver las estrellas alrededor de él, y en cada puerta habían tallado unas llaves, un faro, unas gaviotas y unas estrellas. El faro había sido pintado de color blanco y las líneas azules lo abrazaban hasta la cúpula, que tenía unos cristales relucientes a través de los cuales la luz ahora reflejaba a todos los que allí se encontraban. Me acerqué poco a poco con ayuda de mi madre y Gael y bajo las puertas del faro ponía:

HOTEL EL FARO DE ULISES

☆ ☆ ☆

—Hijo, mi sueño hecho realidad —dijo mi madre a mi lado—. La habitación más especial está en la cima del faro y lleva tu nombre. Dentro hay una máquina de escribir para que, si alguna vez necesitas encontrar la luz, sepas que este es el mejor lugar.

No podía parar de llorar y tenía tantas preguntas que me acabaron tranquilizando y diciéndome que me contarían todo a su debido tiempo. La gente me abrazó, todos los vecinos de mi madre, antiguos profesores, la directora del instituto, la hermana de Celia, los padres de Jonathan, que todavía estaban rotos. Todos se alegraron de verme allí. Y yo miré hacia un lado y me pareció verlo, sonriéndome orgulloso y haciéndome entender que gracias por hacerle caso. Por aprender a atarme los cordones yo solo, por cuidar de mi madre y por haberme convertido en una buena persona. Y allí, bajo la luz del faro y junto a toda la gente que me quería, me sentí inmensamente feliz a pesar de todo lo que había perdido en el camino. Mi madre me señaló con la mirada a Gael, que estaba detrás de todos nosotros, contemplando el acantilado, donde el sol se escondía. Me acerqué hasta él poco a poco.

—Nunca sabré cómo agradecerte todo esto —le dije.

Entonces me miró y me cogió de la mano. Apoyé la cabeza en él mientras el sol se escondía frente a nosotros.

—Quédate a mi lado y cuéntale nuestra historia al mundo, Hugo. Que todos sepan que existen los finales felices.

Lo miraba y supe que, aunque la historia que escribí no tenía final, quizá podría escribirlo junto a él. Un final en el que él llegase antes que yo, bajándose de un coche barato sin nada de lujos. En el que vistiera de blanco y estuviera tan guapo como siempre. En el que yo llegase poco después, del brazo de mi madre, y vistiese el traje que Jonathan diseñó para mi día. En el que Celia estuviera esperándonos en un cenador de madera frente a un atardecer tan hermoso como el de hoy. Y en el que, cuando nos mirásemos a los ojos, antes de decirnos el «Sí, quiero», sintiéramos lo que verdaderamente significa el amor: levantarte cada día pensando que volverías a vivir tu historia junto a la persona que tienes al lado. Hoy, mañana y siempre.

AGRADECIMIENTOS

Es casi mediodía del 18 de enero de 2024. Bajo del coche y busco el bar donde hemos quedado, he llegado puntual y sostengo en mi mano un ejemplar de uno de mis libros. Al fin y al cabo, no nos hemos visto nunca, solo hemos intercambiado un par de llamadas. Ella no tarda en llegar, a paso lento y con ayuda de su muleta. Me ve y sonríe. Sin ella este libro no hubiera podido acabarse. Nos sentamos en la mesa de la terraza de aquel barrio del centro de Madrid, y los nervios desaparecen en cuanto ella agarra mi libro y me dice que le encanta leer. Es un milagro que esté aquí conmigo. Después dirige la mirada de nuevo hacia mí para recordarme que soy muy joven y me pregunta que por dónde quiero empezar. Por el principio, le digo. Y eso es lo que hace.

Loreto González Cabañas fue una de las dieciocho supervivientes del vuelo de Spanair JK5022. Aquel mediodía hablamos de muchas cosas, ella se emocionó al volver a recordar aquel fatídico día y mis lágrimas también se derramaron por todo lo que me contó. Aquel 20 de agosto de 2008, Loreto perdió a su hija Clara en el siniestro de Barajas y ella estuvo en coma más de tres meses. Cuando volvió a abrir los ojos, toda su vida había cambiado para siempre. Sin su testimonio, este libro sería completamente distinto. Desde aquí, Loreto, te agradezco infinitamente tu generosidad, tu cariño y tu tiempo. Solamente me pediste una cosa a cambio: «David, recuerda a la gente que los servicios de emergencia tardaron más de una hora en poder encontrarnos».

Gracias también a Pilar Vera, presidenta de la Asociación de Víctimas del Vuelo JK5022. En la fachada de la asociación en Madrid hay un mural que dice: «En algún lugar, siempre en nuestros corazones». Ella es una mujer que desde el primer momento que le conté esta historia se ofreció a ayudarme en todo lo que necesitase. Me facilitó todos los datos, la cronología del accidente, los informes. Absolutamente todo. En las largas horas de conversaciones telefónicas que tuvimos, sentí lo mucho que ha peleado para intentar hacer justicia. Gracias de corazón por cada minuto que me dedicaste, Pilar. Ojalá esta historia sea un paso más para que la gente nunca olvide lo que ocurrió.

Gracias a mi familia, que son un faro en cada paso que doy. A mis padres, David y Encarni, por confiar en aquel chaval que quería contar historias y darle todas las herramientas para hacerlo; nunca os estaré lo suficientemente agradecido. A mi hermana, María Pilar, puede que no nos veamos todo lo que nos gustaría, pero hay un lazo invisible entre Alicante y Madrid que me hace saber que siempre te tengo a mi lado. A mi abuela, Encarna, que lee con esfuerzo todas las novelas que escribo y avisa a todo el pueblo cada vez que su nieto saca un nuevo libro; permitidme que le diga que es lo que más quiero en este mundo. Y a mi abuelo Miguel, que, junto a ella, ocupan la primera fila en mis presentaciones; todo comenzó con vuestra historia, en aquella novela llena de mariposas, algún faro y mucha emoción. Me habéis dado un mundo infinito.

Gracias a Flor Amarilla, mi amiga y también parte del equipo de mis agentes editoriales. Ella es la persona que me ha acompañado durante todo este viaje que ha sido escribir esta novela. Gracias por agarrarme aquel día que te conté el final de esta historia y querer trabajar a mi lado para dejarla lo más pulida posible. Te he llamado muchos días desde todos los lugares donde he escrito este relato y siempre has sacado un hueco para mí. Hay un personaje muy especial de esta novela que se llama Flora; quise escribirla como esa luz que aparece en mitad de todo el oleaje que es la vida. Para mí, tú también lo eres. Gracias de corazón.

A Palmira Márquez, mi agente, y a todo el equipo de Dos Passos. «Confía en mí», me dijiste hace ya unos cuantos meses, y yo siento que no puedo estar en mejores manos que en las tuyas. Gracias por darme esa calma que necesitaba y por dejarte la piel para que mis historias lleguen a tantos hogares. Quiero llevarte al faro en el que ocurre esta novela y que juntos veamos el mar en calma. Sin ti, no hay mí, ya lo sabes.

Esta novela la escribí entre Madrid y Cabo de Gata. Allí, alquilé una casita azul y blanca delante del mar a la que me fui a escribir los últimos capítulos de *Hoy, mañana y siempre*. Fueron unos días que se quedaron grabados para siempre en mi corazón por lo bonito que fue ponerle el punto y final a esta historia en el lugar donde ocurre. Recuerdo perfectamente dónde me dirigí el último día antes de marcharme: el faro de Mesa Roldán, el único faro al que he conseguido subir y en el que está inspirada toda esta historia. Desde aquí, quiero agradecer a Mario, el farero de Cabo de Gata, que hizo que uno de mis sueños se hiciese realidad y que consiguió que la chispa de esta historia se encendiese dentro de mí. Te admiro, querido Mario.

Gracias a todos mis amigos, por quererme como lo hacéis, estéis más lejos o más cerca, leáis mis libros o no, gracias por todo lo que me dais. Pero, en especial, me gustaría añadir los nombres de dos personas que me enseñan, desde hace años, que los momentos más especiales no los hemos vivido todavía, sino que están en el siguiente capítulo: Anaís y Eduardo. Os quiero mucho.

Gracias a mi editor, Alberto Marcos. Ya son unas cuantas novelas a tu lado, amigo. Qué viaje cada vez que ponemos el punto final, juntos, porque lo hacemos de la mano. Es tan bonito sentir tu ilusión cada vez que te cuento de qué va a ir la próxima historia. Gracias por acompañarme. Y a todo el equipo que forma Penguin Random House, mi editorial, que me hace sentir como en casa.

Gracias a mi amiga Elísabet, te conté esta novela una madrugada después de que bailásemos y te dije que no sabía cómo cerrarla, pero que necesitaba que fuera un final especial. Semanas después, con unos Aperol en la mano cerca de tu casa te conté cómo terminaba y se te llenaron los ojos de lágrimas y supe que era el final que tenía que escribir. Gracias por cada consejo, por tantas risas y por aquel atardecer inolvidable en Menorca.

Gracias a ti, querido lector o lectora, me siento tan afortunado de estar escribiéndote esto a ti, que seguramente estés en la cama con la luz de la mesita de noche encendida, o quizá te has ido a leer a un lugar bonito bajo un cielo azul. Estés donde estés, solamente quería darte las gracias por agarrar este libro y llegar hasta aquí; por, ojalá, haberte emocionado en algunos momentos, y simplemente decirte que espero que el viaje haya merecido la pena y que deseo, de todo corazón, encontrarnos de nuevo pronto.

Y, por último, toda esta historia no ocurriría en un lugar tan especial si no fuera por la persona que me enseñó Cabo de Gata por primera vez. Kilian, mi amor, gracias por aquella promesa en la que me ofreciste llevarme de la mano a ver los atardeceres de tu tierra, enseñarme todos los faros que la rodeaban y, sin saberlo, darme el escenario perfecto para esta historia. Siempre que hemos pensado en nuestra boda nos la imaginamos cerca del mar, con el sol escondiéndose entre un faro en Cabo de Gata, donde tú llegabas primero y yo lo hacía un poco más tarde. Te he dicho muchas veces que me lo pidas, así que espero que, al escribir este libro, esté más cerca de conseguirlo.

Te quiero.

Hoy, mañana y siempre.

Escucha aquí
la banda sonora de
Hoy, mañana y siempre: